KARL MAY

Die Original-Ausgaben nach F.E. Fehsenfeld und Union
Deutsche Verlagsgesellschaft

Durch Wüste und Harem
Durchs wilde Kurdistan
Von Bagdad nach Stambul
In den Schluchten des Balkan
Durch das Land der Skipetaren
Der Schut
Im Landes das Mahdi (3 Bände)
Winnetou (3 Bände)
Der Schatz im Silbersee
Der Ölprinz
Der Sohn des Bärenjägers
Der Geist des Llano Estacado
Old Surehand (3 Bände)
Satan und Ischariot (3 Bände)
Am Stillen Ozean
Am Rio de la Plata
In den Kordilleren
Der schwarze Mustang
Die Sklavenkarawane
Das Vermächtnis des Inka
Der blaurote Methusalem
Orangen und Datteln

Jeder Band gebunden im Format 12x19cm
Die Serie wird fortgesetzt!

VERLAG NEUES LEBEN

S. FISCHER

THOMAS HÜRLIMANN

Der Rote Diamant

Roman

S. FISCHER

Aus Verantwortung für die Umwelt hat sich der S. Fischer Verlag zu einer nachhaltigen Buchproduktion verpflichtet. Der bewusste Umgang mit unseren Ressourcen, der Schutz unseres Klimas und der Natur gehören zu unseren obersten Unternehmenszielen.

Gemeinsam mit unseren Partnern und Lieferanten setzen wir uns für eine klimaneutrale Buchproduktion ein, die den Erwerb von Klimazertifikaten zur Kompensation des CO_2-Ausstoßes einschließt.

Weitere Informationen finden Sie unter: www.klimaneutralerverlag.de

FSC www.fsc.org
MIX
Papier | Fördert gute Waldnutzung
FSC® C083411

Originalausgabe
Erschienen bei S. FISCHER
5. Auflage November 2022

Gesamtherstellung: CPI books GmbH, Leck
Printed in Germany
ISBN 978-3-10-397071-5

Für Fedora Wesseler

EINS

Ich wandelte als ein Fremder unter ihnen. Kein Wort, kein Blick erreichte mich mehr, aber auf einmal sprachen die Dinge zu mir, etwa die alte Gießkanne. Oder die Hollywoodschaukel. Oder auf dem Gartentisch ein leeres Glas, in dem eine Wespe surrte. Alles um mich herum wurde deutlicher, als würde ich es zum ersten Mal richtig sehen, dabei sah ich es zum letzten Mal. In der hohen Sonne ahnte man schon den Herbst. Mimi, meine Maman, trug ein Seidentuch um die Schultern, und ich fragte mich, ob ich sie so, in dieser Pose, mit einem Drink in der Hand und in einem gelb-weißen Pucci-Kleid, in meiner Erinnerung mitnehmen würde – und mit ihr ein Stück unseres Gartens im warmen Sommerabend. Wie hätte sich Scott in meiner Lage verhalten? Hätte er die letzten Tage vor der Ausfahrt ins Polareis in einer Kühlkammer verbracht, um sich an den Frost zu gewöhnen? Oder hätte er sich noch einmal der Sonne hingegeben, ihrer Abendflamme, die sich flach über das dunstige Land legte? Das Kloster, in dessen Internat ich morgen Nachmittag als Zögling eintreten würde, lag in den Bergen. Es war der Himmelskönigin geweiht und hieß Maria zum Schnee.

*

Wie immer, wenn bei uns (oder sollte ich sagen: bei ihnen, in diesem Haus?) wichtige Ereignisse bevorstanden, wurden sie durch den Auftritt von Major Stadler angekündigt. Der Oberst schickte ihn jeweils vor, um »die Dinge zu regeln«. Zum Geburtstag des Obersten bereitete Stadler das Feuerwerk vor, eine Batterie von Raketen, die dann, zu Mimis Entsetzen, aus den Rosenbüschen abzischten, und am Heiligen Abend schmückte er den Baum. Mimi und ich mokierten uns über den Major, allerdings sahen wir ein, dass der Oberst in diesen friedlichen Zeiten einen Untergebenen brauchte, den er herumkommandieren konnte. »Herr Major, bringen Sie meinem Filius bei, wie man anständig packt!«

»Jawohl, Herr Oberst.«

Zu meiner Überraschung lag der Koffer bereits parat, Mimi hatte ihn eigenhändig vom Dachboden geholt und in die silbernen Schlösser etwas Salatöl geträufelt. Die Lederkappen hingen lose an den Ecken, und der Henkel war abgegriffen, aber dieser Koffer stellte ein Stück Familiengeschichte dar: Mit ihm war Sender Katz, unser Urahn, zu Beginn des 19. Jahrhunderts aus Galizien, dem ärmsten Kronland der Donaumonarchie, in die Schweiz eingewandert. Später hatte ihn mein Großvater auf viele Reisen mitgenommen und stolz dafür gesorgt, dass der Koffer, den man in der Familie den »Galizier« nannte, mit allerlei Hotel- und Zolletiketten bepflastert wurde. Am abgegriffenen Henkel flatterte der Bordzettel einer Schiffspassage von Southampton nach New York, und in einem roten Anhänger steckten unter einer Klarsichtfolie der Name und die Adresse von Mimi Katz – der Galizier hatte meine Maman ins Pensionat und später nach Bern begleitet, ins Konservatorium, wo sie als Meisterschülerin des berühmten Fadejew brilliert hatte. Dann verliebte sich Mimi auf den ersten Blick – es war ein Aufblick mit klimpernden Wimpern – in einen jungen Leutnant, der hoch zu Ross an ihr vorüberritt, drei Wochen später war man verlobt, nach drei Monaten verheiratet, und Mimis Absicht, mit dem Galizier auf Konzerttournee zu gehen, löste sich in Luft auf.

Dass mein Vater, der Oberst, aufgetaucht war, hatte mich überrascht. Er schärfte Mimi ein, sich morgen ja nicht zu schminken, einen kniebedeckenden Rock und Wollstrümpfe anzuziehen, auf den Hut zu verzichten und unter allen Umständen rechtzeitig loszufahren. Der Präfekt der Stiftsschule, fügte er mit ergriffen tremolierender Stimme hinzu, habe am Russlandfeldzug des Deutschen Reichs teilgenommen und sei aus dem Weltkrieg als Heiliger hervorgegangen. Er werde im ganzen Schweizerland verehrt, ich möge mich glücklich schätzen, von einem Knabenerzieher und Seelenführer dieses Formats zum Mann gemacht zu werden.

Vor dem Haus stand mit laufendem Motor und röchelndem Funkgerät der Jeep, am Steuer der Major, behelmt, gefechtsbereit und startklar zum Manöver – der Oberst erreichte seine Ziele auf die Minute pünktlich. Er erteilte mir noch die eine oder andere Ermahnung – die Fingernägel mit der Messerspitze reinigen, die Anweisungen des Heiligen befolgen, in den Gottesdiensten das Gähnen unterdrücken –, dann trat er vor den Garderobenspiegel, ließ sich von Mimi den schwarzen Ledermantel über die Schultern legen, klappte sich die Offiziersmütze auf den Scheitel und sprach zu seinem Spiegelbild: »Mein lieber Filius, ich kenne keine Versager.«

Mit wippender Antenne brauste der Jeep davon.

*

Anderntags standen Mimi und ich wie befohlen in aller Herrgottsfrühe auf, aber, typisch Mimi, die Kostümfrage nahm dann doch einige Zeit in Anspruch. Als ich den Galizier ins Auto legte – Major Stadler hatte unseren Ford Taunus 17 m vor dem Haus bereitgestellt, nach vorschriftsgemäß durchgeführter Kontrolle: Reifendruck, Ölstand, Tankfüllung –, öffnete sich oben, im bereits etwas welken Blätterkleid, das die Rückseite des Hauses bewuchs, ein Fenster. Was war denn los? Musste Mimi gerade jetzt ins Land hinausträumen? Aus dem Schlafzimmer tönte Klaviermusik, vermutlich eine Sonate von Schubert, ihrem Liebling, und meine Maman rief aus dem Fenster: »Arthi-Darling, würdest du bitte einen Moment heraufkommen?«

Oben im Schlafzimmer war die Geheimlade mit ihrem Schmuck aus der Kommode gezogen, und Mimi stand ratlos davor, in der Linken ein Collier, in der Rechten ein Medaillon am Goldkettchen.

»Glaubst du, die Patres erwarten, dass ich mir die Madonna umhänge? Es wäre zu peinlich, wenn sie es als Anbiederung missverstehen – deine Maman will dir keinesfalls schaden. Ach, reich mir doch bitte die Brosche. Nein, die andere.«

Ich entnahm der mit rotem Samt gepolsterten Schatulle

eine goldene Rose, und Mimi hielt sich das Juwel vor dem Spiegel an die linke Brust.

»Die göttliche Jungfrau ist die Rosa mystica«, sagte sie. »Das Stift ist ihr geweiht. Ob die Patres die Anspielung verstehen? Sie sollen ja sehr gebildet sein. Dann wäre es allerdings möglich, dass sie in der Rose das Dunkel sehen, gewissermaßen den Anfang aller Dinge … Darling, du bist überhaupt keine Hilfe. Äußere dich gefälligst!«

»Mimi, wir verlieren Zeit!«

»Mit Juwelen? Oh nein, mein Sohn, mit Juwelen tritt man aus der Zeit heraus. Sie haben etwas Ewiges. Wie ein gutes Gedicht«, flötete Mimi und entschied sich für eine kleine silberne Muschel.

*

Auf der Fähre über den See blieben die meisten Passagiere im Auto sitzen, aber ich und ein paar andere standen wie blutlose Schatten an der Reling, und indem sich das Ufer, wo wir abgelegt hatten, entfernte, fiel mir auf, dass die Passage anders verlief als bei früheren Fahrten. Der See lag im Glast eines schwülen Nachmittags, und als beide Ufer in einer bleichen Ferne lagen, war es mir, als würden wir über den Acheron dampfen. ›Die klassischen Sagen des Altertums‹ waren mein Lieblingsbuch, ich hatte es in den Galizier gelegt, zusammen mit dem Tagebuch des Captain Scott, und unter einem Schwarm von Möwen fragte ich mich bang, ob ich auf dieser Überfahrt etwas Ähnliches erlebte wie die Verstorbenen, die zwischen den Ufern die Erinnerung an ihr Leben verloren.

Als wir dann durch schattendunkle Täler in die Berge fuhren, ging es bereits auf den Abend zu. Mimi schlug vor, in einem der Dörfer an der Strecke eine Kleinigkeit zu essen, wieder verloren wir Zeit, und beim Verlassen der Gastwirtschaft empfing uns eine merkwürdige Stille. Kein Auto war unterwegs, kein Vogel pfiff. Am Talende lagen die Firne im Abendglühen, im Osten glitzerten über den schwarzen Wänden schon erste Sterne. Die Straße wurde steiler, und in den Kehren hätte Mimi mit Zwischengas vom zweiten Gang in den ersten, vom ersten wieder in den zweiten schalten sollen, doch Stöckelschuhe mit spitzen Absätzen, da hatte sie recht, waren für dieses Manöver ungeeignet. Viel zu hochtourig, fast immer im ersten Gang, quälte sie den Ford bergauf, die Arme seitlich abgespreizt, die Büste nah am Steuer, und man brauchte kein Prophet zu sein, um vorhersagen zu können, dass sich der kochende Kühler, der jähe Temperaturabfall sowie das plötzliche Verschwinden des Firnglühens unaufhaltsam zu einer Katastrophe zusammenballten.

Es knallte dann erstaunlich sanft –

Der Ford glitt in einer Steilkurve von der Fahrbahn und rutschte in den Graben, wo der Motor mit einer dicken Rauchfahne aus der Kühlerhaube verröchelte. Endete meine Klosterschulzeit, bevor sie begonnen hatte? Gegen den Widerstand eines gefrorenen Buschs stieß ich die Tür auf und kraxelte auf allen vieren zur Straße hoch. Hier merkte ich gleich, was die Vögel zum Verstummen, den Verkehr zum Erliegen gebracht hatte: der Winter. Der Winter war da. Aus der Stille winselte leis der Wind, ein Gebirgswind mit wirbelnden Flocken, in den Innerschweizer Bergen fiel schon jetzt, im späten Sommer, der erste Schnee. Das Kloster schien irgendwo weiter oben in den dunklen Wolken zu schweben, und während ich dabei war, den Schaden abzuschätzen, begannen in der Ferne Glocken zu läuten. Das Kühlwasser schien sich in der kalten Luft zu beruhigen, und die Ölwanne, stellte ich schnuppernd fest, war nicht leck geschlagen. Das Heck ragte schräg empor, wie bei der untergehenden Titanic (auf der Großvater Katz, Mimis Vater, und der Galizier durch eine Kette unglaublicher Zufälle überlebt hatten), und mit bereits klammen Fingern klappte ich den Kofferraum auf. Ich hätte es mir denken können. Das Pannendreieck fehlte.

»Wolltest du nicht einen Wagen anhalten, Arthi-Darling?«

Mimi hatte ihr Beauty-Case ausgepackt und war dabei, die vom überhitzten Motor aufgewärmte Wagenkabine in einen Schönheitssalon zu verwandeln. Sie zog die Lippen nach, tupfte Puder auf die Wange, gab dann etwas Spucke in ein Döschen mit schwarzer Tusche und malte damit ihre langen, gekrümmten Wimpern an.

»Wir kommen zu spät«, sagte ich.

»Mit mir kommt man immer zu spät«, sagte Mimi, konzentriert in den Rückspiegel blickend. »Hast du das Pannendreieck aufgestellt?«

»Das hast du irgendwo stehen lassen.«

»Zu dumm, nicht wahr? Ich müsste mir bei Gelegenheit ein Dutzend von diesen Dingern anschaffen.«

Woher Mimi ihre Seelenruhe hatte, war mir klar. Eigentlich hieß sie Maria, nach der Gottesmutter, und wenn sie in Not gerieten, diese Marien, erschien meist ein jüngerer

Herr und bot seine Hilfe an. Auf Golgotha war es Johannes gewesen, und vermutlich hatte die Gottesmutter unter dem Kreuz ähnlich reagiert wie jetzt Mimi, als ein Sportwagenfahrer an ihr Seitenfenster klopfte: »Oh, haben Sie ein wenig Zeit für mich«, flötete sie, »das wäre zu liebenswürdig.«

*

Das Kloster Maria zum Schnee hatte mit seiner grauen, breiten, den Himmel stauenden Front die Wirklichkeit eines Traums. Erbaut für alle Ewigkeit. Ein Gebirge, doch mit Hunderten von Fenstern, viele beleuchtet. Selbst Mimi verschlug es die Sprache. In der Mitte, gerahmt von den beiden Türmen, empfing die Kathedrale mit drei Toren die Pilger. Gesang tönte heraus, von einer Orgel begleitet, doch wie von fern, aus dem Innern des Himmels. Mimi, die es sogar im Sommer fror, schien unter der erhaben düsteren Steinmasse dieser Fassade vergessen zu haben, dass es Winter geworden war. Flocken fielen auf ihren Sommerhut. Der Gesang setzte aus, setzte wieder ein, und jetzt ertönten hoch oben, wo sich die Kuppeln der Türme in der Winternacht verloren, vier Viertelschläge, dann ging über dem Klosterplatz eine Folge präziser Donner nieder, die volle Stunde, acht Uhr abends.

»Arthi-Darling«, sagte Mimi mit einem bezaubernden Lächeln, »ich fürchte, wir haben uns ein wenig verspätet.«

*

Die aus schwarzen Marmorquadern gefügte Kapelle, die im hinteren Teil des Kirchenschiffs fremd und gotisch in der süßen Barockwelt stand, war wie ein Bühnenkasten zum Publikum hin offen. Über dem schmalen Altar schwebte inmitten eines flachen Gewitters aus Blattgold die Schwarze Madonna, ein Krönchen auf dem Haupt, in der rechten Hand ein Zepter, auf dem linken Arm das Kind, ebenfalls dunkel, ebenfalls gekrönt.

»Heilige Maria Mutter Gottes«, beteten Mimi und ich und waren im Angesicht der Himmelskönigin zum letzten Mal ein Herz, eine Seele, eine Zunge. »Heilige Maria Mutter Gottes, wir finden dich wunderschön, bitte gib uns etwas von der Liebe, die wir für dich liegen, zurück. Steh uns bei, wenn wir allein sind. Nimm uns an die Hand, wenn es dunkel wird. Und bitte, liebste heiligste Mutter Gottes, sorge dafür, dass wir nicht weinen (oder höchstens ein bisschen), wenn der Moment kommt, da wir uns voneinander verabschieden müssen, Amen.«

Sie sah mit ihren Holzaugen über Mimi und mich hinweg in eine Ferne, die vielleicht das Land meiner Kindheit war, das nun unterging. Mimis Parfum hatte bereits einen leichten Hautgout, als wäre es ein Duft von gestern.

»Ihre Röcke und Mäntel waren im Escorial Philipps II. bei den Ersten Damen en mode«, flüsterte sie mir zu. »Dies ist ein Glockenrock.«

»Mich erinnert er an ein Pannendreieck.«

»Man hat eben seinen Stil«, sagte sie beleidigt. »Ich, wie du weißt, orientiere mich an Coco Chanel. Komm jetzt. Wir müssen uns beeilen.«

… aber vor dem Ausgang blieben wir noch einmal stehen, drehten uns um und blickten empor in die flaumige Dämmerung eines Raums, wie ich ihn noch nie gesehen hatte, weit und hoch und voller Zierrat, alles in einem wuchtigen Durcheinander, da Massiges, da Weiches Ragendes Tragendes Fallendes Fließendes Fliehendes …

»Barock«, sagte Mimi zur hohen, schon dunkelnden Kuppel hinauf, »im Übergang zum Rokoko.«

»Alle Formen«, flüsterte ich, den Kopf ebenfalls in den Nacken gedrückt, »und von allem zu viel.«

»Arthi-Darling«, sagte sie spitz, »solche Sottisen solltest du künftig unterlassen.«

Wir standen wie bei einer Flugschau, und um mich in all den Symbolen nicht völlig zu verlieren, zeigte ich auf einen Wappenschild im Zenit des höchsten Bogens. Auf dem Wappen sah ein schwarzer Vogel mit zwei Köpfen nach links und rechts und trug eine Krone mit einem kleinen Kreuz. Das sei der Doppeladler, erklärte Mimi, das Wappen der Donaumonarchie.

»Hat es dir der Vater nicht gesagt? Maria zum Schnee ist eine habsburgische Stiftung. Ihr Zöglinge seid die letzten Untertanen der Kaiserin. Stell dir vor«, flüsterte sie ehrfürchtig, »früher hat den Habsburgern die halbe Welt gehört, ganz Mexiko und der halbe Osten, bis weit nach Russland hinein. Sender Katz, unser Urahn, war Monate unterwegs, um von Drohobytsch, wo er bei Svatopluk & Kohn eine Pelzmütze und den Koffer gekauft hat, in die Schweiz zu kommen.«

»Monate?«, fragte ich ungläubig.

»Jahre«, antwortete Mimi, »Sender hat zu Fuß den ganzen Landozean durchquert. Im Galizier hatte er nichts als die Gebetsriemen, ein paar geklaute Kartoffeln und seine Schneiderschere.«

Mimi zog ihre Autohandschuhe aus, tunkte zwei Finger ins Weihwasserbecken, und ein Zucken ihrer frisch rougierten Lippen verriet, dass das Wasser eiskalt sein musste, nah am Gefrieren.

»Arthi-Darling, trag Sorge zu dir. Und bitte«, Mimis Augen wurden feucht, »vergiss mich nicht.«

Als sie das Knie beugte, sah ich auf ihrem breitrandigen Sommerhut schmelzende Schneekristalle glitzern, und plötzlich war mir klar, dass die Überquerung des Acheron doch die bekannten Folgen hatte. Die Wespe im Glas war verstummt. Die Hollywoodschaukel stand nicht mehr auf der Wiese. Und Mimi? Im Stift Maria zum Schnee würde ich sie verlieren, wir ahnten es beide.

»Ich denke, du wirst die Kaiserin demnächst kennenlernen«, wechselte Mimi in den Ton der Fremdenführerin und entkam so ihrer Wehmut. »Am Todestag des Kaisers nimmt sie jeweils an der Seelenmesse teil, die die Patres für ihn lesen.« Jetzt versuchte sie sogar zu lächeln. »Aber sie könnte noch einen anderen Grund für ihre Besuche haben. Sagt man jedenfalls.«

Das Portal fiel donnernd hinter uns zu, und wieder drohte uns die Fassade, die bestimmt so lang war wie die Titanic, zu erschlagen.

»Bei den Patres«, fuhr Mimi fort, »wirst du über das Geheimnis der Kaiserin mehr erfahren. Vielleicht teilst du es mir par occasion mit – brieflich. Oder im nächsten Sommer, wenn wir uns wiedersehen. Ich wüsste zu gern, ob es ihn tatsächlich gibt, den berühmten Diamanten.«

»Was für ein Diamant?«, fragte ich gereizt.

»Rot soll er sein. Ein roter Kristall. Und strahlen soll er, sogar im Dunkeln, wie ein Stern. Früher war er im Besitz der Habsburger, aber beim Zusammenbruch der Monarchie ging er verloren.«

»Hä?«

»Der Rote Diamant gilt als verschollen«, sagte Mimi träumerisch. »Angeblich wird er hier im Kloster aufbewahrt. Schau dir nur diese Fassade an! Oder die Türme! Hier wimmelt es von Verstecken.«

»Maman«, entgegnete ich, »wir sind hoffnungslos zu spät. Und ich fürchte, ich werde anderes zu tun haben, als einen … Diamanten zu suchen!«

*

Mimi zog an der Gymnasiumspforte ein zweites, ein drittes, ein viertes Mal den Stab. Irgendwo im Innern bimmelte eine Glocke, doch nichts geschah. Die hohe Klosterfront blieb stumm, das Portal zu. Es schneite stärker. Pilger, unter Schirme gebückt, tappten über den leicht abschüssigen, bereits weißen Klosterplatz zum Dorf hinab, von ihren schwarzen Fußabdrücken gefolgt.

»Eine Dame warten zu lassen«, schimpfte Mimi, »was erlauben sich diese Mönche!«

Da tat sich in der Tür ein Spalt auf, und aus gespitzten Lippen, über denen sich ein Schnauz kräuselte, kam täuschend echt ein Vogelzwitschern.

»Sind Sie der Pförtner?«

Der männliche Vogel war kaum größer als ich, trug ein

Hütchen mit langen Federn und eine Brille mit dick gerillten Gläsern. Er erinnerte mich an den zerzausten Doppeladler.

»Ja, Maman«, übersetzte ich für Mimi das Gezwitscher, »das ist der Pförtner.«

»Bitte ihn, den Koffer aus dem Wagen zu holen, dann bekommt er einen Obolus.«

Sie suchte in ihrem Unterarmtäschchen die Zigarre, die uns der Vater für den Pförtner mitgegeben hatte, und ich führte ihn über den Platz zu unserem Ford, wobei er mir mit einem Kopfrucken zur Turmuhr bedeutete, das Schuljahr habe bereits am Nachmittag begonnen. Der Galizier enthielt die vorgeschriebene Wäsche für ein ganzes Trimester: zwei Dutzend schwarze Wollsocken, baumwollene Unterhosen, Frottiertücher, Waschlappen, das Necessaire, die Serviette sowie die Dose mit dem Essbesteck, in das die Nummer 230 eingraviert war. Ich zeigte dem Vogelmann das in den Kragen meines Wintermantels eingenähte Stoffschildchen, worauf er mir trillernd zu verstehen gab, die 230 sei eine ziemlich gute Nummer.

Der pfeifende Vogelmann nahm den Koffer auf die linke Schulter, und indem ich hinter ihm herging, fiel mir ein, dass der Galizier Mimi nicht nur ins Berner Konservatorium begleitet hatte, sondern auch zu ihren Geburten ins Spital, wie ein Talisman. Mir hatte er damals tatsächlich Glück gebracht. Nach zwei Totgeburten war ich der Erste, der durchkam, und ich konnte nur hoffen, dass mir der Talisman auch im Kloster zu überleben half.

*

Über breite Sandsteinstufen ging's in eine obere Etage, dann durch einen langen feuchten winterkalten Korridor in ein weiches Dunkel hinein. Mimis Stöckelschuhe riefen auf den Steinplatten ein Klickern hervor, das wie ein Kastagnettentanz von den Wänden hallte, und mit eingezogenen Köpfen schlichen wir an einer Statue vorbei, die mit Marmorsandalen auf einem Marmorsockel stand, die Rechte erhoben, als wollte sie Mimi eine knallen. »Ego sum via, veritas et vita«, lautete im Sockel die Inschrift. Bald würde ich sie übersetzen können.

Links eine lange Reihe hoher Fenster, rechts schwarz glänzende Türen, alle römisch beziffert, vermutlich waren es die Schulzimmer. Eine Girlande düsterer Lampen verlängerte den Gang ins Endlose. Und kalt war's. Eisig. So musste sich Scott gefühlt haben, als er mit der Karawane seiner hilflos stapfenden Ponys und den überfrachteten Schlitten hinausgezogen war in die Polarnacht, die ihn töten würde.

Der Gang machte einen Knick. Der Vogelmann stellte den Galizier ab und flüsterte, den Schnabel nah an meinem Ohr: »Ich warte hier.«

»Stimmt es, dass der Heilige im Krieg war?«

Mimi verdrehte die Augen. »Arthur, bitte! Ich muss noch den ganzen Weg zurückfahren, bei Nacht und Nebel.«

»Und Schnee«, pfiff der Vogel, »und Schnee, viel Schnee. Es ist die dritte Tür links.«

*

Keine Möbel, keine Bilder – da war einfach nichts. Nichts als Leere. Leere und ein fahles Licht aus weißen Kugellampen. Nur stehen konnte man auf dem glänzenden Linoleumbelag – oder knien. Knien und beten. Oder auf den Knien den Linoleumboden saubermachen. Und du lieber Himmel, was steckte hinter all den geschlossenen Schranktüren, die den unteren Teil der Wände bildeten? Wurden da Akten aufbewahrt, die Namen und Daten der Zöglinge: Goldau Arthur, Sohn des Hans und der Maria, genannt Mimi, einer geborenen Katz?

In einem der zahllosen Schränke tickte eine Uhr – vielleicht war sie eingeschlossen, weil der Heilige nur die Ewigkeit gelten ließ. Aber dann bimmelte es kurz. Viertel nach. Offenbar wurde selbst ein Heiliger die Zeit nicht los. Wir sahen durch ein hohes Fenster in die Nacht hinaus, wo es unaufhörlich schneite, und auf einmal spürte ich ein leises Schnauben in meinem Nacken. Ich drehte mich langsam um, und, mein Gott, er war da, herangeschwebt: der Heilige!

Unter dem schwarzen Kuttensaum sahen in abgelatschten Sandalen nackte weiße Riesenzehen hervor. Die Nägel hatten Trauerränder, auf den Gliedern sprossen schwarze Haarbüschel, und kaum zu glauben – da gab es Lücken. Einige Zehen fehlten. Es flimmerte mir vor den Augen, irgendwo knallte eine Tür zu, laut und lauter tickte die eingesperrte Zeit. Oh, wie peinlich war es, diese Zehen anzustarren! Die Füße waren mindestens so groß wie die Marmorfüße der Jesus-Statue, an der wir uns vorhin vorbeigedrückt hatten, doch kamen mir die Zehen des Heiligen, soweit überhaupt vorhanden, schrecklich nackt vor – so nackte Zehen hatte ich noch nie gesehen. Ich konnte nur hoffen, dass sich Maman entschieden hatte, dem Heiligen ins Antlitz zu sehen, sonst würde ihr übel.

Den Kopf zwischen die Schultern duckend, drehte ich den Blick vorsichtig nach oben und bemerkte, dass sich vor mir ein Riese aufgebaut hatte, größer als der Vater, schwer breit stark, doch hatte der Riese lange seidene Wimpern. Wie Mimi – seine waren allerdings blond, ihre schwarz. Und sein Geruch, sein *Geruch*! Der Heilige stank derart enorm nach Ziegenbock und Weihrauch, dass Mimi und ich verzweifelt versuchten, nur gerade das Nötigste an Luft hereinzuholen – was nun leider zu einer Slapsticknummer führte. Mimi und ich griffen zum Taschentuch, doch im selben Moment wurde uns bewusst, dass es der Heilige als Affront empfinden könnte, wenn wir beide, noch dazu gleichzeitig wie Synchronschwimmer, ein Tuch an die Nase hielten. Also ließen wir's verschwinden, sie in ihren Blusenärmel, ich in die Manteltasche – nein, nicht ganz. Da auch Mimi das Tuch wegsteckte, konnte *ich* es ja wieder hervorziehen, und da Mimi in derselben Sekunde das Gleiche dachte, drückten wir am Ende aller Anstrengungen beide die Nase ins Taschentuch.

»Hochwürdigster Herr Pater«, ließ sich Mimi gedämpft vernehmen, »ich bin Madame Goldau. Leider haben wir uns ein wenig verspätet.«

… und auf einmal unterlief der sonst so parkettsicheren Dame ein Fehler nach dem andern. »In protestantischen Kantonen«, fuhr sie fort, »sind die Straßen eindeutig gepflegter als in den katholischen. Zum Glück ist uns ein junger Gentleman zu Hilfe gekommen, sonst wären wir im Graben zugeschneit worden – mit so einer Wetterlage rechnet man ja nicht, in den tieferen Regionen.« Dem folgten ein Seufzer und ein Klimpern ihrer schwarzen Halbmonde.

»Und dann dieser *Vogelmensch!*«, setzte Mimi noch einen drauf, weiterhin ihr Tüchlein im Gesicht. »Puh, das war vielleicht eine Nummer! Völlig meschugge. Hat die ganze Zeit gezwitschert und gepfiffen, wie eine Drossel.«

»Die angebliche Drossel«, sprach der Heilige mit sanfter Stimme, »ist ein Armer im Geiste, der im Stift Unserer Lieben Frau Obdach und Brot gefunden hat.«

Es reichte Mimi nur zu einem Lächeln, auch der Heilige lächelte, und mir war völlig klar, dass sie meinen Einstand komplett vermasseln würde.

»Tja«, meinte sie verlegen, »das ist Arthi, unser Sohn, hochwürdigster Herr Pater.«

»Bruder«, korrigierte er sie mit einer noch sanfteren Stimme. »Gott der Herr hat es nicht gewollt, dass ich die höheren Weihen empfange. Ich bin der Bruder Frieder.«

»Bruder Frieder«, wiederholte Mimi, »Ihr Vogel-, Pardon, Ihr Pfortenmensch konnte uns leider nicht garantieren, dass Arthi einen Kühlschrank zugewiesen bekommt. Arthi ist kein besonders guter Esser, müssen Sie wissen. Deshalb habe ich mir erlaubt, ihm ein paar von seinen Lieblingsspeisen einpacken zu lassen, unter anderem eine Wildpastete.«

Auf so einen hatten sie hier gewartet – Kühlschrank Lieblingsspeise Wildpastete! Madonna, flehte ich, bitte verhindere, dass Mimi ihr Täschchen aufknipst … und schon begann sie, hektisch darin zu wühlen.

»Nach Ansicht meines Gatten«, plapperte sie ungeniert weiter, »pflegen die hochwürdigen Herren dem Himmel ein Rauchopfer darzubringen. Ich könnte mir vorstellen, dass der Duft dieser Havanna auch dem lieben Gott gefällt.«

Der Heilige hob abwehrend die Pranke, aber dann, ein schelmisches Schmunzeln um die Lippen, nahm er die Gabe doch entgegen: »Grüßen Sie Ihren Herrn Gemahl von mir. Ist er im Feld?«

»Im Gebirgsmanöver.«

Maman und der Heilige lächelten wieder um die Wette, beide mit den Wimpern klimpernd, sie mit den schwarzen, er mit den blonden, aber auf einmal beugte sich der Heilige vor und betrachtete intensiv das silberne Müschelchen, das am Revers von Mimis blauem Mantel blitzte. »Na«, säuselte er, »was für ein hübsches Käferchen!«

Mimi warf mir über das geneigte Haupt einen Blick zu, der Bände sprach, und meinte süßsauer: »Ein Marienkäferchen, aber ich fürchte, Bruder Frieder, ich sollte jetzt aufbrechen. Es schneit, und stellen Sie sich vor, ich habe kein einziges Pannendreieck dabei! Ist das die Tür nach draußen? Oder landet man hier im Besenschrank?«

Sie riss eine der vielen Türen auf – und heraus glotzte das seekranke Gesicht eines jüngeren Paters. Er saß in seiner Koje an einem Schreibpult, wurde von einem Lämpchen mit grüner Haube beschienen und hielt einen Federkiel in der Rechten. Mimi, die durch die nächste Tür entkommen wollte, begann plötzlich zu lachen – auch in diesem Schrank steckte ein Pater! Er kniete auf einer Betbank und trug einen Kopfhörer mit dicken runden Hörmuscheln. Mir ging ein Licht auf. Der Oberst hatte gegen seine Frau entschieden, der aus dem Weltkrieg hervorgegangene Heilige sei der richtige Erzieher für mich, doch typisch Mimi – dank ihrem Pannentalent war es ihr gelungen, ein Schlamassel anzurichten, das nun zu ihren Gunsten ausging.

»Arthi-Darling«, flötete sie mit einem entzückenden Lächeln, »würdest du so liebenswürdig sein, mich nach Hause zu begleiten? Ich denke, das Kloster ist nichts für uns.«

Ich habe sie ziehen lassen. Ich wollte hier zum Mann gemacht werden, wie vom Vater verlangt, und vielleicht, wer weiß, war Maman an meiner Entscheidung nicht ganz unschuldig. »Rot soll er sein«, hatte sie gesagt, »ein roter Kristall. Und strahlen soll er, sogar im Dunkeln, wie ein Stern …«

*

Wortlos war sie davonstolziert, den linken Arm erhoben, mit dem Autohandschuh ein Winken andeutend, wobei die spitzen Absätze ihrer Stöckelschuhe eine Spur winziger Hufeisen in den Linoleumbelag stachen …

»Sie hat mir den Boden versaut«, wimmerte Bruder Frieder –

… aber da war ich schon losgerannt, hetzte erst das düstere Treppenhaus hinab, dann durch den endlos langen Gang an den schwarz gebeizten, finster glänzenden Türen vorbei ins nächste Treppenhaus, das hinunterführte zur Pforte. Abgeschlossen. Mit Ketten verriegelt. Mit Eisenstangen verrammelt. Das Kloster war eine Festung, ein Gefängnis, jetzt war *ich* zu spät gekommen. Heulend schlug ich meine Fäuste gegen das Portal.

»Maman«, schrie ich, »nimm mich mit! Ich werde dir immer helfen, den richtigen Schmuck auszuwählen …«

Ein schummriges Licht ging an, das Pfortenfenster wurde geöffnet, und der Pförtner mit den gerillten Brillengläsern, dem Federhütchen, dem Schnauz legte den Kopf in die Schräge.

»Ah, die Nummer 230!«, zwitscherte er amüsiert, »zu dieser Stunde noch unterwegs?«

Seine Kralle ergriff meine schweißnasse Hand und führte mich wortlos die Treppe hoch und durch den ewig langen, inzwischen noch dunkleren Gang wieder ins Innere. »Hör zu, 230«, zwitscherte er vorsichtig, das Federhütlein an die Vogelbrust gedrückt, »als alte Drossel gebe ich dir einen guten Rat. Du musst dich mit deinem Käfig arrangieren, oder du gehst ein. Natürlich kann man auch eingehen, wenn man sich arrangiert, aber die Regel ist: Pass dich an, dann überlebst du. Schau, ich habe mich auch angepasst. Vor mehr als vierzig Jahren war ich der Sängerknabe mit der reinsten Stimme und ein begabter Kunstpfeifer. Ich bin sogar mit Leo Slezak aufgetreten. Kennst du den?«

Ich schüttelte den Kopf.

»Was, du kennst Leo Slezak nicht?«

»Nein«, sagte ich verwirrt.

»Das darf nicht wahr sein, 230! Leo Slezak war ein weltberühmter Tenor, aus dem Mährischen. Es war die Zeit nach dem Untergang des Habsburger Reichs. In Wien haben sie die Republik ausgerufen und das Kaiserpaar aus der Hofburg verjagt. Schlechte Zeiten für die Kunst, Geld gab es damals nur noch in der Schweiz. Ich nehme an, das war der Grund, weshalb ein so berühmter Mann wie Leo Slezak bei uns im Fürstensaal eine Operngala präsentiert hat, etwas Schöneres kannst du dir nicht vorstellen! Aus Puccinis ›La Bohème‹ sang er die Arie des Rudolf, ›Wie eiskalt ist dies Händchen‹, und als Krönung erschien er im Kostüm des Lohengrin mit

Helm, Schwert und Schild und sang die Gralserzählung: ›Alljährlich naht vom Himmel eine Taube, um neu zu stärken seine Wunderkraft.‹ Wir Sängerknaben sangen die Orchesterbegleitung. Vor dem Konzert gab es eine Probe, gemeinsam mit dem berühmten Tenor, der bereits als Lohengrin kostümiert war. Er trug einen Blechhelm und einen Schild, besetzt mit lauter Juwelen, natürlich nichts Echtes, nur billige Klunker. Statt meinen Part zu singen, pfiff ich fröhlich mit. Auf einmal verstummten alle. Leo Slezak kam auf mich zu und fragte: Bist du das zwitschernde Vögelchen? Ich dachte, holla, jetzt gibt's ein Donnerwetter!«

»Das hätte ich auch gedacht.«

»Natürlich. Jeder hätte es gedacht. Aber der große Leo Slezak, ein Mann von Weltruf, hat mich gebeten, die Stelle zu wiederholen, wie vorhin, als Vögelchen. Ich fragte: Amsel oder Drossel? Drossel, schlug er vor, ich pfiff drauflos, und du glaubst es nicht, 230, da lud er mich ein, mit ihm und seiner Truppe auf Tournee zu gehen. Ein Vogel, sagte Leo Slezak, hat uns noch gefehlt. Vielleicht hätte ich mitgehen sollen.«

»Oh ja!«

»Ach was. Hier lebt man gar nicht so schlecht. Draußen geht es sehr viel schlimmer zu. Da fallen die Menschen übereinander her. Es gibt Kriege mit Gasangriffen.«

»Nein, nur Manöver, da schießen sie mit blinder Munition. Der Feind wird supponiert, sagt der Major.«

»Supponiert?«

»Es gibt ihn nicht.«

»Und trotzdem wird er bekämpft?«

»Ja. Und immer gewinnt Papa. Sagt er jedenfalls.«

»Hast du die Zehen des Heiligen gesehen?«

»Meinen Sie die Zehen, die ihm fehlen?«

»Genau die meine ich. Früher war er Soldat. Er hat den Russlandfeldzug mitgemacht, im eisigen Winter. Da war alles echt, das kannst du mir glauben. Und warum, frag ich dich, ist der weltberühmte Leo Slezak bei uns aufgetreten? Weil in Wien alle Theater geschlossen waren, auch die Hofoper. Sie hatten keine Kohlen mehr, um die riesigen Zuschauersäle zu heizen. Da geh ich doch nicht mit nach Wien, wo alles untergegangen ist, die ganze Donaumonarchie, und stell mich auf die zugige Bühne und bringe mit den zitternden Lippen nicht einmal eine Amsel zustande, geschweige denn eine Nachtigall.«

Wir stiegen im Treppenhaus langsam die Stufen hoch, zu den Schlafsälen, und erst jetzt, da ich ihn mit vorgeschobener Lippe keuchen hörte, merkte ich, wie alt der Pfortenvogel war. »Herr Drossel«, sagte ich, »stimmt es, dass hier im Kloster ein Diamant versteckt ist?«

»Ein Diamant? Hier im Kloster?« Der Pfortenvogel verneinte. Davon sei ihm nichts bekannt. »Dein Bett findest du im Saal E, Elysium. Subpräfekt Walafried erwartet dich.«

»Vielleicht frage ich den.«

»Besser nicht, 230. Geh jetzt schlafen. Deine Klamotten habe ich eingepufft. Der Koffer ist im Dachstock, versehen mit deiner Nummer. Wenn du uns dereinst verlässt, wird er dir ausgehändigt. Ach ja, da wäre noch etwas. Du musst mir deine Schuhe geben, sie werden ebenfalls eingelagert. Am Spind hängt deine Kutte; die übernimmst du von einem älteren Zögling. Er wird dir auch seine Sandalen überlassen.«

»Tragen hier alle Sandalen?«

»Wie unser Herr Jesus Christus.«

»Auch jetzt, im Winter?«

»Winter nennst du das? Das ist nur der Anfang, 230. Der Frost kommt erst.«

»Da hätten Sie auch mit Herrn Slezak gehen können. Viel kälter wird es in der Hofoper nicht gewesen sein.«

»Nimm dich in acht, 230. Mit deinem losen Maul bringst du dich in Teufels Küche. Und erzähl niemandem, dass wir miteinander gesprochen haben. Den Diamanten gibt es nicht.«

*

Der Herr der Steinstadt war der Bruder Frieder. Ursprünglich war er im Fleischteil der Küche tätig gewesen und hatte als Schlachter, wie die Küchengesellen schaudernd erzählten, manchen alten Ochsen mit dem Beil erschlagen. Wie er dann zu seinem Amt als Präfekt gekommen war, würde wohl immer ein Geheimnis bleiben. Er selbst behauptete, der Abt habe ihn ernannt, doch wäre das ein veritables Wunder gewesen – der Fürstabt vom Stift Maria zum Schnee, Meinradus der Dämmerer, befand sich seit Jahr und Tag im Zustand der Erloschenheit. Nun, vielleicht *war* es ein Wunder, jedenfalls hatte der ehemalige Schlachter den Aufstieg aus der blutigen Küche in die erhabene Halle der Präfektur, wo alles Menschliche in Schränken weggeschlossen war, erstaunlich leicht bewältigt. Offiziell war Bruder Frieder der Praefectus puerorum (Knabenerzieher) und Psychopompos (Seelenführer), doch beherrschte er mit unumschränkter Macht das ganze Stift, auch seine Mitbrüder, und viele unter ihnen sahen im Frieder nicht den Tyrannen, sondern den Katechon, den Aufhalter des Untergangs. Die Kraft dazu hatte er, auch den Willen, die Zähigkeit. Bruder Frieder ließ die Risse in den Wänden verfugen, die feuchten Flecken übertünchen, ächzende Balken im Dachstuhl ersetzen, schiefe Mauern stützen, zerbrochene Scheiben reparieren. Die Haare der Zöglinge hielt er kurz. Wer nicht zur Beichte ging, wurde abgemahnt. Wer zu spät zum Morgengebet, zum Studium oder zu einer Mahlzeit erschien: Küchendienst. Ein schludrig gemachtes Bett: Putzdienst; Schwätzen in der Silentium-Zone: Schneeschippen. Wenn man in der Rekreation (Erholung) zu zweit, nicht in einer Gruppe wandelte, musste man damit rechnen, einem Verhör über »krankhafte Neigungen« unterzogen zu werden, und wer allein in einer Fensternische stand, wo er hinausstarrte in das unaufhörliche Schneien, setzte sich dem Verdacht aus, heimlich Gedichte zu verfassen. Eine Abweichung vom Mittelmaß, also besonders gute oder schlechte Leistungen, erregten den persönlichen Zorn des Psychopompen, dem alles Auffällige verhasst war. »Individualismus« hielt er für eine Todsünde. Stoffe, Teppiche oder Pflanzen tolerierte er ausschließlich in der Kathedrale. Unsere Kutten waren schwarz wie die Kruzifixe an den weiß gekalkten Wänden, und nur entzündete Pickel in den wachsbleichen Gesichtern oder die fleischige Unterlippe von Vizepräfekt Maria Servilius tupften etwas Farbe in die gräuliche Luft. Das erste Gebot der Steinstadt lautete: Sei wie alle, Maß Mitte Durchschnitt. Ein talentierter Orgelspieler, der von seiner Brillanz nicht lassen wollte, wurde mehrmals zu Strafexerzitien verurteilt, und die Patres waren angehalten, begabten Schülern die Flügel zu stutzen.

Unermüdlich war der Bruder Frieder tätig, und obwohl er sich im russischen Winter mit einer Rosenschere vier erfrorene Zehen abgezwackt hatte, war keiner länger auf den Beinen als er, der demütigste Diener an der Gemeinschaft, der Heiligmäßige schon zu Lebzeiten, der von einfältigen Gemütern sogar als Nothelfer angebetet wurde. Mitten in der Nacht trug er einen Fiebernden ins Lazarett, in der Frühe schaufelte er Kohlen in die Heizungskessel, nachmittags empfing er eine Pilgergruppe zum geistlichen Gespräch, und wenn die tumben Küchengesellen mit dem Waschen der Kutteln im Verzug waren, eilte er ihnen zu Hilfe, um eigenhändig die Fütterung der immer hungrigen Mäuler sicherzustellen.

*

Im länglichen Speisesaal führte ein Mittelgang auf das mächtige, den ganzen Saal dominierende Kruzifix zu. Unter ihm thronte auf einer kleinen Bühne die Heilige Dreifaltigkeit: in der Mitte Bruder Frieder, ihm zur Rechten Vize Servilius, ihm zur Linken Subpräfekt Walafried.

Es war ein Ritual, das sich dreimal täglich wiederholte: Wenn sich die Heilige Dreifaltigkeit die fettgefleckte Serviette in den Kalkkragen gestopft und sich an der Tafel niedergelassen hatte, krachten wir Zöglinge auf die Stühle und konnten es kaum erwarten, bis der Wagen mit den Speisen in den Saal gefahren wurde. Dieser Wagen verfügte über mehrere Etagen und wurde von zwei buckligen, apathisch glotzenden Küchengesellen durch den Mittelgang geschoben, so dass die beiden Tischsenioren, die ihre Plätze am Gang hatten, die Platten aus den Etagen ziehen und sich als Erste schöpfen konnten. Dann gaben sie die bereits etwas reduzierten Speisen weiter, die nächsten packten ebenfalls zu, und da wir pro Tisch acht Mann waren, nach Klassen gestuft, wurde ein Frischling, der ganz unten am Schluss der Tafel hockte, Biafra genannt (nach einem afrikanischen Hungergebiet). Ein Biafra tat gut daran, der Tischordnung eine Lehre fürs Leben zu entnehmen: Friss oder stirb.

War das Essen nach 27 Minuten beendet, erhob sich die Dreifaltigkeit, und mit diabolischer Lust verfolgten dreihundert Augenpaare, wie es dem Subpräfekten Walafried mit schöner Regelmäßigkeit misslang, die Serviettenrolle synchron mit Bruder Frieder und Vize Servilius durch den Silberring zu stecken.

»Mikro!«, fauchte Frieder dem Vize zu.

Der gab den Befehl an den Sub weiter, »Mikro!«, worauf sich der Sub an den Pfortenvogel wandte, der gerade dabei war, neben der Bühne einen Kabelsalat zu entwirren: »Drossel, schalt endlich das Mikro ein!«

Die Blechtrichter, die über unseren Nacken unterm Gewölbe hingen, gaben ein Knistern von sich, dann donnerte die Durchsage des Allmächtigen wie ein Düsenjäger über dreihundert sich duckende Köpfe hinweg: »Unverzüglich in der Präfektur einzufinden hat sich der Zögling 101.«

Der Aufgerufene erblasste – als hätte ihn der Lautsprecherkübel mit Kalk übergossen. Beim Verlassen des Saals drängten wir von ihm weg, und hinter vorgehaltener Hand teilte uns ein Spitzel mit: »Die 101 war hinter dem Roten Diamanten her.«

*

… es gab ihn nicht, doch war er ein Wort, eine Sage, ein Gerücht, ein Gerücht im Kloster Maria zum Schnee, eine Sage in der Wüste. Und wenn die Karawanen rasteten, die Kameltreiber und Kaufleute um das Feuer saßen und über ihnen die Sterne funkelten, war da stets ein Weitgereister, der einen kannte, der ihn gesehen hatte mit eigenen Augen: den Roten Diamanten. Und die Kaufleute und Kameltreiber, die der Sage lauschten, trugen sie in die Städte aus Marmor und in die Stadt aus Messing, und kam die Rede auf ihn, erglänzten die Augen der Lauschenden, als würden sie ihn sehen: den Roten Diamanten. Vom Himmel sei er gefallen, meinten die einen, und andere wussten zu berichten, dass er in den Regenwäldern hinter den Quellen des Nils dem Schoß der Erde entstiegen war. Dort ließen die Herrscher jener Zeiten nach ihm suchen, doch mussten Jahrhunderte, gar Jahrtausende vergehen, bis er aus der afrikanischen Unendlichkeit wieder auftauchte: im ägyptischen Theben, laut Homer »die Königsstadt der hundert Tore«. Die Stadt lag am Nil, und ein Steinfisch hatte das Ei aus Kristall in ein verlassenes Schwanennest erbrochen. Priester errichteten dem göttlichen Fund einen Altar, und siehe da, nicht nur in der Glut der Sonne, auch im Widerschein des Nachthimmels flammte er wie Feuer, ein Feuer, das keiner Nahrung bedurfte.

Die Kunde der Ewigen Flamme flackerte nilabwärts in

die Welt hinaus, worauf Glücks- und Goldsucher aller Länder zu Kamel, zu Pferd, auf Eseln und Barken herbeijagten, um einen Funken der Ewigkeit zu erhaschen. Die Zinnen über jedem der hundert Tore waren von Pfeilschützen besetzt, aber die Anstürmenden waren zu zahlreich, die Tore barsten, und die eben noch glücksberauschte Königsstadt verwandelte sich in eine Flammenhölle. Als der Rauch verweht, die Asche erkaltet und die einst stolze Umfassungsmauer des königlichen Theben eine verkohlte Ruine geworden war, war auch der Stein verschwunden, doch nicht die Sage, nicht das Gerücht, nicht sein Name, und auf einmal war er wieder da, er, der Rote Diamant: am Hals der Königin Kleopatra.

Kleopatra glaubte gegen Rom bestehen zu können, indem sie sich den zwei mächtigsten Römern hingab, erst Julius Cäsar, dann Marcus Antonius. Als Antonius von Augustus besiegt wurde, verlor Kleopatra nicht nur den Geliebten, sondern auch ihre Macht – in den eigenen Gemächern wurde sie zur Gefangenen, und als sie hörte, man werde sie im Triumphzug durch Rom führen, am ledernen Halsband, wie eine Hündin, bat sie um einen Korb mit Feigen. Plutarch berichtet, dass der Korb anstandslos die Wache passierte, denn die entthronte Königin war nackt auf ihrem Lager hingegossen, und die Wächter, römische Legionäre, hatten nur Augen für Kleopatras Brüste, zwischen denen ein Stern strahlte, der Rote Diamant. Kaum war sie wieder allein, nahm die Gefangene zwei Vipern aus dem Korb und setzte jede an eine Brust. Die Vipern bissen zu, und als das brennende Gift in sie einströmte, stöhnte die sterbende Königin wie in einer lustvollen Umarmung.

Es war der Tod, der sie umarmte. Die Vipern entkamen – in eine Mauerritze, behauptete der eine Wächter; durch das vergitterte Fenster in den Garten, schwor der andere, und noch unter dem Galgen beteuerten beide, mit den Vipern sei auch er verschwunden, der Heilige Stein, der Rote Diamant.

Er war verschwunden, und als man ihn schon beinah vergessen hatte, tauchte er wieder auf: in der Bibliothek von Alexandria. Hier, wo das gesamte Wissen der antiken Welt gelagert war, die Weisheit der Philosophen, der Kosmologen, Seefahrer und Sterndeuter, wurde auch der Rote Diamant aufbewahrt, eingeschlossen in ein hermetisches Gefäß, denn es war der Götterbote Hermes, glaubten die Weisen, der ihn den Menschen einst gebracht hatte. Als die Alexandrinische Bibliothek in Flammen aufging, verbrannte das gesamte Wissen der alten Welt, aber zwischen den verkohlten Ruinen glühte in der grauen Asche der Rote Diamant. Welche Hand nach ihm griff, blieb für immer ein Geheimnis, wieder verschwand er, und wieder tauchte er eines Tages auf, diesmal am anderen Ufer des Mittelmeers: in einer feurigen Lavamasse, die sich vom Krater des Ätnas herabwälzte.

Fortan zog er eine Spur durch die Historie, und die begann auf Sizilien, bei Friedrich, dem Staufer.

Friedrich ließ den Stein in seinen Schwertgriff schmieden und erwarb sich bald den Ruf, unbesiegbar zu sein wie Herkules. Er vererbte das Schwert und die Stauferkrone an seinen Sohn, dieser jedoch, Konrad, überlebte den Vater nur um wenige Jahre, und die Macht der Staufer kam in die Hände von Manfred, Konrads Halbbruder. Auch er focht mit dem Schwert, aber im Kampf Mann gegen Mann schlug es ihm Karl von Anjou aus der Hand.

Dieser Karl war süchtig nach Macht und Abenteuern und hielt sich für stark genug, mit dem diamantenbesetzten Stauferschwert die Welt zu erobern. Als Erstes strebte er die Herrschaft über Jerusalem an, und Maria von Antiochia, die es nach Kleopatras Juwel gelüstete, war bereit, dafür ihre Krone herzugeben. Der Rote Diamant wurde vom Schwert gelöst und mit einer Goldkette Maria um den Hals gelegt, doch ohne Stein hatte Karl seine Zauberkraft eingebüßt, und in einem Wutausbruch, die Sizilianische Vesper genannt, wurde er von der Insel geworfen.

Das Schloss der Maria von Antiochia stand zu Akkon auf heißem Boden, und nachdem die Kreuzritter, die sie eigentlich verteidigen sollten, Reißaus genommen hatten, war der Weg für die Mameluken frei. 1291 eroberten sie Akkon, und Sultan Saladin schloss den Roten Diamanten, das Ziel seiner Eroberung, in eine von hundert Lanzenträgern bewachte Schatzkammer ein. War ein Dieb unter ihnen? Oder ließ ein Beben die Steintore bersten?

Der Diamant verschwand, doch zweihundert Jahre später tauchte er wieder auf, jetzt von einem Meister geschliffen. Vierundsechzig Felder strahlten in vierundsechzig Richtungen, so dass Eingeweihte ehrfürchtig vom »Drachenauge« sprachen, doch nur flüsternd, hinter vorgehaltener Hand. Anno Domini 1477 wurde er erstmals schriftlich erwähnt, in einer Stadtchronik, und da es in Florenz geschah, ging er als »Roter Florentiner« in die Register der Diamantenhändler ein. Unter diesem Namen erschien er anno Domini 1584 in Prag, und erneut verzeichnete die Chronik einen hochadligen Besitzer: Kaiser Rudolf II. Dieser Rudolf, ein Gold und Gott suchender Geist, ließ sich von den berühmtesten Alchemisten und Astronomen beraten und regierte unter dem Wahlspruch »Fulget caesaris astrum«, es leuchtet des Kaisers Gestirn.

Aber dieses Gestirn, der Rote Diamant, leuchtete in Rudolfs Krone nur kurz. Die einen behaupteten, Rabbi Löw habe ihn dem Golem als Seele eingepflanzt, andere meinten, Rudolf habe ihn an die Fugger verkauft. Um an Bargeld zu kommen, reichten die Fugger (oder die Nachkommen des Golems) das wertvolle Juwel an den Papst weiter, und vom Brustkreuz eines Pontifex soll er schließlich in den Besitz der Habsburger gewechselt haben, nach Wien, in die Geheime Schatzkammer der Hofburg.

*

Eine Woche vor dem Besuch der Kaiserin, die jedes Jahr zur Seelenmesse für den verstorbenen Kaiser Karl im Stift Maria zum Schnee erschien, traf in der Person des greisen Wenzel Hornyak, Linienschiffsleutnant in Pension, eine Art Vorauskommando ein. Es hieß, der Herr Seeleutnant habe sicherzustellen, dass die Temperatur in den Gängen und Sälen Ihrer Majestät angemessen sei, und auf den ersten Blick wirkte diese Behauptung durchaus glaubwürdig. Wenzel Hornyak zog mit einem Thermometer durch die Trakte des Klosters und bestätigte so die offizielle Version – er habe darauf zu achten, dass die Temperatur in den Fluren angehoben werde. Aber wenn er sich unbeobachtet fühlte, benahm er sich seltsam, der greise Seeleutnant. Mal öffnete er ein verschlossenes Kabinett, mal tastete er einen schiefen Schrank ab oder klopfte an hohle Mauern. Von Tag zu Tag wurde augenscheinlicher: Entweder war dieser Hornyak senil, oder er suchte nach einem verborgenen Gegenstand. Auch dazu wurde unverzüglich eine Erklärung geliefert. Habsburg, hieß es, sollte nicht ein weiteres Mal durch ein Attentat erschüttert werden – der Seeleutnant durchkämme das Stift nach einer versteckten Bombe. Nach einer Bombe? Bisher war der Rote Diamant nur ein Gerücht gewesen, aber das hilflose Herumtasten des tatterigen Habsburgers nährte den Verdacht, dass es ihm nicht um ein Attentat, sondern um das Auffinden eines verlorenen Objekts gehen könnte …

*

Als der große Tag unmittelbar bevorstand, gab Bruder Frieder den Befehl, das Stift »wie ein Kriegsschiff flottzumachen«. Uniform säubern, Decks schrubben, Öfen einheizen! Die Blasmusik frischte unter der Stabführung von Stiftskapellmeister Pater Maria Isimachus die Kaiserin-Zita-Hymne auf (Worte Baronin Hedda von Škoda, Musik Erich Wolfgang Korngold), und die Küchengesellen hämmerten mit Holzklopfern die sechshundert von der Kaiserin gestifteten Schnitzel platt (150 Gramm, wie gemunkelt wurde). In der Präfektur polierte Subpräfekt Walafried das Linoleum, ohne allerdings die Narbenspur von Mimis Stöckelschuhen tilgen zu können, und auf allen Etagen kämpften sich Wischkolonnen durch die kilometerlangen Gänge. Vorneweg säte ein Lyzeist (7. und 8. Klasse) Sägemehl aus, ihm hetzte mit meterbreiten Besen eine Phalanx von Rhetorikern (5. und 6.) hinterher, so dass das aufgekehrte, mit Lysol getränkte Streugut in kleinen Wanderdünen durch die Trakte eilte. In den Musikzimmern erstrahlten die Flügel und Posaunen in neuem Glanz, und bald wehte durch das Stift der scharfe Geruch eines chemischen Mittels, das die mit Gasmasken und in Gummimontur ausrückenden Küchengesellen in den Latrinen versprüht hatten.

*

Dann, endlich, war es so weit. Heute, am Vorabend der Seelenmesse, würde Ihre Majestät Zita wie jedes Jahr von Zizers, ihrem Alterssitz, herüberkommen und vom gesamten Stift feierlich empfangen werden.

Bereits am Mittag präsentierte sich Linienschiffsleutnant Hornyak in nahezu aufrechter Haltung in der Uniform seiner jungen Jahre. Stolz trug er den blauen Flottenrock mit den goldenen Knöpfen, und unter der weißen Mütze signalisierte das wettergebräunte Gesicht wie ein Messinstrument aus Messing, dass es tatsächlich etwas wärmer geworden war – als würde das Stift mit voller Feuerkraft südlichen Gewässern entgegendampfen. Im frühen Nachmittag befreiten wir Zöglinge die Anfahrt und den Innenhof der Abtei von den Schneemassen, und die zwei Brüder, die oben in den Türmen hausten – Bruder Wetter sowie, im Glockenturm, der Uhrenbruder –, ließen die langen gelbschwarzen Fahnen herunterflattern.

Kurz vor fünf stieß der Bruder Glöckner sämtliche Hebel auf volle Kraft, um Ihre Apostolische Majestät mit der jubelnden Gesamtheit der zwölf Glocken willkommen zu heißen – das Automobil der Kaiserin hatte das Dorf erreicht.

Jetzt marschierten die Mitglieder der Gymnasialverbindung auf, alle im Vollwichs, an der Hüfte den Säbel, das Tellerkäppi schräg am Kopf, im Stulpenhandschuh die Standarten mit den Wappen längst untergegangener Adelsgeschlechter. Wir Zöglinge reihten uns im Treppenhaus und im Innenhof zum Spalier auf, jeder zweite mit einer Fackel. Die Glocken verhallten. Subpräfekt Walafried visitierte ein letztes Mal die Reihen, dann nahm er Haltung an und schrie zu den Fenstern des Fürstabts hinauf: »Stiftsschule Maria zum Schnee, angetreten zum Empfang Ihrer Apostolischen Majestät!«

Im Dorf, wo das Volk beidseitig die Hauptstraße säumte, schwoll eine Begeisterungswelle an, und schon zeigte sich im Bogen des Torwegs der Kühler mit der Kaiserstandarte und dem silbernen Doppeladler. Kerzengerade am Steuer saß Graf Erdödy, der letzte Oberchauffeur der Donaumonarchie, und trotz seines hohen Alters gelang es ihm nach einigen Brems-, Vor- und Rückwärtsmanövern, die die Köpfe der Insassen gemeinsam nach hinten, gemeinsam nach vorn kippen ließen, an der Treppe zum Abteiportal anzulegen. Die Hupe tönte wie Ferkelquieken und wurde von Ihrer Majestät höchstselbst bedient – vom Rücksitz aus, mittels Druckknopf und geringelter Elektroschnur. Das Quieken verklang. Stille trat ein. Der Pater Zeremoniar klappte in eine Verbeugung, um die hintere Wagentür aufzureißen, worauf dreihundert Kehlen, die ältesten dunkel wie Kosaken, die jüngsten hell wie Engel, der Kaiserin den Willkommensruf entboten: »Hurra! Hurra! Hurra!«

Und wieder: Stille. Selbst die Raben, die hoch über dem Abteihof ihre Kreise zogen, verstummten. Nur die Fackeln setzten ein leises Brodeln in die Luft, und dann – der Stock! Aus dem Fond des kaiserlichen Automobils stocherte ein Stock hervor, dem folgte ein zierlicher Schuh und ertastete sich, von schwarzen Seidensäumen umrieselt, das letzte Stück Boden, das den Habsburgern von ihrer tausendjährigen Herrschaft geblieben war. Von den Dächern erschollen Posaunen, ein Trommelwirbel vertrieb die Raben, die Fahnen wurden zum Gruß gesenkt, und Bruder Frieder, Vizepräfekt Maria Servilius sowie Subpräfekt Walafried robbten bäuchlings auf die Kaiserin zu – Benediktiner küssten einer Apostolischen Majestät die Füße.

Zugleich entstieg der Wagenkabine die Entourage: als Erste die Gräfin Kerssenbrock, die Hausdame der Kaiserin, die Büste gewaltig, der Rücken stramm, auf dem hocherhobenen Haupt ein Samtbarett mit flirrenden Adlerfedern, dann Graf Erdödy, der letzte Oberchauffeur, sowie, aus dem Fond: Freiherr Schager von Eckartsau, Oskar Reichel Edler von Erlenhorst und Lajos Fürst Windischgrätz. Diese drei Edlen hatten anno '18 vor den sterbenden Regimentern geschworen, die Kaiserin bis zum letzten Atemzug zu beschützen und sie mit den Insignien des Reichs überallhin zu begleiten.

»Lang wird es die alte Untergangseule nicht mehr machen«, zischte ein Zögling, die Faust mit der lodernden Fackel auf Gesichtshöhe.

»Die will ihren Diamanten wiederhaben«, gab der Nebenmann zurück. »Vorher stirbt die nicht.«

Von ihrer Entourage gefolgt, mit der Rechten auf den

Stock, mit der Linken auf den Unterarm von Bruder Frieder gestützt, zog die Kaiserin durch das Fackelspalier langsam das Treppenhaus empor, Stufe für Stufe für Stufe. Ein langer Aufstieg war's, und wie die älteren Zöglinge grinsend flüsterten, wurde er länger von Jahr zu Jahr. Als sie schließlich den Fürstensaal erreichte, legte die Blasmusik schmetternd los, von Pater Maria Isimachus zackig auf Touren gebracht, es bebten die Butzenscheiben, in den Kronleuchtern flackerten Aberhunderte von Kerzen, unten im Hof schwenkten ergriffene Pilger ihre Tirolerhüte, Ordensschwestern sanken schluchzend auf die Knie, und vor dem Fleischteil der Küche, wo die von der Kaiserin gestifteten Schnitzel brutzelten, wedelten die Klosterhunde mit den Schwänzen.

ZWEI

Am nächsten Morgen, dem 1. April, nahm die Kaiserin an der Seelenmesse für ihren Gatten teil, dann räumte man für sie die Kathedrale, und für eine intime Viertelstunde waren die beiden Hohen Damen in der Gnadenkapelle unter sich: die Himmelskönigin und die Kaiserin. Um 10 Uhr 45 knatterte der Oldtimer mit der greisen Besatzung rauchend davon, und wir konnten uns wieder nach vorn erinnern – intra muros, innerhalb der Mauern, herrschte der Ewige Tag. Da war keine Zeit, die verging, da war eine Zeit, die kreiste, was sein wird, war; was war, wird sein. Um zehn nach fünf wurden wir geweckt, dann Morgengebet, dann Studium, dann Heilige Messe, dann Frühstück, dann Schule … und es glichen sich die Vormittage, die Nachmittage, die Abende, die Sonntage, die Marienfeste, und immer war es Winter, und immer schneite es, und der Ewige Tag, in dem ein erstes Jahr verging und bald ein zweites Jahr vergehen würde, bohrte die Hirne aus. Wie sich wehren? Jeder rüttelte mal an der versperrten Pforte oder an einem vergitterten Fenster, aber der Ewige Tag, in dem ein zweites Jahr verging und bald ein drittes Jahr vergehen würde, zermahlte alles: das Rückgrat, die Fluchtgedanken, das Heimweh, und so begann auch unsere Klasse ein Apostelwort des Paulus zu erfüllen: Gefäße sollten wir werden, ausgehöhlt und glatt geschliffen vom Ewigen Tag: Vasen.

*

Frieders Jagdhund war eigentlich Subpräfekt Walafried, doch machten dem die schlauen Spitzel, die fast ausnahmslos ein Doppelspiel spielten, die Erfolge streitig. Wenn in tiefer Nacht irgendwo in den Schlafsälen die Stahlfedern einer Eisenpritsche quietschten, kam Walafried meistens zu spät, um einen von uns in flagranti beim Onanieren zu erwischen, und dass die Schlaueren unter uns die Federn mit Salatöl einschmierten (Mimi hatte es mir an den Silberschlössern des Galiziers vorgemacht), entging Walafried. Ebenso simpel tricksten wir ihn aus, wenn wir nachts die verbotenen Bücher lasen. Dann ließen wir in der großen Latrine bei den Schlafsälen die Tür der Klokabine einen Spalt weit offen, und da Walafried konsequent nur den roten Riegeln nachschnürte, war er in all den Jahren nie auf die Idee gekommen, hinter den angelehnten Türen könnten Leser hocken, frierende gierige Leser, die mit heißen Ohren verschlangen, was ihnen in die Finger kam. Andere Zöglinge lauschten heimlich ihren selbstgebastelten Radios und erfuhren, was sich draußen anbahnte. ›The Times They Are a-Changin'‹, sang im fernen Kalifornien mit einer hoffnungsfrohen Melancholie Bob Dylan, und Abertausende barbusiger Hippiegirls jubelten ihm zu.

*

Ja, schon drangen in die abgeschlossene Welt neue Töne ein, aber noch herrschte über das Stift der machtbewusste Präfekt und Psychopompos, noch drehte sich der Ewige Tag, noch galt die alte Ordnung, noch standen wir im sonntäglichen Pontifikalamt stramm im Karree, ein Jünglingsbataillon in schwarzen Kutten, vorn die Kleinsten, hinten die Größten, Blick nach vorn, zum Altar, wo der beweihräucherte Messpriester die Hostie emporstreckte. Man aß, was alle aßen; man lernte, was hier schon immer gelehrt wurde, und in der schwülen Luft der Schlafsäle, wo die Betten im Mondlicht wie verschneite Grabhügel aussahen, träumten dreihundert pubertierende Zöglinge den gleichen Traum: von Titten Schnitzeln Hintern Fritten. Festgelegt war auch der Menüplan: Am Dienstag war Kohl-Tag, Weißkohl Grünkohl Rotkohl, und hätte einer versucht, wenigstens in den Eingeweiden einen Rest von Individualität zu verteidigen, am Kohl wäre er gescheitert. Der Ewige Tag siegte mit Blähungen. Man furzte, wenn alle furzten, und man musste dringend, wenn alle dringend mussten, die meisten nach dem Frühstück, schwache Lateiner vor Schulbeginn.

Jedes Klassenkollektiv setzte sich aus den gleichen Typen zusammen, und so bestand keine Gefahr, dass mit unseren Spitznamen der Individualismus sein Haupt erhob. Den Klassensprecher (Alpha) nannten wir Dickie, den Scherzkeks Clown Giovanni, den Schönling Beau, den Kiffer Nebel, und einzig beim Listigen konnten wir uns nicht einigen, ob wir ihn Ody nennen sollten (von Odysseus) oder Uly (von Ulysses) oder, wie unsere Parallelklasse ihren Listigen getauft hatte, Cleverle.

Unser Cleverle war lang, schlank und schlaksig, hatte Reptilaugen und eine leicht behinderte Zunge. Mit seinen S- und Z-Lauten zischelte er wie eine Viper – beim Empfang der Kaiserin war es mir zum ersten Mal aufgefallen: Da hatte er das Wort *Untergangseule* hinter der Fackel hervorgezischt.

Aber du meine Güte, wie lang war das her? Unmöglich zu sagen. Für uns war alles Vergangene gestern gewesen, vor dem Ewigen Tag: die Kindheit, das letzte Fresspaket, der letzte Besuch der Kaiserin.

*

Die Patres, die uns unterrichteten, trugen ein Epitheton ornans, ein schmückendes Beiwort, wie die Helden bei Homer: der feinsinnige Erlebald, der schwersinnige Evenus, der wahnsinnige Typotius. Dieses Trio, genannt die *drei Sinnigen*, war die intellektuelle Spitze des Klosters und stand Bruder Frieder eher feindlich gegenüber. Was sich auch äußerlich zeigte: Neben dem großen, vom Bocksgeruch umwölkten Bruder Frieder erschienen uns die drei Sinnigen wie Marmorstatuen. Kahl die Schädel, hoch die Stirnen, schmal die Finger. Der Feinsinnige roch nach Lavendel, der Wahnsinnige nach Zigaretten, der Schwersinnige in manischen Phasen nach Seife, in depressiven nach feuchtem Hund. Wenn sie sich näherten, schwebte einem über der schwarzen Kutte eine weiße Scheibe entgegen, dann hoben sie das Haupt, und man sah in ein Augenpaar, das beim Schwersinnigen entweder glühte (in der Manie) oder erloschen war (in der Depression). Der Feinsinnige äugte über eine Brille mit Goldrand hinweg, und der Wahnsinnige hatte den scharfen Blick des jagenden Schakals. Vor ihm hatten wir Angst, allerdings war da auch Bewunderung, vor allem für seine Offenheit. Pater Typotius bekannte vergnügt, dass er a) ungerecht sei und b) das Gros der Zöglinge für mathematische Pflaumen halte.

Typo, wie wir ihn nannten, hielt in einem Käfig Mäuse, und es gehörte zu seinen Marotten, sie während des Unterrichts frei herumspazieren zu lassen. Typo dozierte für die Besten, der Rest war ihm egal, und wenn er bei Laune war, schob er den Schulstoff wie eine lästige Pflicht beiseite und dozierte über sein Spezialgebiet, die Verbindung von Mystik und Physik. Meistens ging es dann um Albert Einstein und Teresa von Ávila, die durchgeknallte spanische Nonne, der sich Gott in einer mondgroßen Glutpfanne offenbart haben soll. Nur einer unter uns, der Kluge, konnte dem Wahnsinnigen halbwegs folgen und schrieb hastig mit, wenn anhand wilder Berechnungen bewiesen werden sollte, dass Teresa Einsteins Relativitätstheorie vorweggenommen habe – *patsch!*

Im Eifer des Gefechts hatte Typo eine Maus plattgetreten. Nebel hob sie am intakten Schwanz auf und warf sie durch das von Klassenclown Giovanni aufgerissene Fenster auf den Klosterplatz hinaus.

*

Unangenehm wurde es, wenn Typo einen von uns an die Tafel holte und ihn fertigmachte. Besonders auf einen hatte er es abgesehen.

»Zögling 117, peitscht dich der Trieb?«, konnte Typo scheinbar freundlich fragen – und schon ging's los.

»Runter!«, befahl er, »auf alle viere! Liegestütze zur Triebabfuhr!«

Während die Nummer 117 immer hastiger, immer verzweifelter eine Serie von Liegestützen hinlegte, Nacken und

Rücken in der Geraden, steif wie ein Brett, auf ab, auf ab, auf ab, verließ Typo sein Fachgebiet und hielt, offensichtlich auf das Opfer bezogen, einen Vortrag über die Schlange in der Genesis.

Bei der Erschaffung der Arten, dozierte er mit gellender Stimme, habe der Herr der Schlange weder Arme noch Beine, ja nicht einmal ein Rückgrat gegeben, weshalb sie sich am Boden winden müsse wie ein Wurm. Aber das habe sie ihrem Schöpfer heimgezahlt. Die Schlange, stünde geschrieben, sei »schlauer als die anderen Tiere des Feldes«, und Vorsicht, meinte Typo mit funkelnden Brillengläsern, »schon dieser scheinbar harmlose Hinweis auf das Feld erfüllt den Tatbestand der arglistigen Täuschung! Bei ihrem Angriff auf die Schöpfung kam die Schlange nicht angekrochen, schon gar nicht durch die Felder, sondern lag in der Krone des verbotenen Baums auf der Lauer, lässig um einen Ast gerollt, und wartete in aller Ruhe ab, bis sie sich über die neugierige Eva hermachen konnte. Eva hatte keine Chance, es zischelte von oben – als wäre es der Herr. Sie erlag der gespaltenen Zunge, Gott fiel aus allen Wolken, und gegen wen richtete sich sein Zorn? Nicht gegen die Schlange, nein, die unschuldigen Opfer, Adam und Eva, wurden zur Höchststrafe verurteilt: zur Sterblichkeit, zum Tod. Für die Schlange war es ein Sieg auf ganzer Linie, ein wahrer Triumph. Sie hat den Schöpfer dazu verführt, sich als ungerechten Großinquisitor zu demaskieren und das beste Stück seiner Schöpfung, das Paradies, zu liquidieren. Es wurde geschlossen«, versetzte Typo, »für immer.«

Fortan nannte ich den Klassenkameraden, der die Liegestütze sachlich durchexerziert hatte, Viper. Nein, der war nicht so gewöhnlich, wie er sich nach außen gab. Er ließ sich demütigen, weil er ein Ziel verfolgte und dabei von nichts und niemandem gestört werden wollte. Wie ich. Wenn ich Hunger hatte oder unter der Strenge der Patres litt, tröstete ich mich mit dem Gerücht, dass irgendwo im weitläufigen Kloster der kostbare Edelstein verborgen war. »Rot soll er sein«, hatte Maman gesagt, »ein roter Kristall. Und strahlen soll er, sogar im Dunkeln, wie ein Stern …«

*

Bruder Frieder führte beim Duschen nicht nur das Kommando, er war auch der Erste Maschinist, der in einer feuchten Kutte an den roten Emailrädern den Wasserdruck steuerte und die Temperatur regelte. Sieben Minuten lang war es dampfend heiß, dann begann der Maschinist zu kurbeln, und plötzlich standen wir schlotternd, bibbernd, mit blutleeren Lippen im Eisregen.

Eines Tages passierte mir ein Malheur. Unter dem von heiß auf kalt gekippten Wasserstrahl tauchte ich reflexartig weg – und wäre beinah auf eine mächtige Wampe geprallt, auf einen schwarzen Riesen, der mir aus den Dampfwolken entgegentrat.

»230«, rief er mit einem liebenswürdigen Schmunzeln, »bist du vielleicht ein Jüdlein? Befürchtest du, wir könnten dich heimlich taufen wollen?«

Bruder Frieder meinte es nicht bös, überhaupt nicht, ich glaubte sogar, einen Blick des heimlichen Einverständnisses empfangen zu haben. Ihm fehlten vier Zehen, mir fehlte die Vorhaut – das verband uns. Aber ich war wegen einer Phimose beschnitten worden, nicht aus anderen Gründen, und wenn mich der Bruder Frieder als »Jüdlein« angesprochen hatte, dann nur deshalb, weil er allergisch war gegen jede Form von Individualität. Meine Eichel war anders als die Eichel der andern. Wo die Normvasen eine Hautkappe hatten, war ich skalpiert. Deshalb gab ich mir doppelt Mühe, eine Vase zu werden und demütig aufzunehmen, was von oben kam: die Flammenzungen des Heiligen Geistes, die Ermahnungen Bruder Frieders, die Lehren der Mittelmeerantike und jeden Samstag den Wasserstrahl aus den Duschköpfen. Auch den Spitznamen nahm ich an. Ich war jetzt die Vase namens Nase.

*

Wir lebten in Sälen – im Schlafsaal wurde geschlafen, im Speisesaal gegessen, in den Museen (vom griechischen Mouseion, Musenort) studiert. Wechselten wir von einem Ort zum andern, gingen wir in Einerkolonnen beidseits an den Wänden entlang, und Vizepräfekt Servilius, wie ein Wärter mit einem Schlüsselbund bewehrt, schloss die einzelnen Pferche (Museen Schulzimmer Schlafsäle) vor uns auf, hinter uns zu, während er wie ein russischer Pilger das »Immerwährende Gebet« betete – über seine ausgestülpte, rotfleischige, schneckenartige Unterlippe rollte ein Ave-Maria nach dem andern, immerzu, unaufhörlich, wohl bis zu seinem Ableben und darüber hinaus (sofern ein Ave-Automat überhaupt ableben konnte). Manchmal war auf der freien Mittelbahn auch der Bruder Frieder postiert, und wehe dem, der sich mit einem aufgehakten Kragen an ihm vorbeischleichen wollte (wie Klassenkamerad Nebel, unser Kiffer)!

In der Regel liefen die Kolonnen in der gewollten Ordnung durch die frostigen Flure, man hielt den Kopf gesenkt und richtete den Blick auf die nackt und weiß unterm Kuttensaum hervorblitzenden Fersen des Vordermanns. Die Fersen glichen sich, aber hie und da ging da doch ein Fuß mit einer gewissen Individualität, mit einer Warze oder einem schiefgelaufenen Sandalenabsatz, und wieder schaffte es jener Klassenkamerad, den ich heimlich Viper nannte, unterm flatternden Kuttensaum auffällig zu werden. Er hinkte leicht, sehr leicht, kaum wahrnehmbar, und eines Morgens, als ich ihn ein weiteres Mal vor mir hatte, so dass ich den sonderbaren Gang gezielt beobachten konnte, war er plötzlich weg.

Ja, er war weg! Er hatte sich aus der Kolonne gestohlen, eilte über ein abzweigendes Treppenhaus nach unten, in die Keller, und die Kolonne, als wäre nichts geschehen, setzte den Weg als Tausendfüßler fort. Wir versammelten uns im Chor der Kathedrale, und als mein Blick zufällig nach oben ging, glaubte ich meinen Augen nicht zu trauen. Auf einer Balustrade über den Chorstühlen stand einer – und kein Zweifel, er war's: Viper. Wie zum Teufel hatte er dieses Kunststück vollbracht? Eben war er nach unten verschwunden, jetzt sah er von dort oben auf uns herab. Er hatte es geschafft, mir zum Rätsel zu werden, und schon am nächsten Tag machte ich mich an die Arbeit, um es zu lösen. Ich musste herausfinden, auf welche Weise diese Vase, die alle für besonders hohl hielten, unsere festen Wege umgehen konnte.

*

Bücherarche wurde sie genannt, die große Wandpfeilerhalle der Klosterbibliothek, und mit ihren fünf Jochbögen und den gerundeten Regalen, die in der Dämmerung zu Segeln wurden, war sie tatsächlich ein alter Clipper auf hoher Fahrt. Pater Silver war ihr Käpt'n. Er hatte ein Holzbein, ging an einer Krücke und wohnte an Bord der Arche. Er nahm am Klosterleben kaum teil, aber dennoch stand er bei seinen Mitbrüdern in hoher Achtung. Sie verehrten ihn als »mitternächtlichen Magus«, und dass er über ungewöhnliche Kräfte verfügte, bewies er nicht nur als Bibliothekar, der aus den untersten Laderäumen jede Handschrift hervorzauberte, sondern auch als einziger Vertrauter eines grünen Papageien.

Diesen Vogel hatte vor Jahrzehnten ein Missionar aus den Regenwäldern Afrikas nach Maria Schnee gebracht, und seither war er neben der Schwarzen Madonna *die* Attraktion des Stifts. Wenn ein auswärtiger Bibliotheksbenutzer dem Käpt'n eine Flasche Whisky zusteckte, war es meistens der Papagei, der sich für die Gabe bedankte. Allerdings bekam der nicht mehr als einen Fingerhut voll, denn kaum war er etwas angesäuselt, plusterte er sich auf, fluchte wie ein Pirat über Frieder, den Tyrannen, oder krähte das Salve Regina. Seine Federn hatten ein grelles Grün, und außer der rotfleischig herabhängenden Unterlippe von Vize Servilius und den Blutstropfen im Antlitz des Gekreuzigten war dies die auffälligste Farbe in der gesamten Steinstadt.

Als ich mich zum ersten Mal an Bord wagte, hockte er auf der Reling einer Balustrade und äugte mit dem schräg gestellten Kopf misstrauisch auf mich herab. Ich wäre beinah umgekehrt, doch wusste ich, dass Pater Silver und Mimis ältester Bruder, Monsignore Katz, der Chef der Stiftsbibliothek St. Gallen, Freunde waren. Die beiden Oberbibliothekare, Silver und mein Onkel, schrieben sich regelmäßig lateinische Episteln, worin sie sich wortreich über ihre natürlichen Feinde beschwerten: Bücherläuse, Raubmilben, den Schimmel – und neuerdings, wie ich von älteren Zöglingen gehört hatte, schimpften sie auch über die Kardinäle, Bischöfe und Sekretäre des Vatikanischen Konzils, die das Latein aus der Messe verbannen wollten.

Bei meinen Besuchen stampfte der Käpt'n mit seiner unter die Achsel geklemmten Krücke und dem in Halbkreisen vorwärts geschwungenen Holzbein über das Deck auf mich zu und jagte mir mit dem entfleischten Gesicht, das er unter der schwarzen Kapuze verbarg, stets einen gehörigen Schrecken ein. Aber dann erkannte er mich – »ah, der Katzische Nepos!« Er zeigte mir unter der hervorstechenden Krummnase ein zahnloses Lächeln und lud mich in seine Kajüte ein. Die war bis unter die Decke vollgestopft mit Folianten Globen Sanduhren Broschüren Akten Pergamenten Seekarten, und durch die Bullaugen sah man weit draußen in der Nacht den Gebirgszug einer fernen Küste vorübergleiten.

»Nimm Platz, Nepos«, sagte der Käpt'n und goss uns eine Tasse Tee ein. »Mit einem Schuss Whisky, nehme ich an. Ist unter uns Seebären üblich, nicht wahr, Tayo?«

Tayo, der Papagei, hockte bei offenem Türchen im Innern

seines Käfigs, der neben der Pritsche des Käpt'ns stand und der Habsburgischen Krone nachgebildet war. Er verfolgte argwöhnisch, was wir besprachen, und zugegeben, wenn der Grüne plötzlich einen wüsten Fluch über den Präfekten ausstieß, wurde mir unbehaglich. So offen wie der exotische Vogel redete im Stift niemand, nicht einmal Käpt'n Silver, den viele als den letzten Individualisten bezeichneten. Oh nein, der letzte Individualist war er dort, Tayo, der grüne Papagei, und war es ein Zufall, dass er aus der Tiefe der kongolesischen Regenwälder stammte – wie der Rote Diamant?

Bei meinen Besuchen an Bord erkundigte sich der Käpt'n stets nach Maman, und es tat mir wohl, endlich jemandem beichten zu können, dass sie in meiner Erinnerung mehr und mehr verblasste. Es war zu peinlich, jedoch wahr: Die in unserem Garten vergessene Gießkanne war in meiner Vorstellung deutlicher als Mimi – von ihr sah ich nur noch den runden Sommerhut, auf dem die Schneekristalle glitzerten.

Käpt'n Silver servierte mir eine Tasse Tee und eine Dose mit alten Plätzchen, und auf einmal schämte ich mich für mein Geständnis. »Ich möchte mich mit der Architektur des Gebäudes vertraut machen«, sagte ich. »Würden Sie so gut sein, Ehrwürdiger Vater, mir den Plan zu zeigen?«

Ein Plan, begann der Käpt'n, existiere nicht, sehr wohl aber die Philosophie, die dem Gebäude zugrunde liege. »Kennst du die Heilige Zahl des Christentums?«

»Die Drei?«, riet ich.

»Bingo«, freute sich der Käpt'n. »Die Heilige Familie bestand aus drei Personen, auf Golgotha standen drei Kreuze, der eine Gott besteht aus Vater, Sohn und Heiligem Geist. Dementsprechend setzt sich das Kloster aus drei Kreisen zusammen, einem äußeren Kreis – das sind die Werkstätten und Stallungen; einem inneren Kreis – Abtei, Klausur, Schule, Internat; sowie dem dritten und innersten Kreis – das ist die Kathedrale. Ihre Mittelkuppel zeigt das Abendmahl und wird von vier mächtigen Stützpfeilern getragen. Die Füße dieser Pfeiler befinden sich ganz unten, in den Kellern, und in jeden der vier Sockel ist eine niedere Tür eingelassen. Ahnst du warum, mein Freund?«

Ich hob die Schultern. Dann schüttelte ich den Kopf.

»So drückt das Gebäude sein Prinzip aus«, erklärte mir Käpt'n Silver mit einem Schmunzeln. »Wer nach oben strebt, zu Gott, muss in tiefer Demut ganz unten, im Keller, ins Innere der Pfeiler einsteigen.«

»Gelangt ein … ein Gottsucher durch die Pfeiler nach oben?«

»Ja«, brummte Silver, »über eine schreckliche Wendeltreppe, genannt Scala paradisi. Mit meinem Holzbein würde ich da nicht hochkommen. Sei also vorsichtig.«

»Einer aus unserer Klasse geht eigene Wege – auch durch die Pfeiler, glaube ich.«

»Wer denn?«

»Die meisten in der Klasse sagen Ody oder Uly zu ihm. Bei mir heißt er Viper.«

»Viper? Na also, da haben wir's! Viper, der Listige, orientiert sich am Muster der Urschlange. Er benutzt die *Vertikale*, gleich der Schlange im Paradies, die sich am Stamm hochgeringelt und in der Baumkrone auf die Lauer gelegt hat. Hab ich recht, Tayo?«

»Yes, Sir!«, krächzte der Papagei.

Käpt'n Silver goss mir einen Schluck Whisky in die Teetasse. »Nehmt euch in Acht vor euerm Präfekten. Und wenn du in den Ferien deinen Onkel siehst, lass ihn grüßen. Sein Latein kann sich sehen lassen, er ist ein Stilist von Gnaden.«

Ich hatte auf der Bücherarche eine wichtige Lektion gelernt. Der Strom der Vasen floss – wie die meisten Ströme – in der Horizontalen. Viper benutzte die Vertikale.

*

Die Türen in den Sockeln der Pfeiler bestanden aus rostigem Blech oder Eisengittern, und seitdem ich wusste, dass Viper hier drinnen unbekannte Wege wandelte, vernahm ich hie und da aus ferner Höhe das Echo seiner leicht hinkenden Schritte. Aber noch scheute ich mich, ihm zu folgen. Ich war im Lauf des Ewigen Tags, worin ganze Jahre verschwanden, mehr und mehr zu einer Vase geworden, und nun fiel es mir schwer, mich vom horizontalen Vasenbewusstsein zu lösen. Dass es irgendwo im Unterland eine Maman gab und draußen einen Frühling – ich begann es zu vergessen. Ich träumte nun, was alle träumten (von Titten Schnitzeln Hintern Fritten), und musste dann aufs Klo, wenn alle aufs Klo mussten – nach dem Frühstück. Dabei war mir eine weitere Eigenart Vipers aufgefallen. Ihn sah ich nicht ein einziges Mal vor den besetzten Kabinen in der Warteschlange stehen. Entweder war es ihm gelungen, seine Därme auf eine individuelle Zeit zu programmieren, abseits von der synchron kotenden Masse, oder er hatte irgendwo ein Privatklo ausbaldowert.

In der Steinstadt fiel niemals Regen, in der Unterwelt der

Keller jedoch tropfte es unentwegt, wie in einer Grotte, weshalb ich dem Pfortenvogel sein Schirmchen stibitzte, und je öfter ich auf den abseitigen Pfaden in den weitverzweigten Gängen unterwegs war, nun mit einem Schirmchen, desto besser verstand ich es, Viper zu folgen. Mein Schirmchen bewahrte ich in einem Geheimfach auf, und als ich es eines Tages aufspannen wollte, rutschte ein Benzinfeuerzeug aus den Falten. Da wusste ich: Viper hatte bemerkt, dass ich hinter ihm her war. Im Fuß eines Pfeilers fand ich wenig später das nächste Lockmittel. Auf der untersten Stufe der Wendeltreppe stand eine Laterne. Die Botschaft war klar. Ich wurde erwartet, irgendwo da oben …

*

Ja, da oben! Indem ich mit der Linken die Laterne über meinen Kopf hob, leuchtete ich hinauf in den runden, kaltfeuchten, von Fledermäusen bewohnten Schacht, und schon nach wenigen Wendungen kam es mir vor, als würde ich im Innern des vertikalen Tunnels zum Dachstuhl der Kathedrale nicht etwa hinaufsteigen, sondern hinaufstürzen, von der Wendeltreppe mit ihren einwärts zugespitzten Stufen nach oben geschraubt, bis ganz nach oben, wo ich schließlich wie ein Seekranker auf ein Deck hinaustaumelte. Geschafft.

Aber wo war Viper? Wind jammerte durch den Balkenwald. Nah, erschreckend nah, tönten die Schläge der Turmuhr. Die Dachluken waren schneebedeckt, da schimmerten nur schwach ein paar graue Vierecke, es herrschte eine ewige Nacht, wie in der Polargegend.

Ich merkte erst jetzt: Ich musste. Musste dringend. Es war die Zeit nach dem Frühstück, da unsere Därme entleert werden wollten … umkehren? Ja, sofort umkehren, doch graute mir vor dem Eintauchen in den senkrechten Tunnel … vielleicht dort drüben, hinter der vergipsten Gewölbekuppel? Diese Kuppel, wohl die Abendmahlskuppel, schwamm wie eine Polkappe in der Dämmerung, und als ich gerade die Kutte über den Hintern hob, um mich am Fuß der Kuppel hinzukauern, rauschte ganz in der Nähe eine Spülung.

»Komm rein«, rief Viper, »du wirst pressiert sein!«

»Was machst du hier oben?«, fragte ich verdutzt.

»Scheißen«, sagte er und drückte mir eine WC-Rolle in die Hand.

Das Klo gehörte zu einer Bauhütte, wo sich im Frühjahr, wenn die Reparaturarbeiten anfielen, die Dachdecker und Kuppelgipser aufhielten, aber für gewöhnlich, erklärte Viper, stand die Hütte leer. Kam doch mal ein Arbeiter vorbei, war der froh, in dieser einsamen Welt jemandem zu begegnen. Bei einem Bruder hingegen, so Viper, die Stimme dämpfend, müsse man vorsichtig sein. Der Bruder Totengräber treibe sich manchmal im nahen Sarglager herum, und hie und da überprüfe der Bruder Strom die uralten Kabel der Feueralarmanlage. Ich schätzte das Privileg, Vipers Klo benutzen zu dürfen, aber frei fühlte ich mich nicht. Die Schüssel befand sich hinter einem Vorhang aus Kartoffelsäcken, und mir kam der Verdacht, Viper habe mich absichtlich dazu verführt, vom eigenen Fäkalienduft an meinen Spitznamen erinnert zu werden: Nase. Die Nase galt bekanntlich als animalisches Relikt, als der niederste unserer Sinne. Im Unterschied zum Sehsinn, der Bilder malte, zum Tastsinn, der Statuen schuf, oder zum Gehörsinn, der musizierte, war der Geruchssinn höchstens le créateur du parfum, und bestimmt meinte Viper »Nase« verachtend, von oben herab, naserümpfend. Egal. Mein Spitzname, ich hatte es längst gemerkt, passte zu mir. Ich verfügte über eine feine Witterung. Gefahren konnte ich rechtzeitig riechen.

Viper zog trotz des rigorosen Rauchverbots im Dachstock eine Selbstgedrehte aus der Kuttentasche und steckte sie mit dem fauchenden Benzinfeuerzeug in Brand. »Cannabis«, sagte er. »Willst du?«

»Nein. Man wird süchtig.«

»Klar, wenn man ein Sucht-Typ ist. Einem Sucht-Typen wird alles zur Sucht – das Lesen, das Saufen, das Rauchen, die Weiber, der Diamant. Bitte sehr!«

Ich zögerte, den qualmenden Stängel anzunehmen.

»Du bist ein verdammter Feigling, mein lieber Nase. Ich zum Beispiel«, er sog den Rauch ein, schloss die Augen und verstummte für eine halbe Minute, »*ich* will möglichst viel über mich selbst erfahren.«

Wir standen in der Bauhütte am Fenster der Mansarde, und tief unten, in den verschneiten Innenhöfen, wandelten schwarze Kutten. »Mann, die könnten uns sehen!«

»Keine Sorge«, beruhigte er mich mit einem verzückten Lächeln. »Die reden zwar dauernd von Gott, aber keiner von denen schaut zum Himmel auf. Es sind Bodenblicker!«

Kichernd reichte er mir den Joint.

Ich behielt den Rauch nach seinem Vorbild möglichst lang in den Lungen, doch die Welt unter uns blieb farblos. Schwarze Raben, schwarze Kamine, weiße Dächer, grauer

Himmel, graue Fassaden, schattige Innenhöfe. Bei mir hat dein Kraut keine Wirkung, wollte ich gerade sagen, und sonderbar, im Moment, da der weiße Rauch durch meine Nasenlöcher abzog, zog er mich mit, als wäre ich sein Nachfluss, wie denn überhaupt alles ein Fließen und Strömen und Schweben wurde, ein Flug über Schneedächer hin, auf denen ein magischer Firnis glitzerte, bunt wie der Ölschleier auf einer Pfütze. Unter dem Himmelsrand brachen Lichtflüsse hervor, Goldbäche, Silberbäche und, mein Gott, was für Räume, was für Weiten! Viper hatte seine Hand in meinen Nacken gelegt, drückte seine Lippen auf meine, blies mir den Rauch in die Lungen, und auf einmal waren da Wellen – Wellen, die im Weichen verschwammen und verrauchten und verhauchten in Kaskaden von blauer Unendlichkeit.

»War es das erste Mal für dich?«

»Ja«, sagte ich glücklich, »schön war's.«

Unter uns durchschrillte die Internatsglocke die Säle Gänge Innenhöfe: Abmarsch der Kolonnen in die Schule. Wir Exzentriker standen über ihnen. Wir Über-Vasen. *Wir.* Ich war jetzt nicht mehr Masse und nicht mehr allein.

»Du«, sagte ich, »du hast vorhin etwas erwähnt, das süchtig macht.«

»Sprich es nicht aus.«

Nah flog ein Rabe vorbei, der Himmel war grau und hing tief, gleich würde es wieder schneien, hier schneite es immer. Wie hatte Maman gesagt? »Rot soll er sein, ein roter Kristall. Und strahlen soll er, sogar im Dunkeln, wie ein …«

*

Jeweils zum Beginn des Trimesters wurden wir gemäß unserer Lateinnote platziert. Ganz hinten, bei der Tür, saß der Primus, ganz vorn, direkt unterm Katheder, der Ultimus, und da extreme Leistungen, sei's im Guten, sei's im Schlechten, nicht nur bei Bruder Frieder, sondern bei den meisten Lehrern verpönt waren, siedelte man im Reich der Mitte, zwischen den Schwachen (vorn) und den Begabten (hinten), am bequemsten.

»Auf dem ersten Platz«, krächzte der feinsinnige Erlebald, unser Klassenlehrer, in der ersten Stunde im neuen Schuljahr, »hat sich gehalten …«

»Primus Lenin!«, brüllte die Klasse.

»Auf dem letzten Platz verbleibt …«

»Ultimus Nebel!«

»Im Reich der Mitte siedelt weiterhin …«

… der Zögling 117, aber bei ihm blieb die Klasse stumm, beliebt war er nicht, denn nicht nur in der Schule, sondern in seinem ganzen Wesen war dieser Kamerad (der bei mir Viper hieß) das von Bruder Frieder propagierte Mittelmaß. In Latein kassierte er nie ein *optime*, nie ein *male*, stets ein *bene*. Die Aufsätze phantasielos, im Sport ein Mitläufer, in Mathe Durchschnitt. Jeden Samstag legte er seine Beichte ab (bei Vize Servilius), in den Gottesdiensten sah man ihn niemals gähnen, und als er den Stimmbruch hinter sich hatte, wurde er im Chor aufgenommen, bei den Tenören. Ein Chorsänger, ein Mitmacher, ein Kriecher. Eine typische Vase eben, gar eine Mustervase, und bestimmt war ich nicht der Einzige, der Bruder Frieder verdächtigte, den Zögling 117 als vorbildliches Produkt seiner Erziehung ins Herz geschlossen zu haben.

Frieder kam neuerdings oft in unser Klassenzimmer, stellte sich an der Rückwand unter das schwarze Kruzifix und weidete mit à la Bambi hochgestellten Augenwimpern und geblähten Nüstern unsere Rückseiten ab, ganz besonders *eine* Rückseite: die der unauffälligen Nr. 117. Obwohl es draußen in der Welt neuerdings als schick galt, möglichst lange Haare zu haben, präsentierte ihm der in der Klassenmitte Platzierte einen ausrasierten Nacken und war sogar darauf bedacht, dezent von Schuppen beschneite Schultern zu haben – allzu sauber, sagte er sich wohl, durfte man nicht sein, es würde einem als schwule Eitelkeit ausgelegt. Sein linkes Bein war etwas zu kurz, doch verzichtete er darauf, die Sandalen mit einer Extrasohle beschichten zu lassen. Er beanspruchte keine Sonderstellung. Er wollte sein wie alle, Maß Mitte Durchschnitt, und kompensierte die fehlenden Zentimeter des linken Beins, indem er auf dem Fußballen ging, die Ferse stets vom Boden abhebend, was seinem Gang etwas Widersprüchliches gab, eine Art von eleganter Behinderung. Bruder Frieder, dem ja vier Zehen fehlten, könnte das kaschierte Hinken als Bekenntnis empfunden haben – ich möchte unter allen Umständen unauffällig sein und leiste mir keine Extravaganz (wie etwa Nase mit der fehlenden Vorhaut!). Jedenfalls kam der Präfekt nicht auf die Idee, dass sich hinter der abgeschliffenen Schale seines Lieblings eine Schlange verbarg. Ich schon – seitdem ich den Klassenkameraden, den ich heimlich Viper nannte, beobachtete, war ich überzeugt, dass sich aus seinem scheinbar so hohlen Steinbauch früher oder später ein schmales Haupt erheben würde, mit den starren Augen des Reptils und einer zischelnden Zunge. Seine Gewöhnlichkeit war eine perfekte Tarnung. Er nutzte seine Intelligenz, um sie zu verbergen – biblisch gesagt: Sein Licht brannte ausschließlich unter dem Scheffel; es war die Brutlampe für das Gezücht in der Vase.

Da ich befürchten musste, dass ich mich eines Tages verplappern könnte, hielt ich es für besser, den Spitznamen gezielt zu lancieren. In einer Schulpause flüsterte ich Clown Giovanni zu, unser Mitte-Mann erinnere mich an eine Viper. Der Clown gab die Bemerkung sofort, noch während der Stunde, weiter, bei der abendlichen Komplet huschte »Viper« durch die Reihen und blieb dann an der unbeliebten Mustervase hängen wie das Zettelchen am Zeh einer Leiche. Jetzt war er nicht mehr der Zögling 117, auch nicht mehr Cleverle, jetzt hieß er Viper – und ich war es, der ihn getauft hatte. Zu spät wurde mir klar, dass ich ihm ein Kainszeichen eingebrannt hatte – sobald ein Spitzel die Präfektur informieren würde, wäre dem Bruder Frieder bewusst, dass seiner Mustervase nicht zu trauen war. Und weiß Gott, Frieders Machtapparat funktionierte besser als sämtliche Evidenzbüros im alten Kakanien. Denen war damals entgangen, dass ein Geheimbund aus Studenten und Schülern einen Anschlag auf den Thronfolger vorbereitete. Gavrilo Princip, der dann die Schüsse abgab, war ein Gymnasiast mit durchschnittlichen Noten, bei der Klasse eher unbeliebt, fleißig, strebsam und scheinbar ein bisschen beschränkt. Von wegen! – Als das Thronfolgerpaar im offenen Automobil tödlich getroffen zusammenbrach, hatte der unauffällige Princip einen Weltkrieg ausgelöst. Vier Jahre später brach die Donaumonarchie zusammen. Im November 1918 drangen die Aufständischen in die

Schatzkammer der Wiener Hofburg ein, aber da waren die Vitrinen mit den Kronjuwelen schon geplündert, und selbst monarchisch gesinnte Kreise fanden, Karl, der letzte Kaiser, habe sich »fabelhaft ungeschickt« verhalten. Denn als er samt Gattin, Kindern und Entourage im Hofseparatzug außer Landes gerollt wurde, verweigerte er am Schweizer Zoll unter Hinweis auf seine Würde die Visitation. Die Presse tobte und bezichtigte den Ex-Kaiser, den Kronschatz in sein Schweizer Exil verschoben und die neue Republik um ihr rechtmäßiges Erbe betrogen zu haben.

*

Eines Tages stieß ich oben im düsteren Dachstock mit jemandem zusammen.

»Mensch, Nase, pass doch auf!«

»Ach, du bist es, Kluger! Entschuldige, ich war in Gedanken ganz woanders.«

Einen Klugen gab es in jeder Klasse, und jede Klasse fand, dass ihr Kluger ganz besonders klug sei. Bei uns stimmte diese Einschätzung. Damit er nicht für schlau gehalten wurde, ließ unser Kluger die Kinnlade hängen, glotzte mit toten Augen und gab Meinungen von sich, die von einer geradezu brillanten Banalität waren. Klug, wie er war, glaubte er verzweifelt, dass einer wie er, voller Pickel, mit einem fliehenden Kinn und zu großen Ohren, bei den Mädchen nur dann eine Chance habe, wenn er reich sei, Millionär, Multimillionär!

»Ich sei, gewährt mir die Bitte«, zitierte er, »in eurem Bunde der Dritte.«

Aufs Stichwort löste sich Viper aus der Polarnacht.

»Hier oben«, sagte er scharf, »gibt es keinen Bund. Hier sind wir Individuen. Solitäre!«

»Wie der Rote Diamant?«, flüsterte der Kluge mit einem hämischen Grinsen.

»Glaubst du tatsächlich«, änderte Viper den Ton und legte dem Klugen den Arm um die Schultern, »dass die Habsburger den Diamanten bei uns versteckt haben?«

Maria Schnee sei eine Habsburgische Stiftung, erklärte der Kluge und konnte nicht verhindern, dass seine Augen leuchteten: »Unser Stift gilt als habsburgisches Relikt. Und mit seiner Unter- und Oberwelt ist es die perfekte Schatzinsel. Schau dir nur diesen Dachboden an! Wer hier einen Stein versteckt, kann sicher sein, dass er ohne Karte nicht mehr gefunden wird.«

»Alles schön und gut«, versetzte Viper kalt. »Als ihr Imperium zusammenkrachte, könnten sie den Diamanten nach Maria Schnee gebracht haben, das halte ich für möglich. Aber dann sollte uns der Kluge erklären«, Viper wandte sich mir zu (was mich glücklich machte), »weshalb sie ihr Krongut nicht längst zurückgeholt haben. So riskieren sie doch, dass ihnen das Objekt weggeschnappt wird, nicht wahr, mein lieber Nase?«

»Ja, das siehst du völlig richtig, mein lieber Viper. Auch ich frage mich …«

»Ganz einfach«, schnitt mir der Kluge das Wort ab, »die Habsburger haben ihre Schatzkarte verloren. Sie wissen nicht mehr, wo der Diamant versteckt ist.«

»Eine dekadente Bagage! Verspielen ein Weltreich, und dann vergessen sie auch noch, wo ihre letzte Reserve aufbewahrt wird. Aber ich hätte da eine Idee, meine lieben Freunde.« Viper legte den einen Arm um die Schultern des Klugen, den andern um mich. »Bisher habe ich meine Zukunft in Hollywood gesehen. Ich wollte Schauspieler werden. Nun, vielleicht disponiere ich um. Es kann nie schaden, eine dicke Brieftasche zu haben. Ich komme aus einfachen Verhältnissen.«

»Ich tu's wegen der Weiber«, sagte der Kluge traurig. »Ich muss reich sein, sonst küsst mich keine. Was schlägst du vor, Kamerad?«

»Wir müssen die jüngste Geschichte der Habsburger studieren«, erklärte Viper. »Wir müssen uns mit ihren Sitten und Gebräuchen vertraut machen und herausfinden, wer am Wiener Hof und später im Exil zur Entourage gehört hat. Wer hat für die Kaiserlichen das Finanzielle geregelt? Wie kamen sie zu ihrer Knete? Von irgendwas mussten sie ja leben, und ich bin sicher, dass die Leute, die für das Geschäftliche verantwortlich waren, auch den Diamanten versteckt haben. Ein Juwel dieses Werts ist ein intimer Gegenstand. Da lässt man keine Fremden ran. Das wird en famille geregelt. Ihr geht in die Bibliothek, ich werde mich um die Tarnung kümmern. Wir brauchen einen Schutzschild, unter dem wir uns unbeobachtet bewegen können. Vergesst nicht, wir haben einen mächtigen Feind.«

»Bruder Frieder«, sagte ich.

»Frieder mag mich«, bemerkte Viper mit einem Schmunzeln, das er dem Tyrannen abgeschaut hatte. »Seine Spitzel haben den Auftrag, endlich den Schweinehund ausfindig zu machen, der mir den üblen Spitznamen verpasst hat.«

»Clown Giovanni war's«, sagte der Kluge.

»Da habe ich meine Zweifel«, widersprach ich. »Ein Spitzname im eigentlichen Sinn ist es ja nicht, eher eine Denunziation. Das war einer, vermute ich, der ein bisschen mehr Grips hat als der Clown.«

Schallend lachte Viper, blickte dann voller Verachtung über uns hinweg und sagte, indem seine Augen erloschen, als würde er nach innen blicken: »Der Diamant ist das Gegenstück zur Hohlheit der Vase. An die Arbeit, Genossen!«

*

Jeder Diamant von einiger Berühmtheit, lehrte mich der in Jahrhunderten gewachsene Bestand der Bücherarche, hat einen spezifischen Charakter. Der Blaue Wittelsbacher zum Beispiel hielt sich gern an die unteren Stände. Er kullerte einem Aschenputtel in den Schoß, verbrachte Jahrzehnte in der Nachttischlade einer holländischen Köchin, reiste mit einem Hausierer über die Jahrmärkte, landete bei einem jüdischen Pfandleiher, und wäre dessen Haus nicht abgebrannt und er, der Wittelsbacher, nicht unversehrt aus der Asche hervorgegangen, wäre sein Wert wohl für immer verkannt worden.

Anders unser Diamant, der Rote Florentiner. Der fühlte sich ausschließlich in den allerhöchsten Kreisen wohl – im Altertum zwischen den Brüsten von Kleopatra oder am Schwert der Staufer-Kaiser, in der ausgehenden Renaissance beim Kaiser zu Prag, dann beim Papst und am Schluss bei Kaiser Karl, dem letzten Kronenträger der Doppelmonarchie. Deshalb gingen wir davon aus, dass sich der Florentiner in Maria Schnee nicht an den Pförtner, sondern direkt an die oberste Instanz gewandt hatte, und eines Abends, da alle zur Komplet eilten, betraten Viper, der Kluge und ich den Fürstensaal. Auch wenn der Abt dement war, es musste versucht werden. Vielleicht, so unsere Hoffnung, würde ein geduldiges Bohren im verkalkten Gehirn doch noch einen Funken Erinnerung entzünden.

Als wir den roten Teppich erreichten, der hochführte zum Marmorpodest, griffen zwei grüne Gummihandschuhe über die Rückenlehne des Throns, und langsam tauchte dahinter der Kopf von Bruder Odo auf, dem Kammerdiener des Dämmerers. Odo war eine im ganzen Kloster berühmte Persönlichkeit, denn von allen Feinden Bruder Frieders war Odo der mutigste. Er sagte offen, die Behauptung Frieders, der Fürstabt habe ihn offiziell zum Präfekten ernannt, sei eine Lüge, und tatsächlich, wenn man auf der untersten Stufe vor dem Thron niederkniete, musste man dem frechen Kammerdiener recht geben. Dort oben hing in einem Umhang aus steifem, bunt besticktem Brokat ein insektenartiges Körperlein im Marmorsessel. Die Mitra des Dämmerers kippte leicht nach vorn; der hohe Kragen bildete im Genick ein Dreieck.

»Pace«, murmelte er, »Pace.«

Aus dem Dämmerer, das war uns klar, würden wir nichts herausholen … aber vielleicht aus dem vifen Kammerdiener?

Dessen Job bestand hauptsächlich darin, hinterm Thron auf einem Schemel zu hocken und so zu verhindern, dass sich der heimtückische Satan an den Gnädigen heranmachte. Sonst hatte Odo kaum etwas zu tun, deshalb vertrieb er sich die öde Zeit mit Jerry Cotton, dem raubeinigen New

Yorker FBI-Agenten. Im Stift wurde gemunkelt, besonders schöne Sätze würde er dem Dämmerer vorlesen, etwa: »Suzy war ein kaltschnäuziges Biest. Eines Nachmittags fuhr sie bei der Sun-Oil-Tankstelle in der Copley Road vor und sagte zu dem Burschen an der Zapfsäule: Ich hoffe, Sie sind versichert.« Ob Suzy in die Dämmerung des Dämmerers eindrang, wusste wohl nicht einmal Odo, aber das störte ihn nicht. Odo dachte und handelte für beide. Er war das Hirn seines Herrn.

»Erlauben Sie«, flüsterte ich, »dass wir dem Gnädigen eine Frage stellen?«

Kammerbruder Odo griff mit dem grünen Handschuh unter das winzige Kinn, hob das Haupt samt Mitra etwas an und meinte bedauernd: »Ja, junger Mann, fragen Sie nur. Allerdings fürchte ich, eine Antwort wird nicht erfolgen.«

»Erinnert sich der Gnädige an die Zeit vor dem Krieg?«

Der Kammerbruder lüpfte die Schultern. »Vielleicht hat er den Acheron schon überquert, und was sein Leben war, ist ihm zum Schattenreich geworden.«

»Dann würde es mich interessieren«, fragte der Kluge vorsichtig, »ob sich auch ein Diamant in einen Schatten verwandeln kann.«

Bruder Odo zog ein Jerry-Cotton-Heft aus der Kuttentasche. »Solltet ihr an die letzten Nummern herankommen, kaufe ich sie euch ab«, sagte er leise. »Ich brauche dringend Nachschub. Ohne Cotton wäre ich längst durchgedreht, wie Reverend Dierks, den die Milk-River-Bande bis in den Schlaf hinein verfolgt hat.«

Viper und der Kluge sahen ein, dass hier nichts zu holen war; sie wandten sich zum Gehen. Ich riskierte noch einen letzten Versuch: »Kammerbruder Odo, sind Sie mal mit dem Roten Diamanten in Berührung gekommen?«

»Ich? Nein. Nie.« Sein Hals pumpte wie ein Froschbauch. »Und ich rate dir sehr, sei vorsichtig. Der Bruder Frieder«, Odo senkte die Stimme, »ist schlimmer als Captain Cap Kanone – das ist der Bulle, der ein Verhör mit Tritten in die Nieren abkürzt. Manchmal arbeitet er auch mit Gummischläuchen. Und stell dir vor«, er wurde noch leiser, »in ›Jerry Cotton und der Mond über der Bronx‹ hat dieses Schwein Sal Soprano abgemurkst.«

»Was Sie nicht sagen!«

»In Wu Hungs Billardsaloon.«

Kammerbruder Odo zog den grünen Gummihandschuh von den Fingern und fühlte dem Gnädigen den Puls. Dann legte er das Ärmchen behutsam zurück, wie den Tonarm eines Plattenspielers, und indem wir versprachen, mit den neuesten Jerry Cottons wiederzukommen, verabschiedeten wir uns.

Als wir über die Schulter zurücksahen, stand Kammerbruder Odo wie eine Statue neben dem Thron. Fürstabt Meinradus verzog sein Mündchen zu einem zahnlosen Babylächeln.

»Pace«, sprach er. »Pace.«

Es war das einzige Wort, das er ab und zu noch von sich gab. »Pace. Pace …«

*

Pater Typotius entstammte einer Innerschweizer Patrizierfamilie, die im Mittelalter Söldner vermietet hatte und später, nach der Französischen Revolution, im Salzhandel tätig gewesen war. Das reiche Geschlecht fürchtete einzig den Herrgott, und um ihn gnädig zu stimmen, war man in jeder Generation bestrebt, Töchter und Söhne in die Innerschweizer Klöster zu entsenden. Typotius hatte diesem Wunsch entsprochen, allerdings erst nach dem Studium der Physik, das er an der ETH Zürich mit einer Dissertation über den Welle-Quanten-Dualismus abschloss. Zwei seiner Schwestern waren Äbtissinnen, die im Ruf standen, ihr Kloster mit herrischer Strenge zu führen, und allgemein war erwartet worden, dass der Konvent von Maria Schnee den Patrizier Typotius erst zum Präfekten und später, nach dem Ableben des Dämmerers, zum Abt küren würde. Bruder Frieder jedoch hatte die Präfektur in einem Piratenakt geentert, und bevor sich der Konvent zur Wehr setzen konnte, war er von der Fleischküche in die Präfektur umgezogen, hatte den tumben Servilius zum Vize, den noch beschränkteren Walafried zum Sub ernannt und regierte fortan nicht nur das Internat, sondern das ganze Kloster. Typotius war es immerhin gelungen, für seinen Rückzug ein halbwegs angenehmes Exil auszuhandeln, eine Privatwohnung, fern von Präfektur und Klausur: unterhalb des Physik-Auditoriums. Auch einen Kammerdiener hatte Frieder dem besiegten Hauptfeind zugestanden, den Bruder Gunzo. Dieser Gunzo, ein analphabetischer Finsterling, war ein ehemaliger Kristallsucher, der die Sommer auf der Alp und die Winter in den Höhlen der Gebirge verbracht hatte. Dort, tief im Innern, war ihm bei einem Wassereinbruch die Muttergottes erschienen und hatte ihn aufgefordert, als Bruder ins Kloster Maria Schnee einzutreten. Gunzo, der ehemalige Kristaller, war mehr oder weniger stumm, und wie früher im nebligen Gebirg vermochten seine Füße die Pfade von selbst zu finden – seine schwarze Kapuze war stets über beide Augen gezogen.

Drei Tage nach meinem Eindringen in den Thronsaal tauchte der Grimmige im Museum auf, steuerte auf mein Pult zu und fauchte: »Mitkommen!«

*

Der wahnsinnige Typotius empfing mich in seinen privaten Gemächern. Aus ovalen, schwarz gerahmten Bildern blickten hochmütig seine Vorfahren herab, der eine in der Uniform eines Franzosengenerals, der andere als Botschafter am Zarenhof, ein dritter als früherer Fürstabt von Maria Schnee.

Typotius trug eine Baskenmütze und lag unter einem Plaid im Lehnsessel. Auf einem Tischlein standen Fläschchen mit medizinischen Tinkturen, in einer Nierenschale schwamm schleimiger Auswurf.

»Bruder Gunzo«, rief er, »auf der Kommode liegt ein Rezept. Ich darf Euch bitten, es gleich ins Lazarett zu bringen.«

Schlurfende Schritte entfernten sich treppauf, und mit einem klirrenden Knall wurde oben, wo es zum Physik-Auditorium ging, die Tür zugeschmettert.

»So«, sagte Typo, die Hände reibend, »den Gunzo sind wir los.«

Dann kam er ohne Umschweife zur Sache: »230, über das Faktum brauchen wir nicht zu streiten, man hat euch im Fürstensaal gesehen, der Zeuge ist zuverlässig. Was habt ihr vom Dämmerer gewollt?«

»Seinen Segen.«

»Du bist ein schlechter Lügner, 230.« Er fixierte mich. »Ich höre, ihr beschäftigt euch neuerdings mit Marx und Freud? Wie lächerlich. Marx war der Meinung, die Geschichte bestehe nur aus Ökonomie, Freud glaubte, der Mensch bestehe nur aus Sex. Beides Juden … auch deine Mama?«

»Ich bitte?«

»Jüdisch?«

»Nein. Mimi ist katholisch.«

»Ganz besonders katholisch, meinst du wohl, übertrieben katholisch, wie alle Konvertiten.«

»Ich habe mich mit unserer Geschichte nie beschäftigt.«

»*Unsere* Familie, mein lieber Nase, hat den Päpsten schon im Mittelalter Soldaten zugeführt. In neueren Zeiten haben wir mehrmals das Kommando der päpstlichen Gardisten innegehabt – das nur am Rand, ich möchte jetzt zum Geschäftlichen kommen.«

Er schlich zur Tür, riss sie auf. Kein Gunzo.

Er drehte den Schlüssel, dann ging er zu einem Bücherregal und zog eine Akte heraus.

»Ein Onkel von mir war bis 1945 Beamter im Eidgenössischen Justiz- und Polizeidepartement«, fuhr Pater Typotius fort. »Vor einigen Jahren, kurz nach Bruder Frieders Machtergreifung, hat er mir diese Akte zukommen lassen. Sie könnte für dich von Interesse sein. Nimm sie mit, lies sie durch und pass um Gottes willen auf, dass dich niemand damit erwischt. Es ist verdammt heiße Ware.« Er setzte eine Pause, fasste mich in den Blick. Dann winkte er mich nah an seinen Mund heran und flüsterte: »Die Akte enthält Informationen, die dich auf die Fährte des Roten Diamanten bringen könnten, da wirst du verstehen, dass ich eine Gegenleistung verlange. Du sollst mich über einen deiner Klassenkameraden informieren, den Zögling 117. Hast du verstanden? Du wirst mir sagen, was er liest, was er plant, was sich hinter seiner Fassade verbirgt. Das ist der Preis für die Akteneinsicht. Wir sind einen Pakt eingegangen. *Ich* habe geliefert, jetzt bist du dran, und wehe, du hältst dich nicht an unsere Abmachung!«

Über die Treppe herabpolternd kehrte der grimmige Gunzo zurück, hielt ein Glas und ein Medizinfläschchen gegen das vergitterte Fenster und zählte in einem mir unverständlichen Dialekt die fallenden Tropfen. Es schneite wieder. In Maria Schnee schneite es immer.

*

Die Akte betraf einen Steiner Bruno, jüdisch, aus Wien, von Beruf Finanz- und Theateragent, und begann mit dessen Vita. Steiners Vater hatte im Wien der Donaumonarchie als Bordellier ein Vermögen erworben und damit ein Varieté gegründet, das Varieté Ronacher. Sohn Bruno machte eine mittelprächtige Konsulatskarriere und wechselte dann, es war noch vor dem Ersten Weltkrieg, auf einen sicheren Erwerbszweig: die Finanzen. Zusammen mit den Brüdern Bienenfeld gründete er die »Association Perlesco«, zu deren Klienten hauptsächlich adlige Bonvivants gehörten, an erster Stelle der junge Erzherzog Karl, dessen frivoler Hang zu Soubretten, Balletteusen und leichten Mädchen in der ganzen Monarchie ein offenes Geheimnis war. Die Perlesco beglich Karls Rechnungen, man kannte sich, man schätzte sich, und so war es nicht erstaunlich, dass sich die Perlesco unmittelbar nach dem Zusammenbruch der Monarchie bereit erklärte, den Kronschatz, den Karl im November 1918 vor den Revolutionären in Sicherheit gebracht hatte, außer Landes zu bringen. Der Schmuggel war erfolgreich, das Krongut gelangte in die Schweiz, allerdings mit fatalen Folgen für die Brüder Bienenfeld – sie wurden durch einen Anonymus verpfiffen und wanderten in den Knast. Ihrem Partner hingegen, dem besagten Steiner, konnte nichts nachgewiesen werden – vermutlich hielten die alten Kameraden aus dem diplomatischen Corps die Hand über ihn. Damit war Steiner ein gemachter Mann, in jeder Hinsicht. Nun besaß er das väterliche Erbe, die Bordelle und das Varieté Ronacher, aber auch ein Operettenensemble, das mit beinschwingenden Soubretten durch Europa tourte.

Der Vermerk eines Agenten des Eidgenössischen Justiz- und Polizeidepartements wies darauf hin, dass Steiner der Erste war, der die kaiserliche Familie in ihrem Exil-Palais am Genfersee besuchen durfte. Er trat im Frack auf, mit Zylinder und Pelzmantel, und schleppte einen großen Koffer, aus dem er für Kaisers Kinder Rosenkränze und Gebetsbücher hervorzauberte, angeblich vom Papst gesegnet. Zita, der frommen Ex-Monarchin, war er dennoch unsympathisch, und zwar doppelt: als Jud und als Theateragent. Aber Karl, der Ex-Kaiser, setzte sich für einmal gegen die Gattin durch. Zum Dank für die erfolgreiche Rettung des Kronguts verlieh er Steiner den Titel eines Barons.

An diesem Punkt wurde die Akte geschlossen – und bald danach mit einem Anhang versehen: ›Fall Steiner Bruno, jüdisch, aus Wien, genannt der Baronisierte, Anhang‹.

Nach Karls frühem Tod – am 1. April 1922 auf Madeira – sah sich die Ex-Kaiserin genötigt, den Gerüchten über den »vom Kaiser geraubten Kronschatz« entgegenzutreten, und enthüllte, er befinde sich unangetastet im Safe einer Zürcher Bank. Darauf wurde von den Behörden eine Sichtung der beschlagnahmten Preziosen vorgenommen, und staunend nahm die Welt zur Kenntnis, was da an Historie und Reichtum zum Vorschein kam: die blutrote Rubingarnitur der guillotinierten Marie Antoinette, das Rosencollier der Kaiserin Elisabeth, die doppelte Perlenkette der Kaiserin Maria Theresia sowie die berühmte Borso-Bibel. Was damals kaum jemandem auffiel: Das mit Abstand wertvollste Stück der Sammlung fehlte. Der Rote Florentiner war nicht dabei. Seither galt er als verschollen, und der flüchtige jüdische Baron Steiner stand im Verdacht, ihn an sich genommen zu haben.

*

In einer der letzten Physikstunden vor den Ferien philosophierte Typotius über die Frage, ob die Menschheit die Zahlen *ge*funden oder *er*funden habe. Alpha Dickie war für den Kompromiss. Die Menschheit, salbaderte er, habe die Zahlen sowohl *er*funden als auch, wie die Platoniker glaubten, *ge*funden.

Typo, scharf: »Womit begründen Sie diesen Unsinn?«

»Mit Amerika«, sagte Dickie und holte bei der Klasse einen Lacher. Europa habe diesen Kontinent sowohl *ge*funden, sprich entdeckt, als auch *er*funden, sprich geschaffen. Das rief den Protest von Primus Lenin hervor: Als er von

Kolonialismus und Klassenkampf zu predigen begann, schoss der Wahnsinnige so rasant hinter dem Pult hin und her, dass wir befürchten mussten, es könnte ihm eine weitere Maus unter die Sandale geraten.

»Habt ihr kommunistischen Schwachköpfe«, schrie Typo, »jemals bedacht, wie es bei der Erschießung der Zarenfamilie zugegangen ist? Die Mädchen trugen Korsetts, in denen Preziosen eingenäht waren. Der Schmuck« – bei diesem Wort blitzte die Stahlrandbrille in meine Richtung – »wirkte als Kugelfang. Die bolschewistischen Blutsäufer schossen ihre Magazine leer, ohne dass die Zarentöchter starben. Da gerieten sie in Panik und stachen mit ihren Bajonetten auf die weißen, unschuldigen Kinderhälse ein.«

Patsch! Die Maus quiekte, die Klasse lachte. Ultimus Nebel nahm den intakten Schwanz zwischen zwei Finger, Clown Giovanni riss das Fenster auf, und im hohen Bogen flog das blutige Klümpchen auf den Klosterplatz hinunter.

Nach der Stunde ging ich an Bord der Bücherarche und erfuhr von Käpt'n Silver, dass der Anführer des bolschewistischen Erschießungskommandos ein gewisser Jankel Chaimowitsch Jurowski war, der Enkel eines Rabbiners. Typisch Typo. Er hatte mir durch eine blutige Blume mitgeteilt, dass er Juden nicht besonders mochte, und erinnerte mich an unseren Pakt – er erwartete Informationen über die Mustervase Viper.

*

Bald danach, es war in den ersten Julitagen, strömten wir mit unseren Koffern johlend ins Freie, in die Ferien. Auf dem Bahnperron war Viper merkwürdig still, wohl als Einziger.

»Die Welt ist nichts für uns«, vertraute er mir traurig an. »Zu viel Himmel, zu viele Weiber. Mach's gut, Nase. Im Herbst sehen wir uns wieder.«

Dann bestieg er den Waggon.

Viper hatte recht, wir waren es nicht mehr gewohnt, uns im Freien aufzuhalten, etwa am See, wo die Mädchen in Dreier- und Vierergruppen mit wiegenden Hüften und in engen Miniröcken ihren Corso machten. Die Jünglinge, die so alt waren wie ich, arbeiteten bereits in der Fabrik, sie donnerten auf Motorrädern durch die Stadt, und wenn sie unter den Platanen am Ufer zusammenstanden, drehten sie mir wie einem Fremden den Rücken zu. Es ging mir ähnlich, ich war mir fremd geworden, ich kannte mich in mir nicht mehr aus. Da hatte man sich nach dem Elternhaus gesehnt wie der am Südpol erfrierende Scott nach London. Man hatte wieder einmal durch einen Wald gehen oder an einem See stehen wollen, und nun, da man durch den Wald ging oder am See stand, vermisste man die Klostermauern. Ich hatte Angst vor der Freiheit. Ich wollte wieder Vase sein. Ich wünschte mich zurück in den Ewigen Tag, in die graue Steinstadt.

Eines Nachts lag ich schlaflos in meinem Kinderzimmer. Unten im Garten fand eine Party statt. Die Gäste, von ihren Drinks animiert, sangen und tanzten. Es waren Offiziersfreunde meines Vaters, die meisten mit ihren Gattinnen, und ich hatte nicht die geringste Lust, an der peinlichen Veranstaltung teilzunehmen – zumal unter den Gästen der

Chefarzt unseres Spitals war, der Doktor Bonnard, den alle »sympa« fanden. Ich nicht, im Gegenteil. Doktor Bonnard hatte meine Phimose operiert und liebte es, mich neckisch darauf anzusprechen, vor allem, wenn Damen in der Nähe waren. »Na, Arthi, was macht unser Schwupp?«

Ein Luftzug – und wie ein Schatten schwebte Mimi ins Zimmer. Sie knipste die Deckenlampe an, und erschrocken nahm ich wahr, wie sehr sie sich während meiner Abwesenheit verändert hatte. War das wirklich Mimi, in Kindertagen meine über alles geliebte und bewunderte Maman? Ihr Gesicht war eine Maske aus Schminke, und die hochtoupierten, mit Spray lackierten Haare glichen einem Bienenkorb.

»Arthi, warum kommst du nicht herunter? Bonny würde zu gern ein paar Worte mit dir wechseln.«

Ich drehte mich zur Wand.

»Wenn du Probleme hast, sag es mir, Arthi, hörst du?«

Unten hatten sie eine Platte aufgelegt: »Domi-nique nique nique«, der Schlager einer belgischen Nonne, in einer Coverversion der Maria Schneer Sängerknaben.

Mimi ließ ihre Seidenwimpern flattern. »Darf ich fragen, was du liest?«

Ich zeigte ihr das Buch.

»Oh, Nietzsche. Ein garstiger Bursche. Ist er nicht wahnsinnig geworden?«

Sie setzte sich auf meinen Bettrand. Eigentlich erwartete ich seit Wochen, dass sie mich aufsuchte … und wie gern hätte ich ihr gesagt, dass ich in eine Sache hineingeschlittert war, die mir über den Kopf zu wachsen drohte, aber Viper war tabu – wir hatten einander geschworen, unsere Freundschaft (und die Diamantenjagd) geheim zu halten.

Auf einmal sagte Mimi: »Arthi, du bist wie dein Vater!« Sie watschelte aus dem Zimmer.

*

… und obwohl ich eben noch über die bunten Mädchen und Blumen und Blätter gelästert hatte, war ich eines Morgens erstaunt, als Maman den Galizier unter meinem Bett hervorzog. Sie polierte die Lederkappen, träufelte Salatöl in die silbernen Schlösser und fragte mich wieder einmal, ob ich auf dem Anhänger mit der Klarsichtfolie nicht endlich ihren Namen, Mimi Katz, mit meinem ersetzen wolle. Dann erschien behelmt und im Kampfanzug der Major Stadler, richtete Grüße vom siegreichen Obersten aus und fuhr mich im Jeep, der sich mit röchelndem Funkgerät, wippender Antenne und abgeblendeten Scheinwerfern im Gefecht befand, durch den herbstlichen Frühnebel zum Bahnhof.

Und wieder begann ein Schuljahr, wieder lief der Tausendfüßler die täglich gleichen Strecken ab, wieder fiel unaufhörlich der Schnee, und es wuchsen die Dächer, es wuchsen die Mauerzinnen, und die drei Schubkarren, die in einem der Innenhöfe standen, hatten eine immer größere Last zu tragen. Dann versanken sie wie die Büsche und die Parkbänke in der weißen Flut. Ob sie je wieder auftauchen würden? Man bezweifelte es, denn schon bald legte sich die Schneemasse vor die Parterrefenster und hielt in den kalten Gängen und Sälen den ganzen Tag eine graue Dämmerung fest. Nun schien auch der Ewige Tag im Eis zu erstarren. Wie unsere Waschlappen. Winter in Maria Schnee.

Nach Absprache mit Viper speiste ich Typo mit ein paar

harmlosen Informationen ab, und eines Morgens mokierten wir uns über Clown Giovanni, dem auf der nächtlichen Latrine eine Abreibung verpasst worden war. Er sah jetzt wirklich wie ein Clown aus – mit einer Tomatennase und einem blauen Auge. Viper hatte sich für den Spitznamen gerächt, und ich rechnete es dem Clown hoch an, dass er mich, den eigentlichen Taufpaten, aus der Sache heraushielt und es sogar hinnahm, dass auch ich zum Schlägertrupp gehört hatte – notgedrungen. Viper und ich waren Jagdkameraden, gemeinsam fahndeten wir nach dem Roten Diamanten, deshalb wollte ich unbedingt vermeiden, dass unsere junge Freundschaft zerbrach.

Alles ging gut. Das bunte Clownsgesicht heilte ab, der Streit wurde beigelegt, nur: gegen seinen Namen kam Viper nicht an. Der Reptilblick, die zischelnde Zunge, der diabolische Hinkefuß machten sein Bestreben, einer wie alle zu sein, zunichte. Viper hieß Viper, dabei blieb es.

… und immer noch schneite es, und wenn einer von den alten Mönchen starb, kam er in die Krypta, wo sein Fleisch geduldig verweste, während oben, in der Clausura, die vom Toten getragenen Sandalen mit einem Confrater weiterwandelten: Ewigkeit war in Maria Schnee kein leerer Wahn. Man aß, was alle aßen. Man roch, wie alle rochen. Man träumte, was alle träumten (von Titten Schnitzeln Hintern Fritten). Man lernte, was hier schon immer gelehrt wurde, und dass man heranwuchs, merkte man höchstens am Kuttensaum, der sich langsam vom Boden abhob und zwei nackte Füße freigab, schwärzliche Trauerränder unter den Zehen, wie, soweit noch vorhanden, bei Bruder Frieder. Wenn wir im Karree vor dem Gnadenaltar standen, sahen wir auf ausrasierte Nacken, im Schulzimmer auf Hinterköpfe, beim Essen auf den Teller, und so kam es, dass wir unsere Gesichter kaum kannten – Vasen haben keine Vorderseite, sie sind rundum gleich, und so war es eine ungewohnte, ja erregende Erfahrung, nach einem weiteren Schuljahr die ummauerte Steinstadt und den Winter zu verlassen und draußen in der Sommerwelt Menschen von Angesicht zu Angesicht zu begegnen.

*

Als ich nach Hause kam, hatte ich Mühe, Mimi in die Augen zu sehen. Gewiss, vor einem Jahr hatte ich festgestellt, dass sie älter, fülliger, faltiger geworden war, aber dieser Prozess hatte sich an einem geschlechtslosen Wesen ereignet, einem Wesen mit eisernem Haarturm, und jetzt – ich stand mit dem Galizier im Entrée, Major Stadler hatte mich wie üblich von der Bahn abgeholt – war das Wesen eine Frau. Mit Titten und einem Hintern. Mimi.

Gegenseitig glotzten wir uns an. Sie war für mich eine frustrierte alte Zicke, die einer Karriere als Pianistin nachtrauerte, und ich war für sie ein unbeholfener Lulatsch mit gebrochener Stimme, spitzem Adamsapfel, krummer Nase und Pickeln. Sie war enttäuscht, dass ich für Schubert und Chopin, ihre Lieblinge, nichts mehr übrighatte und ihre romantischen Flügel-Eskapaden mit meiner Musik bekämpfte: mit ›I Can't Get No Satisfaction‹ von den Stones. Dabei wurde mir die triste Komik meiner Lage vollends bewusst. Ich spielte meine Platten im Kinderzimmer, wo ein Bild von Scott an die Wand gepinnt war, das Gesicht verkrustet von Schnee, nicht mehr erkennbar. Nach einer Party, da sich der schreckliche Vorhaut-Skalpierer wieder einmal den üblichen Scherz auf meine Kosten leistete – »na, Arthi, was macht unser Schwupp?« –, hatte ich von den bürgerlichen Gespenstern in meinem Elternhaus genug. Mimi, die nicht unfroh war, dass ich mich noch vor dem offiziellen Ferienende verabschiedete, steckte mir dreihundert Franken aus der Haushaltskasse in den Galizier, und an einem Morgen im späten August, da der See in einem durchsonnten Glast lag, ließ ich mich von der Fähre ans andere Ufer tragen, stolz auf die erste freie Tat meines Lebens: Ich kehrte aus eigenem Antrieb zurück nach Maria Schnee. Per Autostopp erreichte ich das Pilgerdorf, und hier oben, im Kessel der Berge und im Schatten der Escorial-Fassade, fühlte ich mich endlich wieder wohl. Ich würde die Ferienzeit nutzen und die Steinjagd fortsetzen, ohne Viper und ohne den Klugen, ich, ein Scott, der ganz allein auf den Pol zumarschierte, über dem der Stern leuchtete, der Rote Diamant!

*

In einem Pilgersilo, einer billigen Herberge, fand ich eine Schlafstatt. Es war ein Fünfbettzimmer, das ich mit drei Priestern aus Belgien teilen musste. Das Trio empfing mich freundlich, jedoch mit einer Neugier, die mir mehr und mehr auf die Nerven ging. Sie wollten wissen, warum ich die Wallfahrt allein, nicht mit einer Gruppe unternehme, ob ich schon vom Heiligen gehört habe, was ich dereinst werden wolle und anderes mehr. Die Wallfahrt nach Maria

Schnee erklärten sie zum Höhepunkt ihres Priesterlebens und ratterten vor dem Einschlafen den Freudenreichen Rosenkranz herunter, Arme und Hände züchtig auf die Decke gelegt.

Kalter Regen fiel, und das Pilgerdorf, das sich in den Schatten der triumphalen Escorial-Fassade duckte, roch schon jetzt, im späten August, nach Herbst. Die Hotels und Herbergen sahen aus, als würden die Nachttöpfe wie im Mittelalter aus dem Fenster gekippt. An schiefen Laternen hingen Spucknäpfe. Es roch brenzlig nach dem Rauch der Kohleöfen. Die Dörfler kauerten wie Lemuren in ihren mit Rosenkränzen vollgehängten Grotten und schielten nach Pilgern, denen sie den Devotionalienkitsch andrehen konnten.

Am ersten Tag meiner Recherche sprach ich im Ochsen vor, dem ersten Haus am Platz, und bat mit der Begründung, nach einem verschollenen Verwandten zu fahnden, den mürrischen Rezeptionisten, einen Blick in alte Gästebücher werfen zu dürfen. Er führte mich wortlos auf den Dachboden hinauf und zeigte auf einen Stapel voluminöser Folianten, worin das Kommen und Gehen der Gäste verzeichnet war. Sollte der baronisierte Bruno Steiner tatsächlich der Kurier gewesen sein, der den Stein nach Maria Schnee gebracht hatte, würde er bald nach der Wiener Novemberrevolution in diesem Hotel aufgetaucht sein, sagte ich mir und quälte mich Seite für Seite durch die Monate, die der Revolution folgten – nichts. Weder ein Baron Steiner, noch ein Steiner Bruno, Finanz- und Theateragent, aber Hunderte von Wallfahrerinnen aus aller Welt, Mütter Töchter Gouvernanten, und wiewohl sie nur hingekritzelte Namen waren, eine Adresse, ein Ankunfts- und ein Abreisedatum, nahmen sie in meiner Vorstellung Gestalt an, erhoben sich aus den Seiten und tanzten in der Dämmerung des Dachbodens splitternackt um mich herum … nein, das Mädchen, das im Treppenaufgang aus dem Boden wuchs und mich mit großen Augen betrachtete, war real!

Ich lag auf einem alten Sofa, meine rechte Hand umklammerte mein Geschlecht, und während ich fassungslos zusehen musste, wie der weiße Schleim über meine zitternden Finger floss, sagte das Mädchen ungerührt: »Vielleicht kommen Sie mal in der St. Josephsgasse vorbei. Die Mutter Käsli kann Ihnen bei Ihrer Recherche weiterhelfen, die weiß alles, auf Wiedersehn.«

»Auf Wiedersehn«, sagte ich.

*

Die Maria Schneer hießen Käsli, Küchli oder Stierli, und die Gastwirtin der Josephs-Bar war eine besonders dunkle Käsli mit einer schlabbernden Kinnkaskade und einem gewaltigen Busen. Sie sog an einer Pfeife und herrschte mit bösen Äuglein über einen Stammtisch aus lauter Weibern.

»Grüßt er nicht, der junge Herr?«, blaffte mich eine an. »Hält er sich für etwas Besseres?«

»Er weiß nicht, mit wem er es zu tun hat«, höhnte eine andere, »mit der Mutter des Subpräfekten Walafried!«

Und wieder die Erste: »Gelt, Mutter Käsli, euer Priestersohn wandelt an der Seite des Heiligen!«

»Eines Heiligen zu Lebzeiten«, sang der Chor.

Ich hätte ihnen gern erklärt, dass der von ihnen so hoch verehrte Pater Walafried bei uns eine Lachnummer war, doch war ich nicht so blöd, mich als Zögling auszugeben – hier befand ich mich auf vermintem Gelände.

»Steiner ist mein Name«, stellte ich mich vor, »Arthur Steiner.«

Sie merkten auf. »Bist du der junge Mann, der im Dorf nach dem Baronisierten fahndet?«

»Erraten, meine Damen. Der Baronisierte, wie Sie ihn nennen, gehörte zu unserer Familie, er war mein Großonkel. Leider haben wir den Kontakt zu ihm verloren. Ist es erlaubt?«

Der alten Käsli gegenüber nahm ich Platz. Eine Weile verstummten sie, einander Blicke zuschießend, und da ich im Lauf meiner Recherchen festgestellt hatte, wie gierig und geizig diese Leute waren, lud ich sie zu einer Runde Kaffee ein, der hier im Glas serviert wurde, mit vier Würfelzuckern und Schnaps.

»Was gibt Ihnen die Gewissheit«, fragte eine (die Hässlichste der ganzen Runde), »dass sich Ihr Großonkel in Maria Schnee aufgehalten hat?«

»Seine Marienverehrung, schöne Frau. Es dürfte zwar schon einige Zeit her sein, mehr als vierzig Jahre, aber seine Fährte hat damals in euer gesegnetes Pilgerdorf geführt, vor die Gnadenkapelle der Schwarzen Madonna.«

»Ach«, machte die alte Käsli, »vor die Schwarze Madonna?«

Ich hatte meine Freud-Phase abgeschlossen; seit einiger Zeit las ich die Schriften von C. G. Jung und sagte mir, dass der Schöpfer der Archetypenlehre an dieser Gastwirtin seine helle Freude gehabt hätte. Sie verkörperte die Urmutter, von der sich Söhnchen Walafried trotz seiner Flucht in die Männerwelt des Klosters niemals hatte abnabeln können. Er war unterm Rock der Madonna gelandet und unter der Knute von Bruder Frieder.

Auf einmal sagte die Wirtin Käsli: »Der Steiner war ein Jud.«

Schlagartig wurde es still.

»Jedenfalls war er nie in Maria Schnee. Juden meiden Maria Schnee.«

»Dann müssen Sie mir allerdings erklären, gute Mutter Käsli« – ich versuchte zu lächeln –, »woher Sie meinen Großonkel kennen.«

»Ein Küchli aus der Untergasse war mit einer Stierli verheiratet, die einen Vetter im Österreichischen gehabt hat. Dieser Vetter, Kampl mit Namen, war bei der Eisenbahn. So einer kommt rum, im Süden bis auf den Balkan, im Osten ins Ungarische. Ödenburg hieß der Ort.«

»Ödenburg?«

»Dort lag das letzte kaisertreue Regiment«, raunte die Alte. »Die Majestäten sind vom Schweizer Exil aus hingeflogen und wollten dann mit den Kaisertreuen nach Wien marschieren. Aber der Putsch ist misslungen. Die Majestäten wurden verhaftet. He, he, Ihr Großonkel war ein bisschen schlauer. Er reiste per Automobil nach Ödenburg – mit der Kriegskasse. Und raten Sie mal, wo er die welthistorische Stunde verbracht hat!«

»Im Puff!«, kreischten die Weiber.

»Im Puff?«, fragte ich zaghaft.

»Ja, das hat der Kampl aus erster Hand gehabt, direkt aus der Quelle. Im Ödenburger Haus mit Damenbedienung«, erklärte Mutter Käsli, an ihrer Pfeife saugend, »ist der Rote Diamant der Verhaftung entgangen. So hat es uns Kampls Cousine wahrheitsgetreu berichtet.«

»Eine der Huren«, sagte überraschend die Serviergehilfin hinter dem Tresen, »hat sich nackt ins offene Fenster gestellt, am Busen der Diamant …«

Erst in diesem Augenblick erkannte ich: Sie war's – das Mädchen, das auf dem Dachboden des Ochsen aufgetaucht war! Bei der ersten Begegnung war ich zu perplex gewesen, um sie richtig anzuschauen, aber ich hatte sofort gemerkt, dass sie mich auf ungewöhnliche Weise faszinierte. Etwas an ihr war anders als bei den andern …

»Auf einmal war da ein weißes Licht im Raum«, hörte ich das Mädchen weiterreden, »alle sind geblendet, und als das Licht verschwindet, ist auch der Diamant verschwunden.«

»Er ist verschwunden!«, entfuhr es mir.

»Ja, und dort, wo der Diamant gewesen war, hatte die Hur ein Brandmal«, sagte sie und bedeckte mit einer vom Abwaschen roten Hand den lächelnden Mund.

Mein Gott, geschah hier das Gleiche wie im Ödenburger Puff? Ein weißes Licht erfüllte den Raum, das Mädchen war die Hur und ich der Geblendete. Dennoch glotzte ich, und wie ich glotzte, ich glotzte, wie ich wohl noch nie geglotzt hatte.

»Hier war das Mal«, sagte sie, beugte sich über den Tresen und deutete auf ihre Brüste, die gut sichtbar in der Bluse hingen. »Das Mal hat sogar ein wenig geraucht.«

Ich spürte, wie ich brandrot wurde. »Und der Diamant?«, fragte ich verdattert.

»Weg.«

»Weg?«

»Ein Engel«, sagte sie und ließ für einen Moment den Mund offen, »hat den Diamanten der Hur von der Brust gepflückt.«

»Ein Engel … der Hur … von der Brust …« Aber ich hörte gar nicht mehr, was ich zusammenstotterte, denn zwischen ihren breiten weißen Schneidezähnen, die etwas vorstanden, war eine Lücke, und diese Lücke, die ja eigentlich nichts war, ein Zwischenraum, eine Leerstelle, war das Schönste, was ich jemals gesehen hatte. Es raubte mir den Atem. Es verschlug mir die Sprache, und mit klopfendem Herzen und glühenden Ohren taumelte ich durch das Tor, das mir die Engelshur mit ihrem Lächeln auftat. Es wurde dunkel. Arthi-Darling, versuchte ich mich mit der Stimme meiner Maman zur Räson zu rufen, du wirst dich doch nicht in eine *Zahnlücke* verlieben! Nein, Mimi, natürlich nicht, was fällt dir ein …

»Was ist mit ihm geschehen? Mit dem Diamanten, meine ich.«

»Sag ich doch«, sagte das Mädchen mit dem Zahnlückenlächeln, »Engel haben ihn nach Maria Schnee gebracht.«

»Engel …«, sagte ich, »nach Maria Schnee …«

Wieder blieben ihre Schneidezähne auf der Unterlippe stehen.

»Auf einem Kissen«, sagte sie.

»Aha«, sagte ich, »auf einem Kissen.«

Und eine Stierli, entzückt: »Ich hab's gesehen!«

»Ich auch«, rief eine Dritte, »es war aus Samt!«

»Wunder, Herr Baron, sind keine Märchen«, sprach die Hexe Käsli und richtete ihre Augenschlitze auf mich. »Das Samtkissen wird an den hohen Marienfesten auf den Altar der Gnadenkapelle gelegt. Dumm ist nur, dass wir Menschen vergessen haben, wo die Engel den Diamanten hinterlegt haben.«

Mir wurde flau. Zu viel Schnaps, zu viel Zucker, zu viel Zahnlücke. Du lieber Himmel, wohin war ich geraten? In was für Abgründe lockte mich der Rote Diamant? Denn trotz Suff war mir klar: Er war's, der Stern in finsterer Nacht, der mich in diese Kaschemme geführt hatte, an diesen Stammtisch, der offenbar mehr wusste als das Eidgenössische Justiz- und Polizeidepartement. Der Rote Diamant war nicht mit dem Thronschatz in die Schweiz gelangt, sondern in Wien geblieben, als eiserne Reserve. Damit wollte man den Thron zurückerobern, und als die Kaiserlichen nach Ödenburg flogen, erschien dort auch der Baron Steiner, angereist aus Wien, mit der Kriegskasse. Sie sollte den geplanten Feldzug finanzieren, die Sache ging schief, und wo landete die Kasse? Im Puff der Pini Pollak … So weit, so klar, selbst im Suff. Aber. Aber ein Engelsgeschwader, das den Diamanten auf einem Kissen über die Lande flog? Das konnten sie einem andern erzählen.

»Und wenn er dereinst in seinem Versteck im Stift gefunden wird«, hörte ich die Hexe weissagen, »wird uns seine Strahlung erlösen von allen Leiden, von Krebs und Gicht und Schwindsucht!«

»Und von der Impotenz!«, schrie eine.

Und alle starrten mich an. Dann wieherten sie los, sich auf die Schenkel schlagend, Tränen in den Augen, Gebisse bleckend, und es bleckte der Engel die Lücke.

*

In einem verwilderten Garten öffneten eine Käsli und eine Küchli meinen Hosenschlitz.

»Huh!«, riefen sie, »iii! Er ist wahrhaftig ein Beschnittener! Er ist der Großneffe des jüdischen Barons!«

Sie taumelten davon.

Im Schein einer einsamen Laterne stand das Mädchen.

Als sie meinen Blick bemerkte, lächelte sie verlegen … sie lächelte, und das matte Schimmern der großen weißen Schneidezähne ließ das kleine Dunkel dazwischen noch geheimnisvoller, noch abgründiger erscheinen. Es war das Tor, das in die Tiefe führte, und kaum zu glauben, jetzt hob das Mädchen mit beiden Händen die Röcke, wie einen Vorhang.

»Für den Herrn Baron«, sagte sie. »Bitte, sich zu bedienen.«

Sie lehnte sich gegen die Hausmauer. Die Pose kannte ich aus italienischen Filmen, aber dass es auch in der Gasse dieses Pilgerdorfs eine Hur geben könnte, sogar eine mit Zahnlücke, hätte ich mir in den kühnsten Phantasien nicht vorstellen können. Am liebsten wäre ich verduftet, doch war mein Wille ausgeschaltet, auch mein Verstand, und eine höhere Macht, die mich an den Fäden hatte, lenkte mich wie eine Marionette auf sie zu.

Über uns war ein erleuchtetes Fenster, darin ein Schatten, das Mädchen jedoch nahm ungeniert meine Hand und legte sie sich zwischen ihre Beine.

»Die Alte nennt mich Rösi«, sagte sie, nach oben deutend, wo ein Kopf mit Pfeife aus dem Fenster ragte. »Aber wenn einer etwas von mir will, dann nennt er mich Rose, englisch ausgesprochen.«

»Ich bin eher nach klassischer Manier ausgebildet«, sagte ich, die Stirn überströmt von Schweiß, die Knie puddingweich.

»Bist du vielleicht ein Stiftler?«

»Ich? Nein. Ja. Ja«, gestand ich, meinen ganzen Mut zusammennehmend. »Ja, ich bin ein Stiftler.«

»Ich hab's dir doch gesagt«, rief die Alte herunter. »Musst du ausgerechnet den Beschnittenen nehmen?«

»Er ist ein Baron.« Rose schloss die Augen und öffnete die Lippen. »Give me a kiss, Baron.«

»Rose«, flüsterte ich, »Rose, ich …«

Ich verstummte. Vor meinen Augen tat sich das Tor zum Abgrund auf.

»Do you love me?«, hauchte das Tor.

»Yes. No. Rose, du bist eine wunderbare Frau, aber …«

»Dich stört meine Zahnlücke.«

Mit einem verquälten Lächeln versuchte sie, die Lippen zu schließen. Dann hielt sie die Hand vor den Mund und sagte: »Mach's gut, lieber Baron.«

»Auf Wiedersehn«, rief die Alte aus dem Fenster, auf dem Sims ihre Pfeife ausklopfend.

*

Jeweils zum Beginn des Trimesters wurde in der Turnhalle ein Basar abgehalten, auf dem wir Größeren die Kutte an die Kleineren weitergaben, während wir von den höheren Klassen Homers Odyssee oder Vergils Aeneis erwarben, je nach Zustand der seit Jahrzehnten zirkulierenden Bücher für eine oder zwei Zigaretten. Auf der nächtlichen Latrine fand nach wie vor ein Schwarzmarkt statt, und hier lieh man sich von Zöglingen, in denen sich bereits der Geschäftsmann entwickelte, die heißen Bücher aus: Marx, Feuerbach, Camus, Sartre, Marcuse. Für drei oder vier Zigaretten durfte man sie für 48 Stunden behalten, und wie vor Zeiten unsere Abenteuerbücher, lasen wir sie in den Klokabinen. Der tumbe Walafried, der auf der Jagd nach Onanisten durch die nächtliche Steinstadt schnüffelte (bei manchen hieß er Tapir) blieb erfolglos; weder erwischte er je einen Wichser noch je einen Leser, denn auf die naheliegende Idee, unser Nachtleben könnte sich hinter unverriegelten Türen abspielen, ist sein tapirischer Geist nie gekommen.

Zu den Ritualen gehörte auch die Platzierung, und wie in Calderóns »Welttheater«, da *el autor* die Rollen festschreibt und verteilt, brachte ein neues Schuljahr oder ein neues Trimester kaum je eine Veränderung.

»Auf dem ersten Platz«, krächzte der Feinsinnige in der ersten Stunde im neuen Schuljahr, »hat sich gehalten …«

»Primus Lenin!«, brüllte die Klasse.

»Auf dem letzten Platz verbleibt …«

»Ultimus Nebel!«

»Im Reich der Mitte siedelt weiterhin …«

Viper, bei ihm jedoch blieb die Klasse stumm, und er konnte von Glück reden, wenn sich Clown Giovanni mit Scherzen über Vipers Zischelzunge oder den Teufelshuf zurückhielt.

*

Die Einrichtung der Bauhütte im Dachstuhl der Kathedrale war karg: ein langer Tisch, eine Pritsche, eine Notapotheke sowie ein Eisenofen, worin das morsche, aus dem Gebälk gehauene Holz verfeuert wurde. Auf der einen Seite, die sich an die Kuppel lehnte, sah man durch ein Fledermausfenster ins Kirchenschiff hinunter. Licht kam hier nicht herein, nur aus der Tiefe der dämmrige Schein vieler Kerzen, aber nach Süden bot die Mansarde eine Aussicht in die Berge. Viper und ich rauchten wie üblich unsern Joint unter dem rosigen Abendhimmel und sahen zu, wie die Sandsteinhaut der nahen Türme erst bläulich wurde, dann schwarz. Etwas Feierliches lag in der Luft, und als aus den Höfen die blauen Schatten der Nacht aufstiegen, führte er mich, seinen Arm um meine Schultern gelegt, zum Fledermausfenster. Es befand sich in der gerundeten Kuppel, und wenn man den Kopf hindurchstreckte, hing er wie eine Lampe aus dem Gewölbe. Was für ein Abgrund – schwindelerregend! Ein Engel aus Gips, der sich etwas weiter unten von einer Säule ins Leere zu stürzen schien, hatte die Gestalt eines Riesen. Er wurde von Eisenstangen festgehalten, und aus dieser Perspektive war zu sehen, dass das Vasenprinzip offenbar auch für himmlische Wesen galt – der Rücken des Engels war hohl, so dass er wie eine Marmorwanne mit zwei mächtigen Schwingen über den winzigen Pilgern schwebte.

»Von oben schaut die Gnadenkapelle niedlich aus«, sagte ich.

»Nase«, sagte Viper, »du hast den Braten wieder einmal gerochen.«

Unter der elektrischen Birne legte er eine Papierrolle aus und erklärte, das sei der Plan für ein Miniaturmodell der Gnadenkapelle. »Ich möchte es der Kaiserin widmen.«

»Ist das dein Ernst?«

»Ja, mein lieber Nase, wir sind eine Stiftung der Habsburger. Nun, da sie endgültig aus der Zeit fallen, schenken wir ihnen einen maßstabsgetreuen Nachbau des schwarzen Marmortempels, samt Madonna, Krönchen und Jesuskindlein.«

»Das soll wohl ein Witz sein.«

»Nein. Die Kaiserin wird sich darüber freuen. Demnächst werde ich eine Bastelgruppe ins Leben rufen. Eine große Sache, Nase!«

»Schade, im Basteln bin ich nicht besonders gut.«

»Jeder wird nach seinen Talenten eingeteilt. Die feinsten Arbeiten wird Beau erledigen. Beau möchte Chirurg werden, er hat geschickte Finger. Bist du dabei?«

»Viper«, fragte ich vorsichtig, »hast du jedes Interesse am Diamanten verloren?«

Als Antwort kramte er aus dem Schrank ein unter Putzlappen verstecktes Buch hervor. Es war ›Der Katechismus der Revolution‹ von Netschajew und Bakunin, worin die Klöster, wie Viper flüsternd zitierte, als »Brutstätten von Unmoral und Faulheit« dargestellt würden.

»Was hat das mit dem Diamanten zu tun?«

»Wir brauchen eine Tarnung. Bakunin und Netschajew raten, die anarchistische Tat unter einem Deckmantel vorzubereiten. Wenn sich eine Gruppe trifft, muss sie einen Grund dafür haben, der von außen völlig harmlos erscheint.«

»Viper«, stieß ich hervor, »planst du ein Attentat auf die Kaiserin?«

»Ich? Ein Attentat? Aber nein«, sagte er lässig. »Zita wird auch im kommenden Jahr zum Requiem für ihren Karl erscheinen, und zwar wie üblich bereits am Vorabend, am 31. März. Heuer werden wir genau beobachten, wie der Besuch verläuft. Und im nächsten Jahr, mein lieber Nase, werden wir Ihrer Majestät die Kapelle als Geschenk überreichen.«

Heimlich musste ich dem wahnsinnigen Typotius recht geben – der ahnte, dass der von Bruder Frieder häufig als Vorbild gepriesene Zögling 117 eine gefährliche Schlange war. Während ich geglaubt hatte, sein Interesse am Diamanten sei erloschen, hatte er eine Tarnung ausgeheckt, unter der wir die Jagd auf den Diamanten unbemerkt fortsetzen konnten.

*

Die Normvase Viper, wurde Anfang Advent gemunkelt, werbe Kameraden an, die gemeinsam mit ihm ein maßstabsgetreues Modell der Gnadenkapelle herstellen sollten, und schon bald erwies sich das Gerücht als wahr. In einem Abstellraum des Biologiezimmers, wo auf den Regalen Gläser mit Föten verstaubten, traf sich nun regelmäßig eine

Bastelgruppe, die in Wahrheit Vipers Gang war: Alpha Dickie, Beau, Clown Giovanni, Primus Lenin und Ultimus Nebel. In der Weihnachtszeit gesellten sich zahlreiche Helfer dazu; alle hatten sie Heimweh nach ihrer Modelleisenbahn und liebten es, in der Rek (von Rekreation: Erholung, Freizeit) mit der Laubsäge zu arbeiten oder aus Kleistermasse Figürchen zu formen. Das Projekt war eine willkommene Abwechslung im Einerlei des Ewigen Tags, und erstaunt nahmen die Patres zur Kenntnis, dass sich Bruder Frieder, der üblicherweise gegen jede Extravaganz sofort einschritt, in diesem Fall zurückhielt. Als dann aus der Bastelgruppe (via Alpha Dickie, aber von Viper inspiriert) auch noch das Gerücht aufkeimte, man gedenke das fertige Werk der Kaiserin zu überreichen, war das für Frieder eine Verführung, der er nicht widerstehen konnte. Da verließ ihn sein Instinkt. Da vergaß er jede Vorsicht. »Meine Zöglinge«, soll er Dickie, unserem Alpha, rührselig gestanden haben, »lieben mich.«

Bruder Frieder erteilte dem Projekt den Segen, mehr noch, er begab sich persönlich in die Werkstätten und wies die Brüder an, den Zögling Viper mit dem von ihm gewünschten Material zu versehen. Auch befand er, der Abstellraum mit den Föten sei für das entstehende Madonnen-Heiligtum eine unwürdige Umgebung, und teilte der Bastelgruppe offiziell den Rek-Saal der Rhetoriker zu. Hier hatten bisher nur zwei ausgeleierte Flipperkästen herumgestanden, und heißa, nun kam Leben in die Tristesse. Vipers Pläne wurden an den Wänden festgepinnt, und ein Bruder, der früher als Kerzenzieher gearbeitet hatte, richtete eine Kochnische mit den nötigen Apparaturen ein. Zwei ausrangierte Pingpongtische wurden herbeigeschafft, und schon in den Tagen zwischen den Jahren, da wir weniger Schulstunden hatten, begann auf den grünen Platten das maßstabsgetreue Modell der Gnadenkapelle zu entstehen.

An einem Sonntagnachmittag zu Beginn der Fastenzeit betrat ich mit Viper wieder einmal die Bauhütte im Dachstuhl der Kathedrale. Er trat ans Fledermausfenster und sah längere Zeit schweigend auf das aus schwarzen Marmorquadern gefügte Tempelchen hinunter, vor dem sich wie üblich viel frommes Volk drängte.

»Der Besuch der Kaiserlichen läuft immer gleich ab«, erklärte Viper. »Am Vormittag besuchen sie die Seelenmesse für den verstorbenen Kaiser. Dann wird die Kathedrale für die Kaiserin geräumt, und die beiden Damen begegnen sich privatim.«

»Eine Kaiserin und eine Himmelskönigin«, sagte ich.

»Im Modell«, versetzte Viper stolz, »werden sie ihren Auftritt haben. Mir geht es um eine korrekte Wiedergabe der historischen Realität.«

*

Beim diesjährigen Besuch der Habsburger richtete sich das Interesse des Grafen Erdödy, des kaiserlichen Oberchauffeurs, auf einen Frischling, der neuerdings als Sopran Furore machte. Wenn er in Gregorio Allegris ›Miserere‹ das Solo sang, war die Kathedrale bis auf den letzten Platz gefüllt, und erklang mit seiner glockenhellen Stimme ein Monteverdi-Madrigal oder Schuberts ›Ave Maria‹, kamen dem lauschenden Volk die Tränen. Caruso wurde der Sängerknabe genannt, nach Enrico Caruso, dem Opernsänger, der zu Beginn des 20. Jahrhunderts mit seiner Stimme die Welt erobert hatte. Caruso war ein Ehrentitel, und die Stiftslegende besagte, dass es kaum ein Zögling, dem er verliehen worden war, bis zur Matura geschafft hatte. Die Carusos sangen wie Engel, wurden in der Schule geschont, durften tagsüber den Schlafsaal aufsuchen, bekamen vom Stiftskapellmeister Leckereien und von verzückten Mönchen Liebesbriefchen zugesteckt, aber das Stiftsgesetz – sei mittelmäßig! – bestätigte sich gerade an ihnen auf grausame Weise. Wenn einem Caruso die Stimme brach, gelang es ihm nur selten, sich wieder in die Klasse einzuordnen. Auch musste er zusehen, wie nun der ganze Ruhm, der ihm gegolten hatte, auf seinen Nachfolger überschwappte, den neuen Caruso. Das war dann der eigentliche Absturz des jungen Ikarus: erleben zu müssen, dass ein anderer mit dem gleichen Namen triumphierte.

Graf Erdödy erschien uns vollkommen ausgedörrt, blutleer wie ein Gespenst, ja wie der Tod selbst. Er saß in seiner Chauffeursuniform auf einem kleinen Pult im Kinder-Museum (1. und 2. Klasse), und aus seinen Augen rannen Tränen, Tränen, die vielleicht seinem untergegangenen Reich galten und vielleicht, wer weiß, dem kleinen Caruso, der nach der Seelenmesse blass und erschöpft aussah. Man hatte ihn zu Füßen des Grafen auf einen Stuhl gesetzt, und die drei Sinnigen – der feinsinnige Erlebald, der wahnsinnige Typotius, der schwersinnige Evenus – hatten ihm eine Decke um die Schulter gelegt, damit die begnadete Stimme von der Zugluft nicht gefährdet würde. Wir übrigen

Zöglinge umringten die Gruppe in ehrfürchtigem Abstand, denn auch wir bewunderten den kleinen Caruso, und da wir den Preis kannten, den er für seinen Ruhm zu zahlen hatte, überwog das Mitleid den Neid.

Ich hielt mich in den hinteren Reihen auf, war aber in Hochspannung – auf so eine Gelegenheit hatte ich seit langem gelauert. Der Graf sollte mir seine Erinnerungen preisgeben, vor allem die Erinnerung an den missglückten Putsch in Ödenburg, und dazu schien er an diesem späten Vormittag, nach Carusos Gesangssolo, in der richtigen Stimmung zu sein. Er würde reden, ich spürte es. Alle Alten reden, das hatte ich schon bei Großvater Katz erlebt.

*

»Ödenburg!«, rief Erdödy unter dem Austro-Daimler hervor, wo er rücklings auf einem Rollbrett lag, »dieses schreckliche Ödenburg, muss Er wissen, war das endgültige Ende der Monarchie. Der Kaiser, möge er ruhen in Frieden, war halt zu gut für diese Welt. Wenn's den in atlaswattierte Schabrackerln gehüllt haben, so hat er trotzdem g'froren, wie euer Sängerknab, und Gott sei Dank, da war die Majestät Zita schon a bisserl robuster, auch im Geist. Bittschön, zieh Er mich jetzt an den Stiefeln unterm Wagen hervor! Ja, so ist's gut. Respekt. Und jetzt hör Er zu, die G'schicht hat's in sich«, begann der Graf zu erzählen.

Ein erster Versuch, den Thron zurückzuerobern, war gescheitert, aber beraten von der Exzellenz Conte Balfré di Bonzo, dem Wiener Nuntius, wollte Kaiser Karl einen zweiten Versuch wagen. Er entwickelte den kühnen Plan, von seinem Schweizer Exil aus nach Ungarn zu fliegen, zum letzten kaisertreuen Regiment, dem k. u. k Infanterieregiment 48 unter dem Kommando des Freiherrn Anton von Lehár, einem Bruder des Operettenkönigs Franz Lehár. Die Landung würde Exzellenz Conte Balfré di Bonzo mit dem Läuten aller Glocken sämtlicher Kirchen der ehemaligen Monarchie verkünden, ein allgemeines Hutschwenken und Hochrufen würde anheben, die Kriegsverletzten würden ihre Krücken von sich werfen, die Offiziere ihre Säbel zücken, die Husaren ihre Pferde satteln, und das Kaiserpaar, Zita mit den Zügeln in den Händen, würde auf dem Wogenkamm einer anschwellenden Begeisterung aus der ungarischen Tiefebene ins wiedererwachende Wien einreiten.

Aber eben. Zuerst einmal musste man vom schweizerischen Dübendorf aus ins ungarische Ödenburg fliegen, und in seiner »fabelhaften Ungeschicklichkeit«, bemerkte der Graf mit einem tiefen Seufzer, buchte der Kaiser eine Flugfirma von zweifelhaftem Ruf. »Dann hat mir die Majestät befohlen, mich an den Steuerknüppel zu setzen, und machen wir's kurz, junger Herr: Am 20. Oktober 1921 flogen Seine Majestät samt Gattin und Entourage mit mir als Pilot in den definitiven Untergang.«

Bei Einbruch der Dämmerung erspähte Graf Erdödy in der dunstigen Ebene ein Flugfeld und drückte die Maschine trotz schlechter Sicht entschlossen hinunter. Sie setzte in gefährlichen Hopsern auf und rollte dann bis zu einer Baracke, wo die Propeller schließlich stillstanden. Nach einiger Zeit stiegen mehrere Passagiere aus, und wenn die Presse, wie eigentlich geplant, zur Stelle gewesen wäre, hätte sie der Welt eine Sensation vermelden können. Die Passagiere waren der entthronte Kaiser, seine hochschwangere Gattin Zita sowie ein Trüpplein der letzten Getreuen.

Seltsam, niemand war an diesem Oktoberabend da, um die hochadligen Putschisten zu empfangen, buchstäblich niemand. Das Telegraphenbüro unbesetzt. Im niederen Tower kein Lotse, vor dem Hangar keine Wache, und wie zum Hohn hing am Mast der österreichisch-ungarische Doppeladler, vom Wind gebleicht, vom Wetter zerfranst. Die Kaiserin befahl ihrer Begleitung, die Tür zur Baracke aufzubrechen, dann drehte sie mit eigener Hand, was sie bestimmt noch nie getan hatte, am Wandtelefon die Kurbel. Der Kaiser hockte sich auf einen der zahlreichen Koffer, die man inzwischen ausgeladen und neben der Junkers aufgereiht hatte, schnallte die Fliegerkappe ab und schleuderte sie samt Pilotenbrille ins taufeuchte Gras. Ihm schwante Schlimmstes, und noch am gleichen Abend sollte sich seine Ahnung bestätigen.

Der Marschbefehl zur welthistorischen Erhebung war irgendwo zwischen dem schweizerischen Dübendorf und dem ungarischen Ödenburg verlorengegangen. Kommandant von Lehár, der Bruder des Operettenkönigs, langweilte sich im Caféhaus. Die Offiziere, sofern nicht mit Pflichten betraut, waren unterwegs zum Souper auf einem abgelegenen Gut. Das Regiment versah in der Garnison den üblichen Kasernendienst, und als in der Schreibstube das Telefon schrillte, hielt es der Diensthabende, ein Wachtmeister Hussarek, nicht für möglich, dass er »Allerhöchstdieselbe« in der Leitung hatte.

»Nicht mit dem Hussarek!«, war seine lachende Antwort. Dann hängte er den Hörer an den Haken und läutete den Apparat vorschriftsgemäß ab.

Und da das Schicksal, so Graf Erdödy, etwas Zermalmendes an sich hat, vor allem dann, wenn die Furien des Untergangs am Werk seien, habe nun auch noch ein Obergendarm II. Klasse daherspaziert kommen müssen.

Der besagte Obergendarm II. Klasse, ein gewisser Dworcak, war mit einer Doppelflinte und Vorsteherhund unterwegs zur Entenjagd und bestand darauf, dass ihm die zu auffällig später Stunde gelandete Gesellschaft ihre Pässe vorwies. Aber ein Kaiser hat keinen Pass, und überhaupt: Für den Obergendarmen II. Klasse Dworcak, sagte dieser resolut, habe das Haus Habsburg aufgehört zu existieren. Mit seiner Doppelflinte und dem bellenden Hund scheuchte er die düpierten Putschisten über die im Abenddunst sich verlierende Ebene ins nächste Dorf, dort auf den Gendarmerieposten und in den Arrest.

*

Der Graf bemerkte mit einem zarten Lächeln: »Aber hör Er gut zu, jetzt kommt der Baronisierte wieder ins Spiel. Der war schon einige Tage zuvor per Automobil nach Ödenburg gereist, im Gepäck die Kriegskasse, sprich die Schatulle mit dem Roten Diamanten, und denk Er nur, einquartiert haben sich der Baron in einem Haus mit Damenbedienung, bei der Pini Pollak. Die Herrschaften werden sich von Wien gekannt haben, wo der Baronisierte ja ebenfalls im Gewerbe engagiert war. Bei der Pollak bekommt man natürlich mit, was sich draußen am Flugfeld ereignet hat, und der Zufall will's, dass an dem Abend auch ein Leutnant Horwatowic und ein gewisser Kampl im Haus waren.«

»Ein Eisenbahner?«

»Der Kampl? Gewissermaßen, ja. Eisenbahningenieur im Rang eines Legationsrats. Der Baron lässt die Herren einen Blick in die Schatulle werfen, und weil sich vor so viel Reichtum alles bis an die Erd' verneigt, sind sie gegen die schriftliche Zusicherung einer Belohnung bereit, dem Kaiser zu helfen. Der Leutnant Horwatowic befreit uns mit seinem Infanteriezug aus dem Gendarmerieposten, der Legationsrat Kampl organisiert eine Lokomotive, und die faucht nun mit den Majestäten im Führerstand durch die Nacht auf Budapest zu. Dumm war nur, dass der Kaiser der Horty-Regierung seinen Anmarsch telegraphisch annociert hat. So gedachte er Furcht und Schrecken zu verbreiten, aber in historischen Gefilden war's halt schon immer gefährlich, wenn man die Nas ob'n in den Wolken tragt. Horty bot die revolutionären Studenten auf, unter den Augen der höhnisch grinsenden Welt wurde die Strecke blockiert und das Kaiserpaar von der Lokomotive geholt. Einem Herrscher darf alles passieren, nur lächerlich darf er net werden. Sie wurden an Bord eines Donauschiffs gebracht, und mit dem Ablegen in Budapest hieß es dann endgültig Abschied nehmen von der Heimat. Die irdische Laufbahn des letzten Kaisers aus dem Hause Österreich«, näselte der Graf mit Trauermiene, »führte flussabwärts nach Sulina, hernach gemäß einer Verfügung der alliierten Siegermächte via Konstantinopel und Gibraltar hinaus in den Atlantik. Ende der Partie auf Madeira. Mausarm waren's nun, die

Zita und der Karl, aller Würden und Länder ledig, doch hat ihnen ein degoutantes Glück immerhin die desperate Hoffnung gestattet, dass ein Gustostückerl vom Reich und vom Reichtum noch vorhanden sein könnt.«

»Der Rote Diamant!«

»Ja, dank dem Baron und der Pini Pollak ist die Schatulle der Einkassierung durch die neue Republik entronnen.«

»Er wird nicht in Ödenburg geblieben sein, der Diamant«, gab ich zu bedenken, »erst recht nicht im Puff der Pini Pollak.«

Der Graf sah sich wieder um. Dann sagte er mit einem schelmischen Blick: »Er war ja eingestandenermaßen a Jud, der Steiner, aber demungeachtet loyal, sehr loyal. Im ausgehenden Achtzehner-Jahr hat er mit seiner Perlesco das Krongut nach Zürich gebracht und dafür den Baron erhalten. Er war jetzt einer von uns und hat sich natürlich verpflichtet g'fühlt, den Diamanten zu schützen. Er versteckt ihn erst einmal in der Requisitenkammer des Ronacher. Später bringt er ihn dann per Automobil nach Ödenburg – und dort erweist er sich erneut als kluger Mann. Die Lokomotive nach Budapest besteigt er nicht.«

Wir waren am entscheidenden Punkt, jetzt würde ich endlich erfahren, wie der Diamant ins Kloster gelangt war, doch ach, ich hatte mich zu früh gefreut.

»Uns ist nicht bekannt«, teilte er im Ton des tiefsten Bedauerns mit, »wo der Stein aufbewahrt wird. Heutzutag weiß das niemand mehr, buchstäblich niemand.«

»Dennoch sind Sie sicher, dass er hier ist?«

»Ja, das steht fest, absolut. Der Baronisierte war schlau. Er hat so was Spezielles g'habt – nennen wir's eine Pêle-mêle von jüdischer Bourgeoisie und ang'lernter Noblesse. Damit wird es ihm bestimmt gelungen sein, den unsterblichen Glanz Habsburgs bei euch, auf dieser letzten kakanischen Insel, vergraben zu lassen.«

»Irgendwo in diesen Mauern …«

»… diesen Zellen, diesen Kammern, diesen Kapellen«, sagte der Graf und lächelte mit den großen falschen gelben Zähnen.

Er hatte einem der diversen Fächer des Automobils seine Schminkutensilien entnommen und begann nun, vor dem Rückspiegel Toilette zu machen – wie ich es von Mimi kannte. Der Graf rougierte die brüchigen Wangen, schminkte die dürren Lippen, bürstete den gefärbten Backenbart, korrigierte den Sitz der Perücke und setzte sich zum Schluss das k. u. k.-Käppi auf, um das die Pilotenbrille mit den ovalen Gläsern geschnallt war.

»Bittschön, lass Er das Engelsbuberl grüßen. Schön hat's g'sungen. Respekt, Respekt. So«, der Graf zog an seinen Hebeln, »mach Er jetzt das Tor auf, dann wird sich erweisen, ob das alte Mädchen gewillt is, noch amal anzuspringen.«

Und tatsächlich, rauchend knatternd puffend flog der vom Grafen Erdödy pilotierte Austro-Daimler aus dem Dunkel der Remise in die frühlingshaft blendende Schneehelle hinaus.

*

Es war zur Zeit der Abendrekreation, da das Silentium für eine Stunde aufgehoben und das Reden und Wandeln in bestimmten Gängen erlaubt war. Auf halber Treppe war Viper inmitten einer Gruppe aus unserer Klasse stehen geblieben.

Die Gruppe erfüllte ein weiteres Gebot der Steinstadt: Wandelt nie allein oder zu zweit. Vor allem der Zweier-Wandel war verpönt, Freundschaften unterstanden prinzipiell dem Verdacht der Schwulität, und am liebsten sah es Bruder Frieder, wenn wir zu fünft oder sechst unterwegs waren – dann konnte er davon ausgehen, dass auch ein Spitzel dabei war.

Viper löste sich von den andern und glitt (trotz des zu kurzen linken Beins) elegant die Stufen herab.

Ich zog ihn rasch in eine Nische. »Viper, wir stehen unmittelbar vor der Lösung.«

»Nein«, sagte er. »Der Kluge und ich haben eine ganze Woche lang den alten Hornyak beobachtet. Er hat dieselben Stellen abgeklopft wie beim vorigen Besuch. Die Kaiserlichen befürchten tatsächlich, einer von uns könnte eine Bombe legen.«

»Aber der Rote Diamant ist hier, das hat der Erdödy bestätigt!«

»So. Er hat es bestätigt. Und gedenkt er etwas zu unternehmen, um ihn zu finden?«

»Warum sollte er – in seinem Alter. Ich glaube, sie haben sich damit abgefunden, dass der Stein verschollen ist.«

»Ich fürchte, das ist er wirklich«, sagte Viper eisig.

Ich hielt ihn fest. »Viper«, flüsterte ich hastig, »der Rote Diamant hat immer das gleiche Verhaltensmuster gezeigt – er hielt sich stets an die Edelsten der Edlen. Glaub mir, aus diesem Muster lässt sich die Fährte erkennen, auf der er unser Stift betrat.«

»Durch welche Pforte, wenn ich fragen darf?«

»Der Baron Steiner war Tingeltangelunternehmer. Er besaß ein durch ganz Europa tourendes Operettenensemble.«

»Ach, willst du behaupten, der Stein sei mit den Tänzerinnen gereist? In diesem Fall wäre er von der obersten in die unterste Etage abgerutscht, ins Operettenmilieu!«

»Ins Operettenmilieu«, entgegnete ich spitz (wobei ich wie Mimi klang). »Bittschön, und wer war Lohengrin?«

In einer nahen Nische zogen drei Kutten ihre Köpfe zurück. Zum Glück hatten wir uns im Flüsterton unterhalten, und außer der Tatsache, dass wir höchstens für vier Minuten zu zweit gewesen waren, konnte man uns nichts vorwerfen.

»Der Ritter Lohengrin«, genoss ich meinen Trumpf, »war der Sohn von Parsifal, dem König der Gralsburg.«

*

Der Pfortenvogel hockte in seinem Käfig auf dem Tisch, die Hände um die Kante gekrallt, den Kopf nach Vogelmanier in der Schräge, und beteuerte fiepend, von einem Kammersänger Slezak noch nie gehört zu haben.

»Er hat eine Autobiographie verfasst, wussten Sie das nicht?«

Der Vogelkopf kippte auf die andre Seite, ein Auge starr auf mich gerichtet.

»Wir kommen eben von der Bücherarche«, sagte ich. »Dort hat man uns gesagt, Slezaks Memoiren seien ausgeliehen, angeblich seit Jahren. Man hat uns an Sie verwiesen, Drossel.«

Indes war Viper in einer Schublade fündig geworden, und wir brauchten nicht lang zu blättern, bis wir auf die gesuchte Information stießen. Slezak, der Kammersänger der Wiener Staatsoper, hatte sich nie gescheut, für eine angemessene Gage Auftritte in Varietés zu absolvieren – und wer war sein Agent? Der Tingeltangelunternehmer Bruno Steiner.

»Es ist zwar lange her«, knöpfte ich mir Drossel vor, »aber Sie werden sich bestimmt erinnern: Gleich nach meiner Einlieferung ins Stift wollte ich fliehen. Sie haben mich damals an der Pforte abgefangen und zurückgebracht in den Schlafsaal. Wissen Sie noch, was Sie mir unterwegs erzählt haben? Vom weltberühmten Tenor, vom Mann, der *dieses* Buch geschrieben hat!«

Viper schlug es ihm gegen die Vogelbrust.

»Ach ja, ja, jetzt erinnere ich mich«, gab Drossel hüstelnd zu. »Slezak hat im Stift eine Operngala gegeben, wir Sängerknaben sollten die Orchesterpartie singen.«

»Bei der Probe haben Sie nicht gesungen, sondern gepfiffen.«

»So, hab ich das?«

»Spielen Sie nicht den Idioten, Drossel!«, zischte Viper. »Hat Slezak bei der Probe sein Kostüm getragen?«

»Ja. Vor mir hat Lohengrin gestanden.«

Ich: »Mit Helm, Schwert und Schild?«

Drossel: »Mit Helm, Schwert und Schild.«

Viper: »Ist Ihnen am Schild etwas aufgefallen?«

Drossel schüttelte den Kopf mit dem Federhütchen und glotzte ängstlich durch die gerillte Brille. Allmählich wurde ihm klar, dass wir es ernst meinten.

»Drossel«, sagte ich, »damals haben Sie mir erzählt, auf Lohengrins Schild hätten lauter Juwelen gefunkelt.«

»Ja, ja, Juwelen«, zwitscherte er, »falsche Juwelen! Klunker!«

»Das wissen Sie noch?«

»Gewiss, gewiss!«

Viper packte ihn an den schmalen Schultern. »Drossel, hat einer dieser Steine eine intensive Strahlung gehabt?«

»Raus!«, krächzte er, »raus, raus!«

»Bös«, bemerkte Viper zu mir. »Wie alle Vögel. Na warte!«

Er schleifte Drossel hinter einen Paravent, warf ihn auf seine Pritsche, und obgleich ich kaum etwas vernahm, konnte ich mir vorstellen, was sich hinter der Stoffbespannung abspielte. Klar, ich hätte eingreifen sollen, aber es ging um den Roten Diamanten, da heiligte der Zweck die Mittel, und ich bitte: Wenn es dem Vögelchen zu arg wurde, konnte es ja singen, oder nicht?

»Einige der Pseudojuwelen auf Lohengrins Schild haben sich auf dem Transport gelockert«, erklärte Viper kühl, »das ist alles, was ich aus ihm herausgebracht habe.«

Hinter dem Paravent lag auf der Pritsche der gerupfte Vogel.

*

Pater Typotius hockte in seiner Exilwohnung schwitzend am Ofen und wurde vom grimmigen Gunzo, der in der Ecke zu schlafen vorgab, aus einem halboffenen Auge überwacht. Der Pater befahl dem Bruder, in der Küche Tee zu besorgen, widerwillig polterte die Kapuze über die enge Treppe davon, und im Vertrauen darauf, dass der Physiker die vermutlich bei ihm angebrachten Wanzen entschärft hatte, informierte ich ihn über den Stand der Dinge.

Der Finanz- und Theateragent Steiner, begann ich, sei bei seinen Unternehmungen stets in den Kulissen geblieben. Er war der schlaue Organisator im Hintergrund und ließ seine Schmuggelgeschäfte von einem Ensemble durchführen, das höchstwahrscheinlich keine Ahnung hatte, was der eigentliche Zweck seiner Tournee war – im Requisitengepäck zwischen lauter Blechhelmen Pappschwertern falschen Bärten künstlichen Perlen billigen Theaterkronen die echten Kronen und die echten Juwelen außer Landes zu verschieben. So hatte der immens wertvolle Kronschatz, zu dem nebst anderem auch das Rosencollier der Kaiserin Elisabeth sowie die blutrote Rubingarnitur der enthaupteten Marie Antoinette gehörten, im Dezember 1918 unbehelligt die Schweiz erreicht.

»Laut Akte des Justiz- und Polizei-Departements«, flüsterte Pater Typotius, »war der Rote Diamant nicht dabei.«

»Genau«, sagte ich. »Karl hatte ihn als Reserve vorgesehen, um damit die Rückkehr auf den Thron zu finanzieren.«

»Der Putsch wurde ein Fiasko.«

»Ja, total. Aber der schlaue Steiner konnte sich der Verhaftung entziehen, samt dem Diamanten.« Ich beugte mich zu Typos Ohr und sagte leise: »Bei der Pini Pollak. In einem Haus mit Damenbedienung.«

»Das wundert mich nicht«, versetzte Typo scharf. »Laut Freud ist der Mensch eine Triebmaschine. Bei seinesgleichen wird er recht haben.«

Ich stutzte. Hatte das Gerücht, ich würde mich heimlich mit Rose treffen, auch Typo erreicht? Egal. Jetzt ging es um Wichtigeres. »Dem jüdischen Baron Steiner ist es zu verdanken«, fuhr ich fort, »dass der Diamant nicht konfisziert wurde. Steiner drahtete nach Wien, sein Ensemble möge unverzüglich nach Ödenburg kommen, zu einem Sondergastspiel für das Infanterieregiment 48. Ehrwürdiger Vater, es würde mich nicht wundern, wenn in den Tagen oder Wochen nach der Ödenburger Aktion ein Operettenensemble in die Schweiz eingereist wäre. Meinen Sie, Ihr Herr Onkel könnte das in den Archiven überprüfen?«

Am Morgen des 8. Dezember 1921, meldete Typos Onkel schon drei Tage später, sei tatsächlich ein Ensemble der Theateragentur Perlesco am Grenzbahnhof Buchs visitiert worden. Das Gepäck (neun Übersee- sowie dreiundzwanzig normale Koffer) habe ausschließlich aus den korrekt deklarierten Requisiten bestanden. Quod erat demonstrandum. Nicht Engel hatten den Transport durchgeführt, sondern die Soubretten der Agentur Perlesco. Am Hochfest von Mariä Unbefleckter Empfängnis, am 8. Dezember 1921, war der Rote Diamant auf Lohengrins Schild in die Schweiz eingereist und im späteren Nachmittag im letzten kakanischen Stift untergetaucht. Aber wer hatte ihn hier empfangen? Wer hatte ihn vom Schild gelöst? Wie erreichte er sein Versteck? Wo war er?

*

Anfang Mai wurde bekannt, dass einer aus unserer Klasse geschasst würde: der Kluge. Er hatte mir öfter Nachhilfestunden in Mathe erteilt, doch fielen mir zu ihm nur die paar Stichworte ein, die für einen rudimentären Nachruf reichten. Ein stets offener Mund, ein fliehendes Kinn, blasse Augen, Segelohren. Keine Brieffreundin. Ein leeres Album.

Schon als Frischling hatte er befürchtet, beim Maturaball ohne Partnerin dazustehen – es sei denn, er würde den Diamanten erobern. Dann wäre er so etwas wie der potthässliche Carlo Ponti, der sich das Busenwunder Sophia Loren hatte kaufen können. Jetzt musste uns der Kluge verlassen, und da wir ihn mochten, fanden wir uns bei seinem Abgang vor dem Raum ein, wo unsere Schuhe gelagert waren: Alpha Dickie, Clown Giovanni, Primus Lenin, Ultimus Nebel, der schöne Beau und ich. Diese Halle, wo man die Sandalen in seine Schuhe zurücktauschen konnte, galt als das Tor zur Freiheit, doch meistens führte es nur zum Zahnarzt, zum Begräbnis eines Elternteils oder, wie an diesem Morgen beim Klugen, in die Verbannung. Nachdem er die Kutte, die Sandalen und das Blechschild mit der Nummer abgegeben hatte, gab ihm Subpräfekt Walafried die Schuhe heraus, und in einem zu kurzen Regenmantel ging der Geschasste mit seinem Köfferchen durch den langen düsteren Gang davon. Ich wollte ihm sagen, wie leid es mir tat, ihn zu verlieren, doch leider konnte ich ihn nicht mehr einholen. Drossel hatte den linken Portalflügel bereits geöffnet, und der Kluge, ohne sich noch einmal umzusehen, wurde draußen auf dem leicht abfallenden Platz zu einem grauen Schemen im unaufhörlichen Schneien. Wortlos verriegelte der Pfortenvogel das Tor, dann zog er sich ängstlich in seine Kabause zurück. Viper hatte wieder einmal recht gehabt. Selbst dann, wenn uns Drossel bei der Präfektur verpfiffen hätte, wäre ihm nicht geglaubt worden. Eine Mustervase, davon war Bruder Frieder überzeugt, foltert keinen Schwachsinnigen.

*

In der Nacht tauchte Viper an meinem Bett auf und teilte mir mit, er habe auf der Latrine erfahren, dass der Kluge sich in eine verbotene Zone vorgewagt habe: in den Nordturm der Kathedrale.

Ich klatschte die Hand an die Stirn. »Natürlich! Dass ich daran nicht gedacht habe! Lohengrins Schild musste nach der Operngala repariert werden – und dafür hatte das Kloster den richtigen Mann! Viper«, flüsterte ich mit bebender Stimme, »wir sind am Ziel. Wir haben den Stein. Der Bruder Gold- und Feinschmied hat ihn seinerzeit vom Schild gelöst.«

»Er residiert als Uhrenbruder im Nordturm.«

»Man erreicht die Turmkajüte über eine Leiter. Schaffst du das mit deinem Fuß?«

»Und du«, zischte er beleidigt, »bist du schwindelfrei?«

»Auf einem Grat bekomme ich weiche Knie.«

»Dann bleibst du besser unten.«

»Nein, Viper. Ich will dabei sein, wenn wir ihn schnappen. Der Rote Diamant gehört uns beiden.«

*

Der Bruder Gold- und Feinschmied trug auf seinem Haupt einen hohen Turban. Er hatte eine Nase, die sich bis über den Mund herabkrümmte, und zwei Ohren, beide lang und spitz, wie der kleine Muck im Märchen von Wilhelm Hauff.

Unser Auftauchen hatte in den Augen des Brüderleins keine Furcht, vielmehr Freude hervorgerufen, und ich fragte mich schon, ob er vielleicht gaga war, wie Meinradus der

Dämmerer. Verwunderlich wäre es nicht, denn der Bruder Gold- und Feinschmied, der hauptsächlich das Uhrwerk zu betreuen hatte, lebte in der Turmkajüte wie ein Stylit, ein Säulenheiliger. Mit den kleinen Beinen – der geringe Leib war kaum größer als drei Schuh und hatte ein schweres mächtiges Haupt zu tragen – schaffte er den Abstieg nicht mehr, er war über den Wolken eingesperrt, die Nahrung zog er an einem Seilzug herauf.

Viper stand an einem der vier Ostfenster und überließ es mir, das Verhör zu führen – er würde erst eingreifen, wenn sich das Brüderlein weigern würde, sein Geheimnis preiszugeben. Den Bewohner des Zwillingsturms hatte Viper bereits im Vorfeld unschädlich gemacht. Heute würde der Wettertelegraph stumm bleiben – angeblich war für die Meteorologiestation des Klosters eine »Schneewaage« eingetroffen, die der Bruder Wetter zusammen mit Max, dem Rossknecht, abholen sollte.

»Es ist unsere Allerzarteste Jungfrau und Mutter, die euch zu mir geführt hat«, sagte der Uhrenbruder mit einem sanften Lächeln. »Ich denke, wir können gleich zur Sache kommen. Am 8. Dezember 1921, ich erinnere mich, als wäre es gestern gewesen, fand im Fürstensaal eine Operngala statt. Nach dem Fallen des Vorhangs wurde ich in die Garderobe gebeten, wo es von kaum bedeckten Damen nur so wimmelte, jüngeren und auch sehr jungen, die meisten in Strümpfen, eine sogar – aber lassen wir das.« Der Uhrenbruder wischte sich den Schweiß von der Stirn. »Der Sänger, seinen Namen habe ich vergessen, gab mir Lohengrins Schild. Einige Klunker hätten sich gelockert, meinte er und bat mich, sie zu befestigen. Als ich den Schild auf meine

Werkbank legte, wurde mir schlagartig klar, was da strahlte: ein Diamant. Und was für ein Diamant! Ich bin gleich zum Gnädigsten geeilt.«

»Wer war damals sein Kammerbruder – Odo?«

»Nein, der bekam diesen Posten erst später, in den frühen dreißiger Jahren. Ich habe den Gnädigsten gebeten, mir die Beichte abzunehmen – niemand sollte mithören.«

»Wie hat er reagiert?«

»Stinksauer. Weil ich den Diamanten allein gelassen hatte. Ohne Absolution schickte er mich zurück ins Atelier – das lag damals hinter der Sakristei, nicht hier im Turm.«

»War der Gnädigste zu jener Zeit noch munter?«

»So ziemlich, ja …«

»Was lässt Euch zögern?«

»Nun, ein wenig seltsam war er schon damals, unser Abt. Gleich darauf hat er mir die Krone der Madonna ins Atelier gebracht. Wir müssten den Roten Diamanten bei uns aufnehmen, hat er gemeint, er würde von aller Welt verfolgt. Ich sollte den kostbaren Stein in den Kronenkranz einlöten, in die etwas erhöhte Mittelzacke, genau über dem Näschen der Allerzartesten.«

»Was ist mit der Krone geschehen?«

»Der Gnädige Herr hat sie wieder in die Gnadenkapelle gebracht.«

»Wart Ihr dabei?«

»Nein. Ich blieb im Atelier, weinend vor Glück. Ich, der niedere Bruder, habe mit diesen Händen, diesen Fingern den Heiligen Stein berührt.«

»Warum seid Ihr in den Turm versetzt worden?«

»Wegen der Uhr. Als Gold- und Feinschmied muss ich

das komplizierte Räderwerk betreuen. Ständig für die Ölung hochzuklettern, wurde meinen alten Knochen zu mühsam. Doch war das nicht der einzige Grund.«

»Der andere?«

»Abt Meinradus befürchtete, ich könnte mich verplappern und meinen Teil des Geheimnisses preisgeben.«

»Wieso Euern Teil – was soll das heißen?«

»Ist diese Frage ernst gemeint?«

»Natürlich.«

»Aber bis vier könnt ihr zählen, hoffe ich.«

»Vorsicht, Alter!«, zischte Viper. »Wir sind nicht zum Spaß hier.«

»Ich rede von der Vier, du Idiot. Die Vier ist die heilige Zahl der Pythagoreer. Oder ist dir das noch niemals aufgefallen? Das Jahr hat vier Jahreszeiten, das Kreuz vier Balken, und dank der Madonna, die die Dreifaltigkeit ergänzt, erfüllen auch die Himmlischen das Gesetz der Quaternität. Das Mittelgewölbe der Kathedrale ruht auf vier Pfeilern …«

»… ein Kartenspiel hat vier Farben, und ein vierblättriges Kleeblatt bringt Glück«, unterbrach ich seinen Sermon. »Was wollt Ihr damit sagen?«

»Dass die Schatzkarte aus vier Teilen besteht.«

»Aha. Und warum?«

»Ich wohne seit bald vierzig Jahren im Turm, du Simpel, und direkt unter meinem Boden wird viermal pro Stunde die Zeit geschlagen, ihr werdet es gleich hören. Davon bin ich ein bisschen taub. Aber nur an den Ohren. Zwischen den Ohren«, er blitzte mich mit den wässrigen Äuglein an, »ist bei mir Geist vorhanden. Nicht nur die Stunde, *alles* besteht aus vier Teilen. Das Geheimnis des Roten Diamanten ist auf vier Leute aufgeteilt.«

»Ich verstehe«, sagte ich, um ein Lächeln bemüht – in der jahrelangen Einsamkeit war das Uhrenbrüderlein verrückt geworden. »Wer sind die vier?«

»Ich kenne nur zwei«, meinte er. »Mich und den Gnädigen.«

»Ich kann Euch einen Dritten nennen.«

»Tatsächlich?«

»Gewissermaßen war er der Erste«, sagte ich. »Ihm gehörte das Operettenensemble, das damals hier gastiert hat. Ein jüdischer Baron. Nie von ihm gehört?«

»Ein Baron, sagt ihr?«

»Aus Wien.«

»Und jüdisch?«

»Und jüdisch.«

»Lebt er noch?«

»Nein. Die Nazis haben ihn erschlagen, im Park der Spielbank Baden-Baden.«

Der Uhrenbruder wandte sich ab, stellte sich auf einen kleinen Schemel und sah eine Weile aus der Luke, als könnte er irgendwo in weiter Ferne die Vergangenheit erblicken. »Ein Baron, noch dazu jüdisch – Sachen gibt's, man glaubt es nicht!«, sagte er ins Land hinaus.

»Ja, lieber Uhrenbruder, jetzt seid Ihr der Letzte, der in dieser Angelegenheit Bescheid weiß.«

»Das ist ja die Katastrophe!«

»Ihr lebt noch. Und in Eurem Oberstübchen scheint alles zu funktionieren.«

»Er hat mir überhaupt nicht zugehört! Was ich hier oben

aufbewahre«, er tippte an die Stirn, »ist nur ein Viertel des Geheimnisses.«

»Was, nur ein Viertel …«

»Ja, Herrgottsakra, das versuche ich doch die ganze Zeit zu erklären! Keiner von uns vieren besitzt die ganze Wahrheit. Um das Rätsel des Roten Diamanten zu lösen, würde es das gesamte Kleeblatt brauchen, alle vier Teile der Schatzkarte.«

»Soll das ein Witz sein?«, mischte sich Viper ein. »Vor wenigen Minuten habt Ihr uns verraten, wo er steckt, der Rote Diamant – in der Krone der Madonna!«

»Ja, dort habe ich ihn eingefügt. Das ist mein Anteil am Geheimnis.«

»Na also«, sagte ich. »Wenn Ihr uns nicht angeschwindelt habt, dann ist das die Wahrheit, und zwar die ganze!«

»Die Wahrheit«, ereiferte sich das Männlein, »die Wahrheit, die Wahrheit! Die Wahrheit ist: Dem Uhrenbruder nähert sich die Stunde, die aus einem einzigen Schlag besteht, aus der ungeteilten Wahrheit. Aber das werden diese Idioten nicht kapieren, dafür sind die viel zu blöd«, schimpfte er vor sich hin, nahm ein Kännchen von der Werkbank und schlurfte damit nach nebenan, wo er an verschiedenen Stellen Öl ins Räderwerk träufelte.

Viper und ich gaben uns einen Blick. Wir bekamen diesen sonderbaren Türmer nicht in den Griff. Aber was sollten wir tun – ihn härter anfassen, wie Drossel?

»Mitten im Krieg«, rief er aus dem Maschinenraum herüber, »hat sich ein Kommunist nach der Komplet in der Kathedrale einschließen lassen. Er soll versucht haben, der Madonna die Krone vom Haupt zu pflücken – mit einer Angelrute!«

»Hat er's geschafft?«, rief ich ihm zu.

»Die Krone war an der Angel, aber ihn hat's erwischt, mit einem Riesenknall.«

»Tot?«

»Herzschlag«, sagte der Uhrenbruder nicht ohne Stolz, auf seinen viel zu großen Pantoffeln aus dem Maschinenraum zurückkehrend, in der Rechten das leere Ölkännchen. »Die Allerzarteste verstand es schon immer, sich ihrer Feinde zu erwehren.«

»Kommen wir auf den Diamanten zurück«, sagte Viper kalt. »Könnte es sein, dass er beim Angelversuch des Kommunisten beschädigt oder gar vernichtet wurde?«

»Auch in den klassischen Sprachen sind sie Nullen!«, empörte sich der Uhrenbruder. »Diamant kommt vom altgriechischen adámas, unverletzlich, unzerstörbar, ewig. Einem Diamanten kann eine Explosion nichts anhaben. Er ist die härteste Materie der Welt.«

»Uhrenbruder«, sagte Viper, der die Geduld zu verlieren schien, »was zum Teufel macht Euch so sicher, dass Ihr demnächst abtreten müsst?«

»Das weiß ich von ihr, du Steinkopf. Sie hat mir die Raben geschickt.«

»Wer …«

»Die Madonna.«

»Hat Euch Raben geschickt?«, fragte Viper verblüfft.

Etwas unterhalb der Fenster floss eine Wolke vorüber und schnitt die Welt von uns ab, alles versank in einer weißen wattigen Flut, auch der Dachfirst der Kathedrale ging darin unter, und unsere Luftkajüte schwebte auf eine Sonne zu, die im Himmel über Maria Schnee aussah wie ein Mond.

»Die Raben«, erklärte der Uhrenbruder traurig, »haben die Tauben vertrieben, seither bin ich nicht mehr der Taubenvater, sondern der Rabenvater. Im Talmud«, er wies zu einem geschnitzten Ständer, der einen Folianten mit hebräischen Schriftzeichen trug, »steht geschrieben, was diese Vögel bedeuten. Die Taube mit ihrer rötlich blauen Brust symbolisiert die Morgendämmerung, der schwarze Rabe das Einnachten. Ich habe Krebs.«

»War ein Arzt bei Euch?«, wollte Viper wissen.

»Nein. Der Letzte, der versucht hat, zu mir hochzukommen, war ein Zögling. Muss ein kluges Kerlchen gewesen sein.« Der Uhrenbruder schlurfte zu einem silbernen Samowar, wo er sich ein Gläschen Tee eingoss. »Hat sich wohl bis zu Lohengrins Schild vorgearbeitet, aber der alte Affenschwanz da drüben im Südturm …«

»Bruder Wetter?«

»Ja, der Wetterer«, knurrte der Uhrenbruder. »Er hat per Telegraph die Klosterfeuerwehr alarmiert. Hat euer Kamerad die Schuhe gefasst?«

»Noch am selben Abend«, sagte Viper.

»Armer Kerl. Von den Geschassten ist noch keiner glücklich geworden.«

»Das behauptet die Präfektur«, beschied Viper den Bruder. »Warum habt Ihr die Gelegenheit nicht genutzt? Ihr hättet das Geheimnis mit Bruder Frieder teilen können. Er ist der Chef der Klosterfeuerwehr.«

Der Uhrenbruder verschluckte sich am heißen Tee. »Mit dem Frieder?! Das hätte die Allerzarteste nie erlaubt. Frieder war in Stalingrad. Der hat Blut an seinen Metzgerpranken. Jedenfalls blieb ich auf meinem Viertel-Geheimnis sitzen, und wärt Ihr nicht gekommen, hätt ich es mitgenommen ins Grab.«

»Uhrenbruder«, sagte ich grinsend. »Ihr seid noch verdammt munter.«

»Soll ich den Turban lüpfen? Wollt ihr die Geschwüre sehen?« Er wandte sich einer Ikone zu, vor der eine rote Ampel leuchtete, und sagte seufzend: »Was hab ich gesündigt, Allerzarteste, dass du mir solche Affen schickst! Aber was soll's. Immerhin wird mich mein Viertel der Schatzkarte überleben.«

Eine Weile schwiegen wir.

Dann fragte Viper: »Habt Ihr eine Ahnung, wer der Vierte sein könnte?«

»Nein, das weiß ich nicht.« Der Uhrenbruder schlug ein in Leder gebundenes Buch auf und sagte mit einem Seufzer: »Und jetzt lasst mich allein. Es wird höchste Zeit, mein Hebräisch zu verbessern. Der Himmel ist in jüdischer Hand.«

In diesem Augenblick ertönte ein Krächzen, und durch die Luken der Luftkajüte war zu sehen, wie die Raben vom steinernen Sims senkrecht in die Tiefe stachen. Der Bruder kniff von einer Kerze mehrere Wachsklümpchen ab und bedeutete uns, damit die Ohren zu verstopfen, gleich würde der Hammer schlagen. Nebenan, im Maschinenraum, setzte ein wildes Rasseln Rattern Klingeln Dingeln ein, und beinah wären wir vom ersten Schlag, dem ein dumpf wummerndes Bodenbeben folgte, umgehauen worden. *Bumm! Bumm! Bumm! Bumm!*

Nach dem letzten Donner verharrten wir mit weit aufgesperrten Kiefern, dann klaubten wir uns das Wachs aus den Gehörgängen und hofften auf das allmähliche Zurückkehren der Geräusche, die Stille jedoch blieb tief – als wären wir mit unserer Luftkajüte ins All vorgestoßen.

»Uhrenbruder …«, ich stocherte mit dem kleinen Finger im tauben Ohr, »würde ein Experte die Echtheit des Diamanten bestätigen?«

Sein Mund bewegte sich, doch musste er mir angesehen haben, dass ich ihn akustisch nicht verstand.

»Die immerfort brennenden Kerzen und Ampeln«, wiederholte er mit gestischer Verdeutlichung, »haben den Diamanten mit Ruß überzogen. Das ist der Grund, warum ihn niemand erkennt.«

»Gut, ich glaube Euch.«

»Dann ist ja alles in Ordnung!«

»Nein, eben nicht!«, brüllte ich zurück. »Ihr habt behauptet: Uns fehlen drei Viertel der Wahrheit!«

Er grimassierte wieder und wackelte so erregt mit dem Kopf, dass er den Turban zu verlieren drohte. »… habt Ihr verstanden?«

»Nein«, rief ich verzweifelt, »nichts habe ich verstanden! Wie soll das zusammenpassen: ein in der Krone steckender Diamant und ein Geheimnis, das nur zu einem Viertel gelüftet ist?!«

Der Uhrenbruder formte die Hände vor dem Mund zum Trichter: »Was! wir! se-hen! ist! nicht! die! gan-ze! Wahrheit!«

»Soll das bedeuten«, schraubte ich die Lautstärke etwas herunter, »dass wir vom Diamanten nur einen *Teil* wahrnehmen?«

»Ja!«

»Also steckt auf der Zacke höchstens ein *Viertel vom Roten Diamanten*?!«

Er glotzte mich an, als hätte er einen Pfosten vor sich, stampfte mit dem Fuß und rief: »Auf der Zacke steckt der *ganze* Diamant!«

»Das meine ich doch!«

»Ich auch!«, brüllte er. »Aber die volle Wahrheit wird sich erst dann enthüllen, wenn man alle vier Teile der Schatzkarte zusammenlegt!«

»Uhrenbruder, wie soll denn etwas zur Gänze Sichtbares *zu drei Vierteln verborgen sein*?! Viper, verstehst du, was dieser Verrückte meint? Oder sind wir alle drei verrückt? Hält uns der Stein zum Narren?«

Erneut knackten im Maschinenraum die Zahnräder, die Winden zogen die Stahlseile an, es rasselte ratterte klingelte dingelte, und in den Sohlen meinte man zu spüren, wie direkt unterm Holzboden der riesige Eisenhammer ausholte zum gewaltigen Schlag an die gewölbte Glockenwand. Hastig stopften wir wieder das Wachs in die Ohren, jetzt, jäh, der Donner, das Beben, *Viertel* nach hatte es geschlagen, ausgerechnet Viertel nach – die Vier, die heilige Zahl der Pythagoreer, war hier oben, wo die Luken der Luftkajüte in alle vier Himmelsrichtungen gingen, je vier auf jeder Seite, omnipräsent. Da unten lebten sie in Vierteln, in den Kaschemmen soffen Quartalssäufer, und bei der Apokalypse werden an den vier Ecken der Welt vier Engel erscheinen, um die vier End-Winde loszulassen, aber dennoch ist eine Rose eine Rose. Und eine Gießkanne eine Gießkanne. Und ein Stein ein Stein, und zwar zur Gänze, nicht zu einem Viertel! Weg hier! Durch die Luke, auf die Leiter und ab in die Tiefe. Das Verhör hatte seinen Zweck erfüllt. Wir hatten unser Ziel erreicht. Wir wussten jetzt: Unser Solitär war seinem Charakter auf die herrlichste Weise treu geblieben. Er hielt es weiterhin, wie in seiner gesamten Geschichte, mit dem höchsten Adel und besetzte im Kloster jenen Punkt, der die Nabe war, der Mittelpunkt, um den sich hier alles drehte. Der Rote Diamant steckte in der Mittelzacke der Goldkrone der Schwarzen Madonna.

*

Viper und ich knieten vor dem Gnadenbild, hatten die Hände unterm Kinn gefaltet und blickten mit maximaler Verlogenheit zu den Holzaugen empor, die seit Jahrhunderten über die Gläubigen hinwegsahen.

»Nase«, flüsterte Viper, »erkennst du jetzt, wie schlau es von mir war, das Bastelprojekt zu lancieren? Die fromme Puppenstube ist die perfekte Tarnung. Indem ich vorgebe, meine Pläne für die Miniaturkapelle zu ergänzen, kann ich unseren Tatort inspizieren, ohne Verdacht zu erregen.«

»Sag mal«, flüsterte ich, »hast du schon länger vermutet, der Diamant könnte in der Krone stecken?«

»Es ist ein alter Brauch, kostbare Steine zu schützen, indem man sie in die Sichtbarkeit erhebt. Aber auf das Bastelprojekt hat mich der anarchistische Katechismus gebracht. Wir können den Raub nur als Gruppe riskieren, also wollte ich einen möglichst harmlosen Grund für allfällige Sitzungen haben. Übrigens, erst gestern Nacht sprach ich mit Primus Lenin. Er ist ein begabter Elektriker und wird für uns herausfinden, wie das Alarm- und Abwehrsystem funktioniert. Aber dazu brauchen wir die Pläne, und da du, mein lieber Nase, eine gute Beziehung zu Käpt'n Silver hast, bist du der Richtige, um sie auf der Bücherarche zu besorgen.«

»Das könnte schwierig werden«, entgegnete ich vorsichtig. »Silver liebt die Madonna, wie alle Seeleute. Sie ist der Meeresstern, Stella maris, auf den die Archen zulaufen.«

»Lass dir etwas einfallen«, zischte Viper. »The Times They Are a-Changin'.«

Und mit einem Aufblick zur Königin: »Majestät, demnächst sind wir berühmter als die englischen Posträuber. Wir planen einen Jahrhundertcoup. Wir brechen Euch den Stein aus der Krone.«

DREI

Gegen die Radiowellen (»tous les garçons et les filles de mon âge«, sang Françoise Hardy) schloss Bruder Frieder, der Katechon, das Stift immer dichter ab. Die Belohnungen für die Spitzel wurden erhöht. Selbst Vize Servilius, der Ave-Automat, wurde nachts auf Patrouille geschickt, um nach Gruppen zu fahnden, die sich irgendwo in der Ober- oder Unterwelt zu konspirativen Sitzungen trafen, und jeden Morgen wurden hinter vorgehaltener Hand die Titel der Bücher geflüstert, die sie nachts konfisziert hatten. Aber nach wie vor ging das Leben intra muros seinen Gang, den gewohnten Gang, den immergleichen: Was war, wird sein, was sein wird, war, wieder und wieder, wie im Erebos, der Unterwelt der alten Griechen, wo Oknos ein Seil flocht, dessen Ende ein Esel wegfraß, und Sisyphos seinen Stein den Felsen hochwälzte, der, kaum hatte er ihn oben, wieder hinunterrollte, wieder und wieder. Zu Beginn des neuen Schuljahrs hatten wir Homers ›Odyssee‹ und Vergils ›Aeneis‹ an die unteren Klassen abgegeben und von oben Platons Dialoge und Ovids ›Metamorphosen‹ erhalten; auf dem großen Basar in der Turnhalle waren die zu kurzen Kutten gegen längere umgetauscht worden, und alljährlich wiederholte sich auch das Palaver, bis alle dreihundert Zöglinge das passende Sandalenpaar an den nackten Füßen hatten – »und an den Füßen nur Sandalen«, heißt es bei Markus 6,9. Dann konnte es weitergehen, und es ging weiter, wie stets in Einerkolonnen an den Wänden entlang, vom Museum in die tägliche Messe, danach in den Speisesaal, wo man aß, was alle aßen, dann in die Schule, wo man lernte, was hier schon immer gelehrt wurde, und am Tagesende in die Kathedrale, wo das versammelte Kloster die Angst vor dem »großen Drachen, der alten Schlange« (Offenbarung 12,9) in den nächtigen, nur von Kerzen erhellten Altarraum schrie. Dann lag man in der Mond- und Schneehelle der Schlafsäle auf seiner Eisenpritsche und träumte, was alle träumten (von Titten Schnitzeln Hintern Fritten), und lächelte über 17,2 im Buch der Weisheit: »Sie glaubten mit ihren geheimen Sünden unter der Decke verborgen zu sein.« Wieder und wieder …

Der Katechon sah sich gezwungen, die Brief- und Paketzensur zu intensivieren. Razzien. Totale Überwachung. Und die Abschottung nach außen derart konsequent, als läge die Steinstadt wie ein Heiliges Jerusalem im Himmel, von unten nicht mehr zugänglich. Der Einschlupf, den Rose benutzt hatte, war mit frischen Brettern zugenagelt, unser Kontakt unterbunden, aber wenn wir vor dem Gnadenaltar das tägliche Salve Regina sangen, konnte es vorkommen, dass die Schwarze Madonna für einen Moment das weiß leuchtende Gebiss bleckte und mich in ihrer Zahnlücke die Zahnlücke meiner Rose sehen ließ. Ich brach in Tränen aus, zugleich beglückt und verstört. Der Muttergottes blieb ich treu, und ich fand es schön, in dieser reglos schwebenden Gestalt, die täglich ihr Gewand wechselte, die heute grün und morgen rot, heute voller Lilien und morgen voller Rosen war, das Weibliche anzubeten. Vom Glauben jedoch war ich abgefallen, wie die meisten unserer Klasse. Abgestumpft durch den täglichen Messbesuch, die heruntergeleierten Pflichtbeichten oder die uninspirierten Predigten, die uns die Neuerungen des Vatikanischen Konzils schmackhaft machen sollten, waren wir Vasen tatsächlich hohl geworden, Urnen mit einem Aschenrest, unserem Kinderglauben, an den man sich ab und zu mit einem leisen Heimweh erinnerte – wie man sich an eine Kirmes erinnerte, die irgendwo in der Tiefe der Jahre mit einem leer sich drehenden Karussell eine verstimmte Orgel scheppern ließ.

*

Wie ein Karussell drehte sich auch der Tag, der immergleiche, ewig sich wiederholende, worin die Trimester und Jahre unmerklich verschwanden. Aber in einem dieser besonders harten Winter wurde dann doch offenbar, dass das verzweifelte Bemühen des Katechon, das Kloster nach außen abzuschließen, einen gefährlichen Nebeneffekt hatte. Der Druck im Kessel wurde ständig erhöht, und auf einmal kamen die Wellen aus dem Innern – in Grippewellen oder in einer Epidemie mit entzündeten Blinddärmen.

Gewiss, ein entzündeter Blinddarm ist nicht ansteckend, bei uns allerdings schon, wen wundert's: Wenn man aß, was alle aßen, und dachte, was alle dachten, und träumte, was alle träumten (von Titten Schnitzeln Hintern Fritten), und Eingeweide hatte, die tagtäglich zum selben Zeitpunkt entleert werden mussten, dann war man *ein* Leib, ein Massenleib, und entzündete sich darin der Blinddarm, waren alle gefährdet.

Als die Seuche auf sämtliche Klassen übergriff, rief uns

Bruder Frieder mit einem Notsignal der Internatsglocke mitten in der Nacht in den Speisesaal, und bei aller Reserve, die man dem Tyrannen gegenüber hatte – in solchen Situationen bewährte sich seine Lebenserfahrung aus dem Kessel von Stalingrad und den sowjetischen Lagern am Polarkreis. Kaum hatten wir uns schlaftrunken im eiskalten Saal versammelt, donnerte seine Stimme aus den Lautsprecherkübeln und befahl der achten Klasse, sie sollten sich im Mittelgang auf die Stühle stellen, dreimal tief durchatmen und dann auf Kommando hinunterspringen. Wer beim Sprung zu Boden sinke, habe einen nervösen Blinddarm und werde umgehend hospitalisiert. Die Achte sprang – kein Ausfall. Dann kam die Siebte an die Reihe, die Sechste, die Fünfte, die Vierte, alle Springer mit gesunder Landung, keiner mit nervösem Blinddarm, und nur in den unteren Klassen passierte es, dass einige direkt in die Ohnmacht hüpften und am Boden leblos zusammensanken. Das war ein klarer Befund: Verdacht auf Blinddarmentzündung! Sie wurden auf Bahren gelegt und in Eilmärschen zur Pforte getragen, wo Kutscher Max, betrunken wie stets, mit Ross und Schlitten im Flockentreiben bereitstand, um die Verdachtsfälle noch in der Nacht bei der Notaufnahme des Bezirksspitals abzuliefern. Ein Frischling starb auf dem OP-Tisch, die andern kehrten nach einer Woche mit erfolgreich vernähten Bäuchen zurück. Die Seuche war verebbt. Bruder Frieder hatte wieder einmal obsiegt.

*

Nachdem wir den Diamanten in der Mittelzacke der Krone geortet hatten, bestand Viper darauf, dass wir seine Bastelgruppe, die in der kargen Freizeit nach wie vor am Modell der Gnadenkapelle arbeitete, in unsere Pläne einweihten. Ich war dagegen, lieber hätte ich den Coup zu zweit durchgezogen, aber in einem Punkt konnte ich Viper nicht widersprechen: Wenn wir nach der Krone griffen, nahmen wir es mit gefährlichen Gegnern auf: mit Bruder Frieder, dem alles überwachenden Tyrannen, und mit der Schwarzen Madonna, der Schutzgöttin des Stifts – da war es wirklich besser, gemäß der Strategie aus dem Anarchistischen Katechismus vorzugehen und das Attentat unter einem harmlos erscheinenden Tarnschleier vorzubereiten. Am besten in einer Gruppe von fünf, maximal sieben Mann, so dass sich verschiedene Talente, etwa die handwerkliche Geschicklichkeit von Beau oder die mathematischen Fähigkeiten von Primus Lenin, zu einer geballten Ladung vereinigten. Dann wird »die russische Erde weinen«, hieß es im Katechismus.

Aber aufgepasst, die Schwarze Madonna schützte nicht nur die Gläubigen, sondern auch sich selbst. Zahlreiche Mirakelbücher beschrieben, wie sie unversehrt aus den mittelalterlichen Bränden hervorgegangen war und sich mit Wundertaten ihrer Feinde erwehrt hatte. Als Napoleon einmarschiert war, hatte die französische Soldateska das Gnadenbild zerstören wollen, doch so leicht wie mit den Schweizern wurden sie mit der Maria Schneerin nicht fertig. Altarkerzen hatten sich plötzlich in Raketen verwandelt und die Bande in die Flucht geschlagen. Nicht viel besser erging es am Ende des 19. Jahrhunderts zwei Anarchisten. Im Moment, da der eine die Krone berührte, fuhren Blitze aus dem Goldgewitter und schleuderten den Dieb rücklings auf die Marmorstufen, wo er, zum Entsetzen seines Kumpels, mit aufgerissenen Augen in einer Blutlache liegen blieb, die Arme seitlich von sich gestreckt, in frommer Kreuzform. Der Überlebende fiel auf die Knie, schwor dem Anarchismus ab und bat die Madonna, als immerdar büßender Bruder im Kloster aufgenommen zu werden. Der Kommunist mit der Angelrute, den der Uhrenbruder erwähnt hatte, war bekanntlich von einem Stromstoß getötet worden, und in diesem Zusammenhang erinnerte ich mich mit Schaudern an eine Geschichte von Großvater Katz.

Nein, mein Großvater war nicht, wie ich ihm als Knabe geglaubt hatte, auf der Titanic gereist. Er hatte zu den Passagieren der Carpathia gehört, die dem sinkenden Riesendampfer als Erste zu Hilfe geeilt war. Aber meine Erinnerung an seinen Koffer, den Galizier, der auf dem Wasser treibt, und an den Großvater, der sich auf eine Eisscholle retten kann, wird stets lebendiger sein als die historische Wahrheit. Ich blieb dabei: Mein Großvater Katz saß in Frack und Zylinder auf der Eisscholle, und es gelang ihm sogar, den vorbeischwimmenden Galizier aus den eisigen Wellen zu ziehen. Oder war's umgekehrt? Hatte der Koffer den Großvater gerettet? Wie auch immer, indem er auf dem Galizier oder auf einer Scholle vom fast senkrecht in den Sternenhimmel ragenden Stahlkoloss weggetrieben wurde, vernahm er aus dem Innern eine Alarmsirene – und stutzte. Sämtliche Lichter waren erloschen, die Stromaggregate ausgefallen, aber kein Zweifel, es jaulte, bis die Wellen über dem abtauchenden Ungetüm zusammenschlugen. Wie man später erfuhr, war ein besonders abgefeimter Gauner während des Untergangs in die Bordfiliale der Barclays Bank eingedrungen, und so war der letzte Ton, den die Titanic von sich gegeben hatte, das Jaulen der Alarmsirene eines geknackten Tresors.

Auch das Gnadenbild, sagten wir uns, könnte durch ein vom Stromkreis unabhängiges System geschützt sein, möglicherweise durch Sprungfedern, die bei der Berührung die Abwehrraketen zündeten, und Viper hatte ja recht, ich musste es zugeben: Da brauchte es einen Mathematiker wie Primus Lenin und einen Kiffer wie Ultimus Nebel, der sich vom Hasch beduselt als Spürhund in den Minengürtel vorwagen würde. Schließlich gab ich nach, und so bestand die Gang, die sich anschickte, den Jahrtausendcoup zu landen, aus sieben Leuten: Alpha Dickie, Beau, Clown Giovanni, Primus Lenin, Ultimus Nebel, Viper und mir.

Und weiß Gott, nun zeigte es sich, dass auf den Anarchistischen Katechismus Verlass war. Da das Kloster glaubte, Vipers Engagement gelte der Gabe für die Kaiserin (dem Modell der Gnadenkapelle), konnten wir uns ungehindert dem wahren Ziel widmen (dem Raub des Roten Diamanten) und hatten obendrein die Spezialerlaubnis, nach Belieben die reale Kapelle zu inspizieren. Angeblich vervollständigten wir hier die Pläne für unsere Miniatur, in Tat und Wahrheit jedoch bemühten wir uns, mit Messgeräten, die uns der Bruder Elektriker zur Verfügung gestellt hatte, hinter das Geheimnis der Alarm- und Abwehranlage zu kommen.

*

Rasch erwies es sich, dass Viper ein guter Kommandeur war. Bei den Sitzungen überließ er Alpha Dickie, der sich gern aufspielte, pro forma den Vorsitz, doch die Planung des Coups war Chefsache, und willig fügte sich die Gruppe (inklusive Clown Giovanni, der das Protokoll führen durfte) Vipers Vorschlägen und Anweisungen. Mich schickte er auf die Bücherarche, wo ich als »Katzischer Nepos« beim Käpt'n willkommen war. Diesen Kontakt konnte ich nun erneuern: offiziell, um mir die Historie des Maria Schneer Gnadenbilds anzueignen, inoffiziell, um an die Pläne der Alarmanlage heranzukommen. Und siehe da: Silver spielte mit.

Das Bein hatte er abgeschnallt, es lehnte in der Ecke seiner Kajüte, und quer über dem Tisch, auf dem das Pergament einer alten Seekarte ausgebreitet war, lag die Krücke mit der verbandumwickelten, schwarz geschwitzten Achselstrebe. Tayo, der grüne Papagei, hockte auf Silvers Schulter und glotzte mich mit dem einen, mir zugewandten Auge abweisend an.

»Ihr seid fündig geworden?«, erkundigte sich der Käpt'n leise.

Ich hauchte ihm ins Ohr: »In der Krone der Madonna.«

»Hm. Verstehe«, brummte er. »Und da wollt ihr jetzt wissen, wie ihr an den Diamanten herankommt. Bisher hat es noch keiner geschafft, kein Einziger. Der Letzte, der es versucht hat, ist einem Herzschlag erlegen, der Strom ging durch die Angelrute. Seemannsgarn, sagen manche. Aber da täuschen sie sich.«

»Ich weiß, Käpt'n. Deshalb bin ich hier.«

»Habt ihr einen, der etwas von Mathematik versteht?«

»Primus Lenin. Er bastelt kleine Transistorradios, mit einer Batterie und einem Draht als Antenne. So bekommen wir mit, was draußen geschieht.«

»Donnerwetter! Und was tut sich draußen?«

»The Times They Are a-Changin'«, flüsterte ich.

Der Käpt'n betrachtete wieder das vergilbte Pergament auf seinem Tisch und meinte dann, auch ein Lenin werde das System nicht knacken können. Selbst Pater Typotius, immerhin ein promovierter Physiker, sei daran gescheitert. Ebenso der Uhrenbruder, und der sei in solchen Dingen ziemlich geschickt. Der Käpt'n warf einen Blick zur Tür, und als ihm der Papagei mit einem Kopfnicken bedeutete, dass wir von niemandem belauscht wurden, fuhr er leise fort: »Der Einzige, der sich in der Höllenmaschine auskennt, ist Pater Maria Epiphanius, der täglich der Madonna die Kleider wechselt. Er hat sich im besten Mannesalter in sie verliebt und war dann mehrere Jahre in der Anstalt. Geschlossene Abteilung. Elektroschocks. Pater Epiphanius kann euch nicht mehr helfen.«

Als wir wieder das Deck betraten, war es dunkel geworden. Die Bücherregale sahen nun aus, als würden sie tatsächlich von einem harten Seewind gebläht, und der Gebirgszug am Horizont schien eine ferne, unter dem Mond erstarrte Küste zu sein. Der Papagei flatterte in den Masten herum, hie und da lief ein Ächzen durch die Planken, und ob ich mir das Rauschen der Wogen einbildete, ob es wirklich war – ich konnte es nicht sagen. Bei Käpt'n Silver, den viele den »mitternächtlichen Magus« nannten, gab es zwischen dieser und der anderen, der imaginierten Welt keinen Unterschied.

Er kramte aus einer alten Kommode ein verschnürtes Aktenbündel hervor und sagte konspirativ: »Soll euer Lenin versuchen, die Formeln zu entschlüsseln. Weit wird er nicht kommen. Und Vorsicht, mein Freund. Wenn der Bruder Frieder erfährt, dass es die Bastler der frommen Puppenstube auf den Roten Diamanten abgesehen haben, klatscht er euch in der Fleischküche gegen die Marmorkacheln, einen nach dem andern. Vergesst nicht: Der Heilige hat noch immer den Bruder Schlachter in sich. So einer hat an den Tieren das Töten gelernt.«

In den Masten flatterte es.

»Die Geheimakte«, blies mir Silver ins Ohr, »bringst du bei Gelegenheit zurück.«

*

Pater Maria Evenus, der Schwersinnige, lehrte Religion und deutsche Literaturgeschichte, doch wusste man bei ihm nie so genau, in welchem Fach er sich gerade befand – für seinen Geist spielten Abgrenzungen keine Rolle. Er führte uns zu nahen und fernen Raumstationen, etwa zu Rilkes Duineser Schloss, nach Weimar in den Salon der Frau von Stein, ins Jean Paul'sche »Ehegehäuse zu Kuhschnappel«, in den fensterlosen Kerker des Ketzermönchs Gottschalk, in Meister Eckarts »Wüste der Reinheit« oder in die ägyptische Höhle des heiligen Antonius – lauter Kraftorte, wo wir Treibstoff tankten, um dann noch weiter hinauszurasen ins Universum des abendländischen Denkens, etwa zu den gnostischen Spekulationen über einen kranken Gott und eine böse Welt. In diesem Zusammenhang war der Schwersinnige auch auf Origines eingegangen. Den hatte das rätselhafte Jesus-Wort »Es gibt Verschnittene, die sich um des Himmelreiches willen selbst verschnitten haben« (Matthäus 19,12) dazu angestiftet, seinen Hoden zwischen zwei Steinen zu zerquetschen. »Kann ein Eunuch«, fragte uns der Schwersinnige, »leichter zu Gott gelangen?« Oder kam es auf unsere Handlungen gar nicht an? Galt stattdessen die Lehre des Augustinus, wonach wir, da in Sünde gezeugt, automatisch Verworfene waren, die allein durch Gottes Gnade erlöst werden konnten?

Pater Maria Evenus war der Frömmste der drei Sinnigen, aber an diesem Asketen, der sich über Tage nur von Wasser ernährte, fraß die Lepra des Zweifels. Sie verzerrte seine Züge, durchlöcherte sein Hirn, trieb ihn in die Isolation, weg von den Mitbrüdern, weg von den Schülern, unter das Kreuz, auf die Knie, nächtelang. Für ihn war nichts vollkommen und die Vollkommenheit das Nichts.

Zu Beginn des neuen Jahrs war der Schwersinnige bleicher und schmaler als je. Im Unterricht zeigte er der Klasse eine volle Stunde lang die weiße Schädelscheibe, und mit meiner Nase war ich leider dazu verurteilt, sofort zu merken, dass er nicht mehr nach Seife, sondern nach nassem Hund roch, wieder hatte ihn die Schwermut gepackt. Er schloss sich in seiner Zelle ein und verweigerte die Nahrung. Als nach Dreikönig klarwurde, dass unser Deutsch- und Religionslehrer bis auf weiteres ausfallen würde, sollte der feinsinnige Erlebald für ihn einspringen, und bei dem ging es dann gemütlicher zu.

*

Erle, eigentlich unser Latein- und Griechischlehrer, hielt sich am liebsten in der Mittelmeer-Antike auf, wo er mit Parmenides über das Sein diskutierte, Cicero auf grammatikalische Ungenauigkeiten hinwies, Ovid zu den Versen der »Liebeskunst« gratulierte oder an den südlichen Stränden Siziliens einen Wanderphilosophen anzutreffen hoffte, der ihm erklärte, warum der *Kranz* das Geheimwort der Pythagoreer war. Aber die erhoffte Begegnung fand nicht statt, und wenn der feinsinnige Erlebald unser Klassenzimmer betrat, war er meist ein wenig erstaunt, dass er von seinem Strandgang im fernen Altertum keinen Sand zwischen den nackten Zehen hatte.

In seiner neuen Eigenschaft als Ersatzlehrer für Pater Evenus bat er uns höflich, mit verteilten Rollen Lessings »Nathan« zu lesen. Lessings Nathan, ach du meine Güte, das war die verstaubteste Geistesperücke der deutschen Literatur, und damit wir bei dem öden Gesülze über die Toleranz nicht vor Langeweile umkamen, regte Clown Giovanni an, den hehren Gestalten Tierstimmen zu verleihen. Holla, da feierte der tote Klassiker sofort eine fröhliche Auferstehung, es keckerte ein Affe, es grunzte ein Schwein, es trötete ein Elefant, ein Kater jaulte Brunstrufe, Löwen stießen ihr Gebrüll aus, und wie stets brachte Erle den Raubtieren, die seine Gurgel zerfleischten, das größte Verständnis entgegen.

Dummerweise war das Tierkonzert Bruder Frieder zu Ohren gekommen, und wie es seine Art war, handelte er unverzüglich. Er zog Pater Erlebald als Ersatzlehrer ab, und es kam zum Einsatz: Subpräfekt Walafried.

*

Ha, endlich einmal durfte der Subpräfekt eine Klasse zum Unterricht führen, und obwohl er nur als Aufseher amten sollte, bestieg er mit einer Befriedigung, die ihm Geifer in die Mundwinkel trieb, das hohe Katheder.

Er ließ Ultimus Nebel die Hefte verteilen und sprach: »Wie allgemein bekannt, ist heute der 23. Januar, das Fest der Verlobung der allerseligsten Jungfrau Maria. Deshalb hat Pater Evenus Unsere Liebe Frau zum Thema des heutigen Stundenaufsatzes bestimmt. Wie ihr es angeht, ist euch freigestellt. Ihr habt fünfzig Minuten Zeit, um der Königin des Himmels und der Magd des Herrn gerecht zu werden. Reden und Radieren nicht gestattet. Zögling 15, lass deine Faxen. Wer schwätzt oder furzt, eine Note Abzug. Fanget an!«

»Es gab ihn nicht, doch war er ein Wort, eine Sage, ein Gerücht, ein Gerücht im Stift und ein Gerücht in der Wüste, und wenn die Karawanen rasteten, die Kameltreiber und Kaufleute um das Feuer saßen und über ihnen die Sterne funkelten, war da stets ein Weitgereister, der einen kannte, der ihn gesehen hatte mit eigenen Augen: den Roten Diamanten …«

… und es füllten sich wie von selbst meine Seiten, eine nach der andern, so heftig drängte der Tintenfluss aus der Feder, einer Feder, die ins Fass nicht getunkt, sondern gehackt wurde. »Im Oktober 1921 wollte der exilierte Kaiser den Thron zurückerobern, mit dem kostbaren Diamanten als Kriegskasse, die Aktion jedoch war miserabel vorbereitet, und auf einmal befand sich der Edelste der Edelsteine an einem ihm völlig fremden Ort: im Garnisonspuff der Pini Pollak zu Ödenburg …«

»Abgeben in einer Minute!«, krähte Walafried vom Katheder herab.

Ich war in Panik. Ich hatte die Madonna noch nicht einmal erwähnt. Auf sie sollte alles zulaufen, und wurde mir das Heft entrissen, bevor ich dieses Ziel erreichte, hatte ich das Thema restlos verfehlt. Schweißausbruch, Herzrasen, und dann, kaum zu glauben, retteten mich Engel. Jaja, Engel. Statt historisch genau darzustellen, wie der Stein in den Kostümkoffern des Operettenensembles über die Grenze geschlüpft und nach der Operngala vom Uhrenbruder aus Lohengrins Schild gelöst worden war, schrieb ich kurz und knapp: »Heute, am Fest Mariä Verlobung, liegt auf dem Altar der Gnadenkapelle ein kostbar besticktes Samtkissen – darauf ist der Heilige Stein nach einer sechstausendjährigen Reise heimgekehrt und steckt nun in der Krone der Gottesgebärerin. Fulget Matris Astrum: Es leuchtet das mütterliche Gestirn.«

Als Primus Lenin die Hefte einsammelte, war ich schweißgebadet. Und außer Atem. Und glücklich. Und entsetzt. Mein Gott, was war da wie von selbst aus der Hand in die Feder aufs Papier geflossen?

*

Unmittelbar nach Schulende, um fünf Uhr abends, wurde ich von Ersatzlehrer Walafried aus dem Museum gerufen. Er stand, mit dem Rücken zu mir, in einer Fensternische im langen düsteren Klostergang. Auf dem Sims lag mein Heft, aufgeschlagen. Das wunderte mich. Das Thema stammte vom Schwersinnigen, und alle waren wir davon ausgegangen, dass er, der rechtmäßige Deutschlehrer, die Aufsätze korrigieren und nach seiner Genesung in die Klasse zurückbringen würde.

Walafried blickte hinaus in die graue Winterdämmerung, auf die verlassenen Sportfelder im Flockenfall.

»230, wem hast du deinen Aufsatz abgeschrieben?«, fragte er hinterhältig.

»Herr Walafried«, antwortete ich, um einen freundlichen Ton bemüht, »Sie haben uns die ganze Zeit beaufsichtigt. Wie hätte ich da abschreiben können.«

»Lüg nicht!«

»Ich lüge nicht.«

»Schwörst du es?«

»Ich schwöre es.«

»Bei Unserer Lieben Frau?«

»Ich schwöre es bei Unserer Lieben Frau: Ich habe den Aufsatz verfasst.«

»Auch noch verfasst!«

Ich nickte.

»Das ist ja ungeheuerlich.« Die fleischige Zunge schleckte den Geifer aus den Mundwinkeln. Walafried wedelte mit dem Heft. »230, wir geben dir eine letzte Chance. Wer hat diese … wie nennst du es?«

»Legende.«

»… gedichtet?«

»Herr Walafried, erst durch Sie haben wir erfahren, dass wir einen Stundenaufsatz schreiben. Auch das Thema war uns vorher nicht bekannt. Um irgendwo abzukupfern, hätte ich das Thema erraten und das passende Buch ins Klassenzimmer mitnehmen müssen.«

»230, wir Präfekten behandeln alle gleich. Wir kennen keine Unterschiede. Ein Vater, der Oberst ist, imponiert uns nicht im Geringsten. Streck die Hand aus! Flach, Innenseite nach oben!«

Er zog ein vierkantiges Lineal aus der Kuttentasche und schnaubte erregt: »230, nenne mir den Dichter!«

Ich schwieg.

Er holte aus.

»Den Namen!«

»Der Dichter bin ich.«

Er schlug zu.

»Du bleibst dabei?«

»Ja.«

Der Trottel, dachte ich hinter der kalten Fassade, schlägt dich zum Dichter.

»Deine Hybris wird dir noch leidtun«, stellte Subpräfekt Walafried befriedigt fest, stieß das Lineal in seine Kuttentasche und rauschte davon, um meine Erzketzerei dem Großinquisitor zu melden.

*

Rasch wurde der Milchreis verschlungen, dann erhoben wir uns, die Dreifaltigkeit zog sich auf der Bühne am Saalende synchron die Serviette vom Hals, faltete sie, rollte sie, und wie üblich mussten wir warten, bis auch der Subpräfekt mit der Serviette klargekommen war. Aber dann schallte es ohrenbetäubend über dreihundert eingezogene Köpfe hinweg: »Unverzüglich in der Präfektur einzufinden hat sich Zögling 230.«

Die anderen atmeten auf, einer erbleichte, ich. Beim Verlassen des Saals drängten alle von der 230 weg, und seltsam, auch in mir war ein Reflex, mit ihnen zu gehen, mich selbst zu verlassen. Stattdessen betrat ich die Präfektur, wo mich die niemals verheilten winzigen Abdrücke von Mimis Spitzenabsätzen daran erinnerten, dass ich damals die falsche Entscheidung getroffen hatte. Ich hatte Mimi ziehen lassen und war hiergeblieben, hier, in der benediktinischen Vasenfabrik. Mir wurde flau, und erst jetzt begann ich die Dimension meines Vergehens zu erahnen. Im Schreibfuror, der mich wie ein Fieber befallen hatte, hatte ich nicht nur das oberste Gebot der Steinstadt – sei mittelmäßig! – verletzt, sondern auch das von mir und Viper enthüllte Geheimnis publik gemacht. Aus meinem Aufsatz würde Bruder Frieder erfahren, dass der Rote Diamant in der Krone der Madonna steckte.

Als Erste betraten der wahnsinnige Typotius und der feinsinnige Erlebald die Präfektur – sie sollten der Gerichtsverhandlung als Zeugen beiwohnen. Der Wahnsinnige überflog meinen Aufsatz, dann gab er das Heft an Erle weiter und machte gleich ein paar Liegestütze (zur Triebabfuhr). Als Erle den Aufsatz las, vermied er es, mich anzusehen, doch huschte zwei oder drei Mal ein Lächeln über seine Züge, vermutlich bei den lateinischen Zitaten. Währenddessen war auch Subpräfekt Walafried eingetroffen, durch die ewige Unterdrückung leicht gebuckelt, aber doch erhobenen Hauptes und mit gewichtiger Miene. Er klappte zwei Schranktüren auf und nahm, um das Protokoll zu führen, in der Schreibkoje Platz. Nachdem er das Lämpchen mit der chartreusegrünen Haube angeknipst hatte, schlug er das Heft auf, strich die Seite glatt und setzte, indem er die Zungenspitze kreisen ließ, das CD, Cum Deo, und das Datum, Mariä Verlobung, an den Rand. Der Protokollant hoffte natürlich, seinen eigenen Triumph protokollieren zu können, schließlich war er es, der in seiner Eigenschaft als Ersatzlehrer meine Erzketzerei aufgedeckt und sich so für ein Lehr- und Dozentenamt qualifiziert hatte. Dann ging ganz hinten eine weitere Schranktür auf, und selbst das grünlich schimmernde Antlitz des Protokollanten verriet eine gewisse Überraschung, als in einem Krankenstuhl der schwersinnige Evenus hereingeschoben wurde. Sein Totenhaupt hing nach vorn auf die schmale Brust; marmorweiße Skelettfinger krallten sich im Schoß um ein hölzernes Kruzifix.

Da ertönte hinter den Schranktüren ein Prusten Spucken Gurgeln, eine Spülung rauschte, und mit einem Luftschwall aus seiner Intimkoje stand er auf einmal da, mitten unter uns, riesenhaft, bedrohlich, schwarz, die Stirn niedrig, die Augen blau, das Gesicht breit, von blonden Locken umbimmelt: Bruder Frieder.

»Guter Evenus«, schwang seine Stimme durch die hallende Leere des Saals, »wir sind Euch dankbar, dass Ihr das Krankenlager für einen Moment verlassen habt. Lang wird es nicht dauern. Der Krankenbruder erwartet Euch draußen.«

… und rückwärts, wie ein furchtsamer Hund, zog sich der Krankenbruder zurück. Das Haupt des Schwersinnigen, der in den vergangenen Tagen vom Fleisch gefallen war, wurde noch bleicher, sank noch tiefer. Der wahnsinnige Typotius, von seinen Liegestützen außer Atem, federte auf die Beine.

Der Feinsinnige, das Heft mit zittriger Hand an die Hühnerbrust gedrückt, hüstelte.

»Laut Subpräfekt Walafried«, wandte sich Bruder Frieder gutgelaunt an den Schwersinnigen, »sollte Eure Deutschklasse heute Vormittag einen Stundenaufsatz schreiben. Gehe ich recht in der Annahme, dass Ihr das Thema vorgegeben habt?«

Der Totenschädel deutete ein Nicken an.

»Mein Walafried hat Euch den Aufsatz vorgelegt.«

Ein tonloses Ja.

»Ist der Verfasser unschuldig?«

Mit letzter Kraft blickte der Schwersinnige auf, glotzte mit großen, aus ihren Höhlen hervorwachsenden Augen. »Nein«, hauchte er abermals.

»Habt Ihr nein gesagt?«

Ein Niederschlagen der weißen Lider.

»Dann seid Ihr allerdings verpflichtet, uns zu erläutern, wie wir diesen Widerspruch zu deuten haben. Er hat die Madonna nicht beschmutzt, ist aber trotzdem nicht frei von Schuld? Hat er das Thema verfehlt?«

Der kahle Schädel sank wieder nach vorn. »Schuldlos ist niemand, spricht Augustinus. Schuldig sind wir alle. Mein Vater«, sprach der Schwersinnige zum Kreuz in seiner Kralle mit versiegender Kraft, »ich kann nicht mehr.«

Er rollte mit seinem Krankenstuhl auf die Wand zu, rief heiser nach dem Krankenbruder, eine der vielen Türen tat sich auf, und der Bruder rannte mit dem Schwersinnigen in der Düsternis der Clausura davon.

»Lieber guter Erlebald«, setzte Bruder Frieder die Untersuchung fort. »Keiner legt die Schrift feiner aus als Ihr –

was wir durchaus zu schätzen wissen. Allerdings erwarten wir, dass Ihr Rom den nötigen Gehorsam erweist. Vielleicht wollt Ihr es nicht wahrhaben, aber es weht nun ein frischer Wind durch die Kirche. Die Tridentinische Messe ist nicht mehr zeitgemäß. Rom hat endlich erkannt, dass Jesus ein einfacher Mann war, einer wie seine Apostel, die Fischer und Zöllner waren, keine Gelehrten. Jesus hat weder Lateinisch noch Griechisch geredet. Auf Platon hat er gepfiffen. Riten waren ihm verhasst. Den spitzfindigen Gelehrtenquark überließ er den Pharisäern, und bei einem gemütlichen Umtrunk hat er auch mal zur Laute gegriffen. Ich sage Euch, Erlebald, wenn Ihr mich noch einmal daran hindert, mit meiner Gitarre auf die Kanzel zu steigen, werdet Ihr mich kennenlernen. Wir handeln im Sinn des Konzils. Wir sind kein abendländisches Museum, wir sind eine moderne, unseren Gläubigen verpflichtete Volkskirche. Wie beurteilt Ihr den Aufsatz?«

»Wenn ich den Text richtig verstehe«, sagte der Feinsinnige, sich räuspernd, hüstelnd, hilfeheischende Seitenblicke zu Typotius sendend, »imitiert er den Legendenton. Das ist nicht mehr zeitgemäß, würde ich meinen, aber vielleicht«, der dünnhäutige Mönch und Altphilologe gab sich einen Ruck, »vielleicht wäre es besser, mein Vater, diese Kategorie etwas zurückhaltender anzuwenden. Unser Maß ist die Ewigkeit. Passen wir uns der Zeit an, werden wir vergänglich.«

»Lieber guter Erlebald«, blieb Bruder Frieder die Ruhe selbst, jedoch mit blitzenden Augen, »Ihr seid dem Geist der Antike verhaftet und verständlicherweise auf der Seite derer, die festhalten wollen am Tridentinum, am Latein und am Griechischen. Aber das sind tote Sprachen, darin sind sich sämtliche Kardinäle und Bischöfe einig. Das Konzil hat den Segen des Heiligen Geistes auf sich herabgefleht. Es untersteht dem Ratschluss Gottes, und glaubt mir: Gott selbst ist es, der uns aufgetragen hat, seine Christenheit aus dem Mysteriösen hinauszuführen ins Licht einer aufgeklärten Moderne. Weg mit dem Latein, weg mit den Riten und all dem verstaubten Plunder!«

»Von einer Gitarre«, sagte Erlebald trotzig, »war beim Vaticanum nicht die Rede.«

»Das geht Euch einen Dreck an«, blaffte Bruder Frieder. »Was haltet Ihr vom Aufsatz?«

»Vom Inhalt möchte ich nicht sprechen«, wich Erlebald aus, »den mag der zuständige Fachlehrer beurteilen, und jetzt bitte ich Euch, den Typotius und mich zu entlassen. Wir müssen uns um den Schwersinnigen kümmern. Seit drei Tagen nimmt er nur noch Wasser zu sich.«

Typotius, der eine weitere Serie Liegestütze hingelegt hatte, schnellte auf die Beine und rief, von der Anstrengung außer Atem: »Der Schwersinnige spürt: Es ist etwas im Busch.«

»Gehört das ins Protokoll?«, rief es aus der Schreibkoje.

Bruder Frieder schüttelte das Haupt.

»Ich fürchte«, stieß der Wahnsinnige hechelnd hervor, »was sich da entwickelt … im Geheimen … in den Schlafsälen … in den Museen … könnte uns auf dem falschen Fuß erwischen!«

»Lieber guter Typotius, gehört Ihr etwa zu den Gestrigen, die sich zur lateinischen Messe bekennen?«

»Mein Vater, als die Donaumonarchie bereits am Untergehen war, haben sie in der Hofburg immer noch darüber verhandelt, wie eine schriftliche Entschuldigung formuliert werden muss, wenn man bei einer kaiserlichen Audienz hat niesen müssen.«

Bruder Frieder lächelte mild. »Etwas liegt in der Luft, sagt Ihr?«

»Wie vor einem Gewitter.«

»Genaueres wisst Ihr nicht?«

»Nein.«

»Ihr habt Euch von der Schwermut des Evenus anstecken lassen, lieber guter Typotius. Kommt wieder einmal in den Reksaal, da werdet Ihr sehen, wie gut wir uns mit den Zöglingen verstehen. Sie erschaffen ein herrliches Werk, ein maßstabsgetreues Modell der Gnadenkapelle. Aber saget, lieber guter Typotius, könnte auch dieses hingeschmierte Zeug« – er blätterte in meinem Heft, überflog die Zeilen – »vom Ungeist des Individualismus befallen sein?«

Stille erfüllte den Raum. Vor den Fenstern sanken die Flocken. Die in einem der Schränke eingeschlossene Uhr tickte wie mein Herz. Im Abhörschrank war Vize Servilius eingeschlafen, dumpf tönte sein Schnarchen durch die Tür, und Subpräfekt Walafried, der irgendwie zu spüren schien, dass der erhoffte Triumph ausbleiben könnte, hockte mit gezückter Feder im Protokollanten-Schrank. Sollte er vielleicht das Schweigen protokollieren? Oder das Schneien? Oder die Geräusche, die der lesende Bruder Frieder von sich gab, sein Seufzen, sein Aufstöhnen, das zornige Schnauben?

Endlich, nach langen bangen Minuten, war er mit der

Lektüre fertig. Er flüsterte mit Typotius. Es schien mir nichts Gutes zu verheißen. Typotius warf mir einen Blick zu, dann bedeutete er dem Feinsinnigen, ihm zu folgen, und hastig verließen die beiden die Präfektur. Wer dem Bruder Frieder entkommen war, hatte es eilig.

»230«, säuselte Bruder Frieder, »bei wem hast du abgeschrieben?«

»Bei niemandem.«

Bruder Frieder, plötzlich aggressiv, schlug eine, zwei, drei, vier Seiten um. »Hast du mitgezählt? Es sind vier volle Seiten! Vier! In einer Stunde!«

Ich, wiederum geflüstert, nur für Bruder Frieders Ohr bestimmt: »Ich war ja selbst überrascht, mein Vater. Vier Seiten … vier! In einer Stunde! Das gibt es nicht.«

»Gibt es nicht?«

»Nein.«

»Aber da sind sie doch, diese vier vollen Seiten! Da, da, da, da!«

»Ja.«

»In deiner Schrift!«

»Es ist ein …«

»Was?«

»Wunder«, hauchte ich. »Inspiratio divina.«

Sandalenschritte näherten sich. »Was hat er gesagt?«

Bruder Frieder wischte den Sub mit der Linken weg, wie ein lästiges Insekt, und erschrocken hüpfte dieser zurück in die Schreibkoje, wo er hinter der chartreusegrünen Lampenhaube in Deckung ging.

»Ich schrieb wie im Rausch. Wie ein …« gehaucht: »Besessener.«

»Um Gottes willen!« Bruder Frieder legte mir die Pranke auf die Stirn. »Du hast Fieber, erhöhte Temperatur!«

»Stark erhöht?«

»Ziemlich.«

»Fühlen Sie mein Handgelenk.«

»Den Puls?«

»Eine böse Entzündung – weil mich die Allbarmherzige dermaßen gehetzt hat!« Ich rieb mein Handgelenk. »Es schmerzt immer noch. Ich kam mit Schreiben kaum nach. Aber was hätte ich tun sollen!«

»Es kam über dich«, sagte Bruder Frieder fassungslos.

Ich legte den Kopf nach Art der Vögel und der Heiligen in die Schräge: »Unsere Jungfrau und Gottesmutter«, sprach ich und klappte die Augendeckel zu, »hat mein Gefäß mit der Süße ihrer Stimme gefüllt. Ich aber, der Geringste unter den Zöglingen, habe ihr Diktat in Demut niedergeschrieben.«

»In Demut.«

»Selbstverständlich. Für den Subpräfekten, der mich geschlagen hat«, ich zeigte Bruder Frieder die geschwollene Hand, »will ich beten. Die Allbarmherzige möge ihm sein Unverständnis nachsehen.«

»Muss das ins Protokoll?«, winselte es aus dem Schrank.

Ich nickte. Bruder Frieder schnaubte wie ein Pferd. Ich hatte ihn mit seinen eigenen Mitteln geschlagen, und haha, es war ein Sieg à la Mimi! Die Panne, in die ich mich hineingeschrieben hatte, erwies sich als Rettung. Ich, ein perfektes Produkt der Vasenerziehung, hatte einen Gnadenerguss der Madonna empfangen. Bruder Frieder blieb nichts anderes übrig, als das Wunder zu schlucken.

Es klopfte.

Der wahnsinnige Typotius.

Hektisch flüsterte er mit Bruder Frieder.

»Ist das wahr«, unterbrach ihn Frieder, »seid Ihr sicher?«

»Die Wahrheit ist bei Gott«, versetzte Typotius, »aber unter naturwissenschaftlichen Kriterien halte ich an meiner Aussage fest.«

Er ließ sich flach vornüberfallen, um dann eine weitere Serie triebabführender Liegestütze hinzulegen, auf ab, auf ab, auf ab.

»Goldau«, sagte Bruder Frieder mit seiner Schmeichelstimme, »hältst du es für möglich, dass sich Unsere Liebe Frau geirrt hat?«

»Nein, Ehrwürdiger Vater, eine Göttin irrt sich nie.«

»Könnte es sein, dass sie lügt?«

»Die Madonna?«

»Du hast vor Zeugen behauptet, sie habe dir diesen Unsinn diktiert.«

Walafried hob das Heft und zeigte mit dem Finger auf die Seite: Hier ist es protokolliert.

»Ich schrieb auf, was die heilige Muttergottes mir eingab, das ist richtig«, bemerkte ich, wohl wissend, dass der Wind gedreht hatte.

Bruder Frieder sagte: »Zeuge Typotius, Ihr seid eben in der Gnadenkapelle gewesen?«

Der Wahnsinnige, auf die Beine schnellend: »Jawoll! Wie eine erste Untersuchung ergeben hat, ist das Juwel in der Krone ein rötlicher Kristall, der höchstwahrscheinlich aus unserer Unterwelt kommt. Da gibt es Adern, aus denen Klosterleute zu allen Zeiten die herrlichsten Gebilde herausgeschlagen haben. Die meisten waren blau, ein paar wenige rötlich, und die hat man dann benutzt, um damit unsere Rosa mystica zu zieren, sei's in der Krone, sei's am Mantelsaum.«

»Also ist das Juwel in der Krone nicht der Rote Diamant, Zeuge Typotius?«

»Richtig, Ehrwürdiger Vater. In der Krone steckt ein fachmännisch zugeschliffener Kristall, in der Form eines Ovals, mit rosigem Glanz.«

»Danke, Zeuge Typotius, damit ist der Fall erledigt.«

Der Großinquisitor öffnete einen Asservatenschrank und schob mein Heft zwischen allerlei sichergestellte und verwahrte Objekte (zu denen auch ein Damenstrumpf gehörte). »Subpräfekt, der junge Mann hat uns noch in dieser Stunde zu verlassen.«

»Moment!«, rief Typotius. »Das Material zum Aufsatz kann der Zögling 230 nicht allein zusammengetragen haben. Er soll uns die Mittäter nennen. Ist es der Zögling 117?«

»Zeugen haben bestätigt«, trompetete Vize Servilius aus dem Abhörschrank, »dass die 230 und die 117 in einer Fensternische die Köpfe zusammengesteckt haben.«

»Die 117«, schrie der Wahnsinnige grell, »das ist der Zögling Viper!«

»Der Zögling Viper«, sagte Bruder Frieder leise und traurig, »war mir stets der Liebste von allen.«

*

Aus der hohen Nacht sanken lautlos die hellen Flocken. Der Pfortenvogel zog den Kopf aus dem sich schließenden Türspalt, und es traf mich wie Schläge in den Rücken: das Einrasten des Portalflügels; das Umdrehen des Schlüssels; das Einhaken der Kette. Du bist ausgeschlossen, lautete die Botschaft, verschwinde! Subpräfekt Walafried, geifernd vor Befriedigung, hatte mir meine Schuhe gereicht, und über kurz oder lang, vielleicht schon morgen, würde die Kutte, die ich getragen hatte, einen anderen kleiden. Ein anderer würde meine Nummer bekommen, am Tisch meinen Platz, im Schlafsaal mein Bett einnehmen. Der Zögling 230 würde weiterexistieren, und mir war klar, dass es mir kaum gelingen würde, mich von ihm zu trennen. Einmal Vase, immer Vase.

Bruder Frieder hatte per Telefon meine Eltern informiert, und so wartete ich nun, an die gewaltige Escorial-Fassade gelehnt, die Hände tief in die Taschen gesteckt, auf meine Maman. Selbstverständlich war mir klar, dass ich vergeblich wartete. Wenn sie tatsächlich losgefahren war, würde sie mit ihren Sommerreifen spätestens in den Kehren am Klosterberg von der verschneiten Straße rutschen, und zu dieser späten Stunde war es zweifelhaft, dass jemand vorbeikam, der sie, wie seinerzeit bei meiner Einlieferung, aus dem Graben lupfte. Aber ewig konnte ich hier nicht bleiben, es war eisig kalt geworden, nur: Wohin mich wenden?

In die verrauchte Mutterhöhle der Hexe Käsli getraute ich mich nicht hinein. Die Stammtischweiber würden sich über den geschassten Baron kreischend die Mäuler zerreißen, und nein, so wollte ich von meiner Rosa tristis nicht gesehen werden: im zu kurzen Regenmantel, mit dem jüdischen Fluchtkoffer. Dennoch war Rose meine einzige Hoffnung, und nachdem das Barschild erloschen und die letzte Stammtischlerin davongetorkelt war, stellte ich mich an der Hauswand unter das Schlafzimmerfenster meiner Liebsten. Wenn sie sich hinauslehnte, um die Läden zu schließen, würde ihr Blick auf den Auswanderer fallen, der halb erfroren unten auf der Gasse stand. Liebste, betete ich mit klappernden Kiefern, bitte gib mir etwas von der Liebe, die ich für dich hege, zurück. Steh mir bei in dieser kalten Nacht. Nimm mich an die Hand und führe mich durch das dunkle Haus deiner Hexenmutter in dein warmes Bett.

Da ging oben das Fenster auf, im Schein der Nachttischlampe erschien ein Schatten, und rasch griffen die nackten Arme nach den Läden, die mit einem höhnischen Quietschen zuklappten. Die Chance war vertan. Rien ne va plus. Oder sollte ich einen Schneeball an die Läden werfen? Zu gefährlich, das würde sofort die Alte aus der Bettstatt locken. Nein, Rose, ich vertraue darauf, dass du meine Nähe spürst, meine Liebe und meine Not. Sind wir nicht ein Herz und eine Seele? Und kaum zu glauben, das Wunder geschah, die Läden klappten auf, Rose reckte den verwuschelten Haarbusch in den Spalt und: »Viper, bist du's?«, rief sie leise herunter.

Wäre ich von einer Betondecke getroffen worden, es hätte mich nicht schlimmer erwischt. Für Sekunden stand ich neben mir – atomisiert. Ausgelöscht. Dann kehrte ich, vom trostlosen Licht zweier Laternen mit Schatten versehen, als blutloser Geist über die schneebedeckten Stufen zur Pforte zurück, an den Fuß der Escorial-Fassade. Hier setzte ich mich auf den Galizier, und der Turm, zu dem ich hochsah, kam mir vor wie die sinkende Titanic, die mit ihrem Heck in das lautlose Sinken der Flocken ragte.

*

Viertel vor. Viertel nach. Ich begann zu zittern, so sehr fror's mich, und die letzte Hoffnung, dass es Mimi wider alle Erwartung mit dem Wagen bis nach Maria Schnee schaffen könnte, war mit den letzten Lichtern im Dorf erloschen. Viertel nach. Viertel vor. Die volle Stunde schien ich jedes Mal zu verpassen, denn immer häufiger sank mein Kopf auf die Brust, döste ich für einige Minuten ein, war der Schlaf stärker als das Frieren. Im Nacken, wo der Kuttenkragen fehlte, und an den Zehen, die in den zu klein gewordenen Schuhen kaum Platz hatten, begann der Frost zu brennen. Erfrieren, hieß es, sei der leichteste Tod – lang würde es nicht dauern. Die Flocken sanken sanft, sanft und gütig und warm. Ich war nicht traurig, eher heiter, dankbar für ein gutes Leben. Immerhin hatte ich mich bemüht, dem Obersten zuliebe eine männliche Vase zu werden und alles, was von oben kam, demütig in mich aufzunehmen: zuletzt, in dieser stillen Nacht, die Stimme von Rose, einer Stimme voller Liebe (nur leider nicht für mich), und nun die rieselnden Flocken.

Wieder hatte die Glocke geschlagen, wieder ein Viertelschlag, und allmählich begriff ich, dass die volle Stunde der Gong sein könnte, der meinen Kampf beenden würde. Schade, den Galizier musste ich wohl zurücklassen – in die andere Welt durfte man nichts mitnehmen, auch den Körper musste ich abgeben, dieses bereits etwas steife Skelett im Schneegewand, und dann, du Liebste, du Schönste, meine über alles geliebte Rosa tristis, wird meine Seele Flügel bekommen und mich hinübertragen in jenes andere weite Land, das im Glitzern der Schneekristalle auf den flachen Stufen der Treppe bereits zum Vorschein kommt – als würden da lauter Juwelen funkeln, lauter rote Diamanten …

Als ich die vom Frost verklebten Augen noch einmal aufriss, lehnte sich aus einem erleuchteten Fenster der zweiten Etage – es war ein Fenster des Physikauditoriums – ein schmaler Schatten, breitete die Arme aus und schrie: »He, du da unten, steh auf, schüttle den Schnee ab! Du sollst nicht erfrieren, sondern einsehen, was für ein großartiges Gebäude unser Kloster ist. Erhebe den Blick zu den Turmkuppeln, die sich dem Himmel vermählen! Denk an die Säulen, die im Innern die hohen Gewölbe in der Schwebe halten! Verneige dich vor dieser Kunst, die in ihrer Statik weiser ist als jede Wissenschaft. Knie nieder vor diesem Felsen der Ewigkeit, an dem die Satane der Welt jämmerlich zerschellen! Sein Wort, sagt der Herr, ist Fleisch geworden, und Gottesfleisch, das ist unser Escorial, das ist diese Front, vor der du weniger bist als ein pissender Hund. Merk es dir, du da unten: Der Katholizismus *baut*. Er baut, er musiziert, er orgelt, er singt, und dass er malt, versteht sich von selbst. Aber der Katholizismus *schreibt* nicht. Das Schreiben überlassen wir den Juden und den Protestanten. Denn wir, wir sind das wahre Gottesfleisch! Wir sind die Gefäße des Apostels, Bruder Frieder hat recht, hundertmal hat er recht. Eine Vase bringt keine Blumen hervor. Man kann nicht Dichter sein und katholisch«, schrie der Wahnsinnige aus der Fassade und stimmte mit ausgebreiteten

Armen und einem steil zum Himmel gereckten Kinn das Salve an, »Salve Regina, mater misericordiae, sei gegrüßt, Königin, Mutter der Barmherzigkeit« … aber war es wirklich unser Mathe- und Physiklehrer, der da sang und lärmte? Oder gehörte der Jubler im erleuchteten Fassadenfenster schon zum Personal der Ewigkeit?

*

Ein langer Saal in weißer Stille. Vor hohen Fenstern das lautlose Fallen von Flocken. Hie und da ein leises Klingeln, ein gedämpftes Knirschen von Schritten, ein geflüstertes Herunterhaspeln von Ave-Marias. Ah, begriff ich nach langem Nachdenken, das ist Bruder Kerimold, der allseits gefürchtete Sanitäter des Knabenlazaretts! Ich sank in die Dunkelheit zurück, und erst am nächsten Morgen, als der Krankenbruder einen Servierwagen mit klirrenden Fiebermessern in den Saal schob, wurde ich wieder wach, wieder im länglichen Saal, in der weißen Stille der fallenden Flocken.

Krankenbruder Kerimold trug eine weiße Soutane, deren Kapuze den schmalen Kopf bedeckte. Die Wangen wächsern, die Finger dünn, dünn auch der Hals, umschlossen von einem ehrgeizig engen Kragen. Wie Vize Servilius betete er das Ewige Gebet und leierte einen Rosenkranz nach dem andern herunter, stets im selben Tempo, ohne Unterbrechung, kein Mensch: ein Ave-Automat. Meine Frage, weshalb man mir die Hände mit Verbänden umwickelt hatte, so dass ich die Blechtasse kaum halten konnte, prallte am fortwährenden Flüsterlispeln ab. Der Krankenbruder senkte unterm Kapuzenrand nur die gewölbten Lider, was wohl »Gelobt sei Jesus Christus, der Herr wird's schon richten« bedeuten sollte, und betete etwas lauter. Morgens und abends steckte er uns Kranken den Fiebermesser unter die Achsel, schüttete ein weißes Pulver in ein unsauberes Glas und blieb an der Bettstatt stehen, bis man die mehlige Brühe hinuntergewürgt hatte. Ein anderes Mittel wurde einem hier nicht verabreicht – und häufig führte es zu Wunderheilungen, die man dann der Madonna zuschrieb. Doch war es das tägliche Abführpulver, das dieses Wunder bewirkte; wer das Knabenlazarett von Maria Schnee überleben wollte, sah zu, dass er wegkam, bevor er zum Gerippe wurde. Meinem Nebenmann schien dies gelungen zu sein. Eines Morgens war das Bett neben mir leer, mit einem weißen Laken überzogen, wie ein verschneiter Grabhügel. Ich blieb liegen.

*

Obwohl mir bewusst war, dass jene Nacht, da ich mir an Händen und Füßen, auch an der Nasenspitze, leichte Erfrierungen zugezogen hatte, schon länger zurücklag, kam es mir vor, als hätte man mich erst gestern am Fuß der Escorial-Fassade aufgelesen und samt dem Galizier, der nun unter meiner Pritsche lag, ins Lazarett eingeliefert. Oh, und es *war* gestern gewesen – in der weißen Stille des nach Chloroform und Putzmitteln riechenden Saals ging die Zeit im Kreis, immer im Kreis. Morgens und abends erschien Krankenbruder Kerimold, und zu den Mahlzeiten schlurfte ein Küchengeselle herbei, der für uns Kranke – mal waren wir zu siebt, mal zu fünft – einen Klumpen Grießbrei aus einem Plastikkübel schöpfte. Zu den festgesetzten Zeiten schrillte in den Internatsgängen die Glocke, aber das trommelnde Treppengetrappel, das Zuknallen von Türen, das Schlüsselklirren von Vize Servilius ging uns nichts mehr an, es tönte fern, es wehte herüber aus einer anderen Welt.

Einmal erhielt ein Frischling, der wie ich schon länger zum Krankenbestand gehörte, einen hellblauen Luftpostbrief mit rot-blauem Rand, aufgegeben von seinem Papa im fernen Sudan. Er brachte mir das Kuvert ans Bett, und sehnsüchtig betrachteten wir die Briefmarke: drei Afrikanerinnen, die in der stolzen Haltung von archaischen Königinnen Krüge auf ihren Häuptern trugen. Einmal schmuggelte Dickie, der Alpha unserer Klasse, zwischen Schulheften, die ich nacharbeiten sollte, eine Tafel Schokolade in unseren abgeschlossenen Bezirk, und einmal ließ Pater Maria Isimachus, der Stiftskapellmeister, für den Frischling ein Glas Honig abgeben.

»Bist du Caruso?«

Er war's, unser Caruso, der berühmte Sopran. Er hatte den letzten Sommer vor seinem Eintritt in die Stiftsschule bei seinem Vater verbracht, der im Sudan eine Handelsstation betrieb. Dort könnte er sich mit Malaria infiziert haben, vermutete er, jedenfalls würde dies seine jähen Temperaturwechsel erklären – morgens war er fieberfrei, abends glühte er. Aber wie sollten wir das dem Gebetsroboter beibringen? Ich flehte ihn an, endlich einen Arzt zu rufen, und seither redete mich Caruso aus loyaler Dankbarkeit mit »Sir« an. Leider blieb die Intervention erfolglos. Der Roboter, der weder ein Hirn noch ein Herz noch eine

Seele hatte, führte automatisch aus, was er ausführen sollte: Fieber messen, Temperatur eintragen, Pulver verabreichen, Laken wechseln, zum Salve schnurren – alles andere war außerhalb seiner Möglichkeiten.

Nachdem eine Grippewelle verebbt war, hatten uns die Letzten verlassen, und im Lazarett waren wir nur noch zu zweit: Caruso und ich. Meine Fieberkurve schlängelte sich zwischen 38 und 39 Grad dahin, seine jedoch bildete tiefe Schluchten und hohe Gipfel, und in meinen wüstenheißen Träumen glaubte ich zu sehen, wie sich der kleine Caruso in einem zackigen Gebirge immer weiter entfernte.

*

Ganz hinten, am Ende des Saals, hatte Pater Maria Epiphanius, unser Aufseher, seine Pritsche. Er sollte uns daran hindern, unzüchtige Handlungen zu begehen – sonst hatte er nichts zu tun und döste den lieben langen Tag vor sich hin, manchmal kichernd, aber meistens stumm und reglos, die Arme seitlich an den Leib gelegt, als wäre er eine aufgebahrte Leiche. Nachmittags durfte er am Salve teilnehmen, und in den frühen Morgenstunden, noch vor dem großen Läuten, das die Mönche in den Chor rief, schlich er wie ein Dieb davon, um irgendwo im Kloster einer geheimen Tätigkeit nachzugehen. Mit dem Erschallen aller Glocken kehrte er dann zurück, und in seinen Augen war ein Leuchten, als käme er von einem Rendezvous.

»Ehrwürdiger Vater«, fragte ich ihn eines Morgens, »wo kommt Ihr her?«

»Ich war bei Unserer Lieben Frau.«

»In der Gnadenkapelle?«

»Ja«, sagte er errötend. »Ich bin der Vestiari-Pater. Ich darf ihr jeden Morgen das zum Tag passende Gewand anlegen.«

»Ein ehrenvolles Amt!«

»Das ehrenvollste im ganzen Kloster. Allerdings sind die Röcke, die ich ihr anziehe, nur äußere Hüllen. Ihr wahres Gewand ist die Sonne«, flüsterte er, kichernd wie ein Mädchen.

Hin und wieder setzte er sich an mein Bett, und irgendwann fiel mir ein, dass ich seinen Namen schon einmal gehört hatte, von Käpt'n Silver, auf der Bücherarche. Nun erfuhr ich von ihm selbst, dass er, Pater Epiphanius, früher die Gebäude betreut hatte, und trotz Fieber vermochte ich zu erfassen, was für ein schwieriger, nervenaufreibender Job das war. In jedem Winter drückte eine gewaltige Schneemasse auf die Dächer, im Dachstuhl knirschte und knackte es, und wenn es endlich wärmer wurde und auf der Südseite Lawinen in die Tiefe rutschten, aber auf der Nordseite der Schnee noch kleben blieb, verzog sich der gesamte Bau. Die Türen und Fenster verklemmten sich in den Rahmen, in den langen Korridoren barsten die Steinplatten, in den Kuppeln über dem Kirchenschiff klafften Risse auf, Stuck fiel von den Wänden, überall rieselte der Verfall, und die Verantwortung, die auf dem Bau-Pater lastete, drohte ihn zu erdrücken. Er allein musste dafür sorgen, dass die Balken unterm Dach nicht knickten, die Kuppeln nicht herunterdonnerten, die Mauern nicht wankten, und über viele Jahre – er hatte Mathematik studiert – war Pater Epiphanius der schwierigen Aufgabe mehr oder weniger gewachsen, trotz aller Ängste. Es gelang ihm, das Schlimmste immer wieder abzuwenden und die gefährlich lebendige Steinstadt zusammenzuhalten. Aber immer öfter suchten ihn Albträume heim, manchmal auch schauerliche Visionen, die ihm enthüllten, dass er es mit einem Doppelwesen zu tun hatte – mal erschien ihm die Steinstadt als himmlisches Jerusalem, mal als ein Drachen mit Schuppen aus Dachziegeln. An einem Hohen Marienfest verfiel er dann auf die unheilvolle Idee, das lebendige Gemäuer könnte im Gnadenbild die Alarm- und Abwehranlage auslösen. Er begab sich mit allerlei Messinstrumenten in die Gnadenkapelle, und da geschah's. Die Schwarze Göttin handelte an ihm, wie Kirke einst am Odysseus gehandelt hatte: Sie bezirzte ihn. Der schwerverliebte Epiphanius verbrachte viele Jahre in einer psychiatrischen Klinik, und als er schließlich zurückkehrte, steckte er mitten in der Pubertät.

Als Statiker war er nicht mehr zu gebrauchen, dazu war er nun zu sehr aus dem Lot, aber für einen anderen Posten war er mit seiner Verliebtheit, die eine Behandlung mit Elektroschocks überstanden hatte, genau der Richtige. Meinradus der Dämmerer, der Fürstabt, hatte schon vor mehreren Jahren Odo, den damaligen Vestiari-Bruder, zu seinem Kammerdiener ernannt. Seither war das ehrenvolle, allerdings beschwerliche Amt eines Garderobiers der Madonna auf verschiedene Brüder verteilt, und bei aller Liebe zur Muttergottes – keiner von denen kroch gern schon um drei Uhr nachts aus den Federn, um am Gnadenbild den Kleiderwechsel vorzunehmen und ihr die zum Kirchentag passende Farbe umzuhängen. Epiphanius schon. In der Damen-Sakristei, wo die Glockenröcke unter der Decke hingen, pflückte er mit einer hohen Stange das protokollarisch vorgeschriebene Stück vom Haken und trug es dann wie eine Siegesfahne durch die Kathedrale in die Gnadenkapelle. Hier schlüpfte er aus den Sandalen, kletterte auf den Altar und assistierte, ganz und gar ein devoter Leibdiener, der Schwarzen Göttin bei ihrer Toilette. Er blies ihr mit einem antiken Föhn den Staub aus der Krone, und wenn das Holz von den brennenden Kerzen zu trocken war, besprayte er es mit Weihwasser oder rieb es mit Möbelpolitur ein, bis ihre Brüste und Schenkel silbern erglänzten. Gelegentlich ließ sich die Göttliche auf ein kleines Geplauder ein, und er, der Intimus, versah sie mit dem neusten Klosterklatsch. Sie habe mit Interesse von meinem Aufsatz gehört, gestand er mir hinter vorgehaltener Hand. »Ich werde die Allerzarteste in dieser Sache auf dem Laufenden halten.«

*

Ach ja, mein Aufsatz. Nein, der war mir nicht zufällig in die Hand und von der Hand in die Tinte geflossen, das wurde mir in der weißen Stille immer deutlicher bewusst. Viper und seine Bastelgruppe hatten mich an den Rand gedrängt, und so hatte ich mit dem Aufsatz unbewusst versucht, den Roten Diamanten zurückzuerobern, schließlich hatte ich ihn entdeckt. Indem ich seine Biographie nachzeichnete, versah ich ihn mit meinem Copyright. Aber wie war die Sache ausgegangen? Hatte uns der Uhrenbruder hereingelegt? Oder war der Abgefeimteste aller Gauner … Pater Typotius? Dem wäre so ein Streich zuzutrauen, die Intelligenz dazu hatte er. Typotius könnte in der Gnadenkapelle festgestellt haben, dass das Juwel in der Krone tatsächlich der verschollene Diamant war, doch hatte er den Tyrannen mit einem falschen Befund abgespeist und sich so in die Lage versetzt, selbst zum Dieb zu werden. Oder war ihm die Gang zuvorgekommen? Und vor allem: Wie hatte sich mein Aufsatz auf Viper ausgewirkt? Hatte Bruder Frieder seiner Mustervase die Liebe gekündigt? War die Tarnung aufgeflogen? So viele Fragen und keine Antwort. In die weiße Stille des Lazaretts drang nichts herein, hier befand man sich im totalen Abseits, und das Wähnen, das vom Fieber befeuert wurde, führte höchstens dazu, dass ich so ängstlich wurde wie der arme Pater Epiphanius.

Er floh, wenn Bruder Frieder zur Visite erschien, in sein Bett am Ende des Krankensaals und zog sich die Decke mit beiden Fäusten unter die Nase. Er wimmerte und zitterte dann am ganzen Leib – als wäre der dachziegelgeschuppte Drache seiner Wahnvorstellungen leibhaftig aufgetaucht.

Ich wagte es nur ein einziges Mal und sehr zaghaft, mich bei ihm für den kleinen Caruso einzusetzen. Meine leise Bitte, man möge den mal fieberfreien, mal glühenden Kranken nicht mehr mit dem weißen Pulver traktieren und vom Dorfarzt untersuchen lassen, wurde schweigend zur Kenntnis genommen, leider ohne Wirkung. Das Lazarett unterstand Krankenbruder Kerimold, da mischte sich der Bruder Frieder nicht ein – es sei denn, er konnte aufgrund seiner Erfahrungen im russischen Winter eine Wundertat wirken, zum Beispiel an mir. Selbst an meiner Nase heilte die Erfrierung, ohne dass man es ihr ansah.

Nachdem der Bruder Frieder abgezogen war, füllte sich der Saal wieder mit der weißen Schneestille, einer Stille, die nur selten von einem Glockenschlag durchhallt, von einem Rabenflug zerflattert wurde, und es war an einem der endlosen Nachmittage, als ich auf einmal merkte, dass die Stille über dem verschneiten Kloster noch tiefer geworden war: Totenstille. Die Zeiger standen. Das Uhrwerk wurde nicht mehr geölt. Die Raben, Auguren seit alters her, waren verstummt. Allein in seiner Luftkajüte hatte der Uhrenbruder das Zeitliche gesegnet.

*

Am Begräbnis nahmen auch Pater Maria Epiphanius, Krankenbruder Kerimold und Vize Servilius teil, und natürlich nutzte ich die Gelegenheit, da der Abhörschrank in der Präfektur unbesetzt und unsere Aufsicht abwesend war, um Caruso die Geschichte des Roten Diamanten zu erzählen.

Caruso hatte sich in seinem verschwitzten Hemdchen auf den Bettrand gesetzt, sah über die drei leeren, mit Laken bedeckten Betten zu mir herüber und fragte: »Sir, glauben Sie wirklich, der Uhrenbruder könnte Sie angeschwindelt haben?«

»Nein«, antwortete ich. »Er wusste, wie es um ihn stand. Es hat ihn sehr erleichtert, sein Wissen gerade noch rechtzeitig weitergeben zu können. Allerdings habe ich nicht so ganz kapiert, was er gemeint hat. Es sei denn, er sah in einem echten Diamanten das Ganze und in einem unechten nur einen Teil davon.«

»Ach was«, rief Caruso, »ein Klunker hat keinen Anteil an echter Qualität. Er ist zur Gänze eine Fälschung.«

»Das deckt sich mit der Aussage von Pater Typotius. Ich habe oft über seinen Auftritt in der Präfektur gegrübelt, und mittlerweile bin ich fast sicher, dass auch Typo die Wahrheit gesagt hat, wie der Uhrenbruder.«

»Hoc comicum est«, sprach der junge Lateiner. »Wenn beide die Wahrheit sagen, haben wir es mit einer coincidentia oppositorum zu tun, mit einer Einheit von Gegensätzen.«

»Recte dicis, aber kann denn ein Ding, erst recht ein Diamant, die härteste Materie des Planeten, zugleich sein und *nicht* sein?«

»Sir«, sprach Caruso, »schauen Sie ins Fenster, und stellen Sie sich vor, dass die Flocken nicht fallen, sondern stillstehen. Was sehen Sie jetzt?«

»Die Flocken stehen still«, sagte ich verblüfft, »wir steigen!«

Die Raben schrien die Trauer um ihren Vater in den Winterhimmel hinaus, und mit dem Geruch nach Kälte und Weihrauch kehrten Pater Epiphanius und Bruder Kerimold vom Begräbnisgottesdienst ins Lazarett zurück, beide durchfroren, beide betend.

»Sie schlafen«, stellte der Vestiari-Pater befriedigt fest.

*

Gegenwart, Ewigkeit … aber auf dem Kalender und draußen in der Welt musste die Zeit doch weitergeflossen sein, denn es war ein Abend im März, als mich Bruder Frieder ein weiteres Mal untersuchte. Er drückte sein Ohr an meinen nackten Rücken und kam nach längerem Abhorchen zum

Ergebnis, die Lungenentzündung scheine sich hartnäckig zu behaupten. Das spürte ich selbst, in mir drinnen brodelte es. Das Atmen fiel mir schwer. Manchmal hätte ich am liebsten eines der hohen Fenster aufgerissen und die eisige Winterluft in die engen Lungen gesogen, doch war ich immer noch zu schwach, um aus dem Bett zu steigen – die Waden waren käsig weiß und völlig erschlafft. Im Vergleich mit dem armen Caruso jedoch ging es mir gut. Seine Arme und Beine waren dünn wie Stecken, die Augenkugeln sonderbar groß geworden. Auch ihn untersuchte Bruder Frieder, und kaum zu glauben, auf einmal behauptete meine verheilte Nase, es dufte im Lazarett nach Brathähnchen – mitten in der Fastenzeit!

Eine Hungervision? Oder ein Wunder?

Ja, ein Wunder. Nach der Untersuchung zog Bruder Frieder gebratene Hähnchen aus der tiefen Kuttentasche, und wir alle, auch er selbst, der Spender, sowie Krankenbruder Kerimold und Pater Epiphanius, der sich nach längerem Zögern unter der Decke hervorwagte, machten uns gierig über das weiche weiße Fleisch her.

War ich im Leben jemals glücklicher gewesen? Nein, so ein Geschenk hatte ich noch nie empfangen, vor Freude hätte ich am liebsten gelacht und geheult. Wie ein Raubtier riss ich von den Knochen die Fetzen ab, und als ich sah, wie Caruso, der eben noch geweint hatte, selig an einem Schenkel nagte, war ich überzeugt, Bruder Frieder wäre tatsächlich ein Heiliger, ein Heiliger schon zu Lebzeiten – der würde uns gesund machen.

Nun zog er auch noch eine Flasche Schnaps aus der Kutte und erklärte mit einem liebenswürdigen Schmunzeln:

»Meine lieben jungen Freunde, der Schnaps ist für euch. Ich habe vor der Madonna das Gelübde abgelegt, nie mehr zu trinken. Nie mehr!«

Er drückte mir die Flasche in die Hand, ich nahm einen Schluck – und fuhr zusammen. Es war ein Selbstgebrannter, der mir den Rachen verätzte, so scharf war er – wie ein Feuerstrahl. Der Drache!, fuhr es mir durchs Hirn. Im Stift war nicht nur der Blinddarm ansteckend, sondern auch der Wahn. Der Wahn des Epiphanius, der im Frieder eine geschuppte Riesenschlange sah – mit vier riesigen Tatzen, einem gezackten Kamm auf dem Rücken, hornigen Augenbrauen und einer lodernden Zunge – befiel auch mich. Ich übernahm die Vision des Elektrogeschockten. Was ihm die Irrenärzte beschert hatten, bescherte mir das Fieber. An meinem Bett hockte ein urweltliches Ungeheuer – Bruder Frieder hatte sich zur Kenntlichkeit entstellt. Jetzt sah ich ihn, wie er wirklich war. Und begriff: Der Drache ist gekommen, um dich über den Roten Diamanten auszuhorchen.

Auch Kerimold und Epiphanius erhielten eine Flasche, dann schickte Frieder sie in den Vorraum hinaus und sagte zu mir: »Schau, Junge, da hab ich eine Blutwurst für dich!«

Wie ein Zauberer zog er eine Kette praller violetter Würste aus der Tasche.

»Lieber noch einen Schluck«, sagte ich.

»Dann trink, Junge, der Schnaps tut dir gut. Als ich in Stalingrad war, hat der Schnaps Tote zum Leben erweckt. Trink!«

Ich trank.

Bruder Frieder drückte mit dem gewaltigen Daumen den Korken auf die Flasche und ließ sie in der Kuttentasche verschwinden. Pater Epiphanius und der Krankenbruder erhielten die Wurstkette zugeworfen, dann schloss der Drache die Tür zum Vorraum, lehnte sich mit dem breiten Rücken dagegen und sagte, als wäre er, der gar nichts getrunken hatte, keinen einzigen Schluck, doch ein bisschen angesoffen: »Ein Lauer war der Frieder nie!«

Im Herbst 1942 war er nach Russland versetzt worden, zur 6. Armee, die im Kessel von Stalingrad festsaß. Geholt hatten sie ihn als Feldmetzger, aber Fleisch gab es nicht mehr, nicht einmal für Offiziere, und wenn eines der ausgemergelten Pferde umkippte, wurde es von den verhungernden Landsern sofort ausgenommen – noch bevor es krepiert war. Dennoch hatte der Metzger viel zu tun. Die Lazarettärzte starben an der Ruhr oder am Typhus, und so beförderte man ihn erst zum Amputationsgehilfen und im Januar '43, als die Not immer größer wurde, zum Chirurgen. Säge, Messer und Hackebeil waren seine Instrumente, und mit einer Rosenschere, die er in einer zerschossenen Gärtnerei ausgegraben hatte, zwackte er Glieder ab, erfrorene Finger, Nasenspitzen, Zehen und Penisse, die aussahen wie Zwetschgen. Dann ging's in die Gefangenschaft, und schon nach wenigen Wochen waren sie unter einer bleiernen Wolkendunkelheit nur noch ein winziger Zug von Verlorenen, die sich dem Eismeer entgegenschleppten. Es folgten Jahre hinter Stacheldraht, irgendwo am nördlichen Rand der Welt, sommers in Mückenstürmen, winters in der Polardüsternis. Bei einer Epidemie wurde der Metzger in die Grube geworfen, mit Ätzkalk überschüttet und in den Listen abgehakt, worüber er, wie er lächelnd meinte, nicht unglücklich war: Nun hatte sein Leiden ein Ende.

»Ich starb einen guten Tod«, sagte Bruder Frieder schmunzelnd, »und dass ich wieder lebe, wie der arme Lazarus, hat die Stimme über mich verfügt.«

»Was für eine Stimme, Bruder Frieder?«, fragte der kleine Caruso.

»Sie befahl mir, aus der Grube zu kriechen, mit der Rosenschere den Stacheldraht zu zerschneiden und den Heimweg anzutreten, den Weg zur Schwarzen Madonna.«

»Tatsächlich?«, wunderte sich Caruso, »die Stimme hat Sie quer durch Russland in die Schweiz geschickt, nach Maria Schnee?«

Ja, sieben Jahre nach dem Ende des Weltkriegs war er an der Abteipforte als ein zum Gespenst abgemagerter Pilger erschienen, als »Russlandheimkehrer«. Er hatte auf den Knien um Aufnahme in den Orden gebeten und bereits an der Pforte eine lange, von schrecklichen Kriegserlebnissen strotzende Beichte abgelegt. Pater Maria Epiphanius, damals der Dekan des Klosters, wollte den Fremden nicht aufnehmen, aber der Konvent, der bei seinen Sitzungen den Beistand des Heiligen Geistes erflehte, war schließlich bereit, dem ehemaligen Gefreiten der Deutschen Wehrmacht und Häftling in sowjetischen Lagern eine Probefrist einzuräumen – das Kloster brauchte dringend einen Metzger.

»In meiner Zeit als Bruder Schlachter«, schwärmte er jetzt, »hab ich für mich und die Gesellen unter der Fleischküche einen Partykeller eingerichtet. Ha, und was haben wir gefeiert, die Gesellen und ich – mit Schnaps und Fleisch und Würsten! Die Barhocker hab ich mit Kuhfell bezogen, und die Plattensammlung war vom Besten, Freddy Quinn, Caterina Valente, Drafi Deutscher, ›Marmor, Stein und

Eisen bricht‹, herrlich. Aber dann wurde der Bruder Frieder Präfekt, und da hat er eingesehen, dass er dem Schnapsteufel entsagen muss, sonst entgleitet ihm die Herrschaft, und ihr glaubt es nicht, Jungs: Der Bruder Frieder hat's geschafft. Er hat dem Schnapsteufel ein Apage! zugerufen, dann soff er zwei Liter Weihwasser, der Teufel verkroch sich in einer Mauerritze, und wer war die erste Gratulantin? Die Madonna. Seither ist er clean, der Frieder, und er wird das Gelübde halten, die Kraft dazu hat er, freuen wir uns. Aber.« Die Flasche tauchte aus der Kuttentasche wieder auf. »Aber der Verein war zu viel!«

»Was für ein Verein, Bruder Frieder?«

»Nie davon gehört? Das Singvögelchen auch nicht?«

»Nein«, rief Caruso.

»Ja seid ihr denn nicht mehr von dieser Welt, Jungs? Eure Mütter haben sich zu einem Verein zusammengeschlossen. Sie nennen sich die ›Progressiven Mütter‹, und wisst ihr, was die verlangen? Einen Apfel!«

»Einen Apfel?«

»Ja, einen Apfel. Einen täglich, für jeden Zögling!« Bruder Frieder, triefend von Schweiß, betrachtete voller Gier die Flasche, drückte sie mir dann schnell in die Hand. »Trink! Weg mit dem Zeug! Wenn ich diese Flasche sehe, dann … nein, das Gelübde hält, die Madonna hilft.« Er wischte sich mit dem Kuttenärmel über das rote Gesicht. »Die Progressiven Mütter glauben doch tatsächlich, ihr bekommt nicht genug Kalorien. Dabei melkt der Frieder aus jedem Kuhschwanz das letzte Gramm Fett heraus. Er lässt die Gesellen die Hörner zermahlen, damit wird die Suppe gewürzt, und wie man einen Gaul ausnimmt, hat der Frieder im Kessel gelernt, ihr habt es gut, ihr verwöhntes Pack! Keiner von euch hat jemals Ratten- oder Katzenfleisch gefressen, wir sind nicht im Kessel, euer Präfekt hat immer dafür gesorgt, dass ein anständiger Fraß auf die Tische kommt. Und jetzt das! Täglich einen Apfel, einen für jeden Zögling. Die Flasche her! Nein, weg damit, und wisst ihr, was für mich das Bitterste ist?« In Bruder Frieders Augen traten Tränen. »Jetzt wollen die mich zu einer Progressiven Mutter ehrenhalber ernennen. Ist es zu fassen? Progressive Mutter ehrenhalber – der Frieder! Wenn die nicht endlich Vernunft annehmen und diesen verdammten Apfel, einen täglich, einen für jeden Zögling, zurücknehmen, dann werde ich mein Bündel packen und auf einem Esel in Rom einreiten, mit klingender Gitarre – die moderne Volkskirche hat für einen Heiligen bestimmt Verwendung.«

Er nahm mir die Flasche aus der Hand, stierte sie sehnsüchtig an, und von der niederen Stirn rollten dicke Schweißperlen über das rote Antlitz. »Täglich einen Apfel, einen für jeden Zögling, nein, da macht der Frieder nicht mit«, schimpfte er. »Da steigt er aus. Er hat euch den Laden zusammengehalten. Er ist der Psychopompos und der Katechon, mit dem heiligen Bruder Frieder geht Maria Schnee nicht unter, das hab ich den Mitbrüdern garantiert. Aber eins sage ich euch …«

Wurde er schwach, nahm er einen Schluck?

»… alles lass ich mir nicht bieten. Irgendwann hat die Nibelungentreue ein Ende.«

Und mit der Vehemenz einer heiligmäßigen Kraftnatur reichte er die Flasche wieder mir: »Da, Junge, nimm! Wenn du dem Frieder den Schnaps wegsäufst, tust du ein gutes

Werk. Der Himmel wird dich belohnen. Gelt, Muttergottes, Ihr belohnt ihn?«, sprach er zu den leuchtenden Neonröhren hinauf.

Irgendwo da oben wurde genickt. Und so trank ich. Und schon nach wenigen Schlucken war ich besoffen – zum ersten Mal im Leben. Die Kalkulation des Obersten ging auf. Der Bruder Frieder, ein heiliger Gefreiter aus dem Weltkrieg, machte mich zum Mann. Zu einer Vase, die man abfüllen konnte. Draußen im Vorzimmer sangen Pater Epiphanius, der Madonnen-Garderobier, und Krankenbruder Kerimold, der ausnahmsweise das immerwährende Pilgergebet unterbrochen hatte, schwer berauscht das Salve Regina. Der Drache hatte sich wieder an mein Bett gehockt. Er strahlte Hitze aus, stank nach Bock, Weihrauch und Blutwürsten, und fast war ich erleichtert, als er endlich den Satz sprach, den ich die ganze Zeit erwartet hatte: »Junge«, meinte er mit klimpernden blonden Wimpern, »du hast einen interessanten Aufsatz verfasst.«

Darauf noch einen Schnaps!

»Und die Schneewaage«, fuhr er fort, »war eine schlaue Idee. Ihr habt den Bruder Wetter mit dem Schlitten-Max zum Bahnhof dirigiert.« Er grinste breit, tätschelte mit der Pranke meine schweißnasse Wange. »Wer den Bruder Wetter aus dem Turm lockt, der hat natürlich die Absicht, in dessen Abwesenheit den Zwillingsturm zu ersteigen, nicht wahr, Junge?«

Mein Bett war ins Schlingern geraten. Noch einen Schluck, und ich musste mich übergeben. Ich nahm den Schluck.

Der Drache sprach: »Als dann der Uhrenbruder bald

nach eurem Besuch das Zeitliche gesegnet hat, aufgefressen von den Geschwüren unter seinem Turban, war klar: Ihr seid im richtigen Moment bei ihm aufgetaucht. Die Raben umflogen seinen Turm, der Tod rückte näher, er musste das Geheimnis weitergeben, und zwar dem Erstbesten. Sonst wäre der Diamant für immer verloren gewesen.«

Ich, meine ganze Kraft zusammenreißend, auf die Unterarme gestemmt: »Bruder Frieder, wer sagt denn, dass der Uhrenbruder das Geheimnis gekannt hat?«

»*Du* hat es mir gesagt, Junge, in deinem Aufsatz. Wenn der Heilige Stein in der Krone der Madonna steckt, dann liegt es auf der Hand, dass ihn jemand eingelötet hat, und wer könnte das besser als ein Gold- und Feinschmied? Ja, Junge, du hast gute Leser gehabt, tüchtige Exegeten. Der Schluss deiner Legende entspricht der Wahrheit. Die göttliche Mutter trägt den Diamanten auf ihrem Haupt.«

»Typotius hat den Stein in der Krone untersucht.«

»Wunder kann er nicht erkennen, als Naturwissenschaftler.«

»Bruder Frieder, das würde ja bedeuten …«

»Noch einen Schluck, Junge?«

»… dass ich recht habe!«

»Ganz bestimmt hast du recht.«

»Der Diamant steckt in der Krone der Madonna?!«

»Das würde ich nicht unbedingt behaupten«, bemerkte der Drache vorsichtig.

Für einen Moment wurde ich klar, fast nüchtern.

»Bruder Frieder«, stammelte ich, »warum hat man nie einen Fachmann beigezogen?«

»Es war einer da. Ein Diamantenschleifer aus Genf.«

»Und?«

»Fehlalarm.«

»Kein Diamant?«

»Insofern hatte Pater Typotius recht. Was der Experte vorfand, war ein Kristall aus unserem Berg, zum Oval geschliffen, mit einem rötlichen Schimmer.«

»Erlauben Sie, dass ich etwas klarstelle«, nahm der kleine Sängerstar das Wort, im Bett sich aufsetzend. »Eventuell wäre es hilfreich, das Phänomen des Roten Diamanten mit Schrödingers Katze zu erklären.«

»Mit was?«, entfuhr es dem Drachen.

»Mit Schrödingers Katze.«

»Ihr habt nie Katzen gefressen«, fauchte er. »Und was ist der Dank? Bruder Frieder wird zugemutet, dass man ihn zu einer Progressiven Mutter ehrenhalber wählt. Täglich einen Apfel, einen für jeden Zögling!«

»Schrödinger war ein weltberühmter Physiker«, überging Caruso den Einwurf, »und noch bekannter ist seine Katze. Schrödingers Katze, so geht das Gedankenexperiment, steckt in einem Paket. Darin befindet sich auch eine winzige Atombombe, die die Katze mit ihrer Pfote zünden kann. Hat sie es getan, ist sie tot; hat sie es nicht getan, lebt sie.«

»Na also«, sagte Bruder Frieder dumpf. »Entweder ist sie tot oder lebendig.«

»Tertium non datur«, ergänzte ich. »Ein Drittes gibt es nicht.«

»Oh doch«, jubelte Caruso im schönsten Sopran, »oh doch, oh doch. Was drinnen im Paket geschehen ist, können wir Außenstehenden nicht beurteilen. Also?«

Bruder Frieder und ich sahen uns betreten an.

»Ganz einfach«, sagte Caruso, »für uns ist die Katze beides: tot und lebendig.«

»Hä?«, zischte der Drache.

»Vielleicht sind Sie so freundlich und räumen erst einmal mein Gedeck ab, Bruder Frieder. Hat vorzüglich geschmeckt, vielen Dank.«

Das geschuppte Ungeheuer trottete folgsam zu Carusos Bett, wo es stehen blieb, die Nierenschale mit den abgenagten Hühnerknochen in der rechten, leicht zittrigen Tatze.

»Den Abfallkübel finden Sie im Vorraum«, sagte der Sänger und verriet durch einen spitzen Ton, dass er von Starallüren nicht ganz frei war.

»Befehl ausgeführt«, sagte Bruder Frieder, als er zurückkam und im Türrahmen stehen blieb, die Rechte soldatisch an der Schläfe – aber was sage ich, es waren viele Schläfen und viele Rechte, und die mit weißen Laken bedeckten Betten sausten wie Waggons einer Berg- und Talbahn an der weißen Wand entlang.

In einem der Waggons saß aufrecht Caruso. Der Zug hielt.

Er sagte: »Bruder Frieder, warum wurden Sie von der Stimme ausgerechnet hierhergeschickt, nach Maria Schnee?«

»Was für eine Stimme?«

»Die Stimme im Lager am Eismeer. Man hat Sie bereits für tot erklärt. Sie lagen in der Ätzkalkgrube. Da erscholl die Stimme und rief Sie zurück ins Leben. Würden Sie bitte wiederholen, was sie gesagt hat?«

»Hab ich vergessen.«

»Dann erlaube ich mir, Sie daran zu erinnern, dass der Baron Steiner im März 1933 ermordet wurde. Stimmt doch, Sir«, wandte er sich an mich.

»Ja, mit einem Beil.«

»War es vielleicht«, sang der kleine Caruso, »ein Metzgerbeil?«

Eine Weile geschah nichts. Der Drache wankte. Dann stieß er ein Schnauben aus, und dann, nochmals sich aufbäumend, brach er vor Carusos Bettstatt donnernd in die Knie.

»Schuld sind die beiden Prinzen«, winselte der Drache. »Die Prinzen haben uns aufgehetzt. Es war mein erster Einsatz als SA-Anwärter, im März '33. In der Luft lag schon ein Stich Frühling …«

*

In der Luft lag schon ein Stich Frühling in dieser Nacht im Park der Spielbank zu Baden-Baden. Damen in Abendkleidern und Pelzmänteln, Herren im Frack und mit Zylinder schwebten die Stufen herab, ein Concierge winkte den Wagen herbei, Scheinwerfer blitzten durchs Geäst, und wenn sich das Motorengeräusch durch den Park entfernte, war aus dem Innern der Spielbank wieder das Kurorchester zu hören – auch um diese Zeit, weit nach Mitternacht, herrschte in sämtlichen Sälen Hochbetrieb. In den dunstverhüllten Glashauben der Laternen zischelte das Gas; ein naher Teich war in der Dunkelheit ein finsterer Spiegel, umrandet von Schilf Büschen Erlen.

Der nachmalige Bruder Frieder, damals Schlachtergeselle

und SA-Anwärter, war erst während des Ersten Weltkriegs geboren worden, aber jetzt, unter den Nazis, war er zum Glück im richtigen Alter und würde von Anfang an dabei sein. Er trug die braune Uniform mit einem unbändigen Stolz, und es störte ihn nicht, dass der Sturmriemen der Schaftmütze in seinen fleischigen Hals schnitt, im Gegenteil, so merkte er bei jedem Schluck, dass er ein SA-Mann war. Die Lederstiefel, die sie ihm zur Verfügung gestellt hatten, verhalfen ihm zu einer strammen Haltung, einem selbstsicheren Gang und vor allem zu einem sauberen Denken. In der rechten Faust hielt er das Metzgerbeil. Er wartete darauf, dass es losging.

»Achtung, er kommt!«, rief der Rottenführer mit gedämpfter Stimme.

»Meine Herren«, befahlen die beiden Prinzen, »halten Sie sich strikt an die Anweisungen. Zu viel Blut darf nicht fließen.«

Ihm, dem Jungmetzger und SA-Anwärter, waren die Prinzen unsympathisch. Aufgepudelt mit Kosmetika und Duftwassern, rochen sie wie Weiber und hatten den Einsatz als »petite aventure« bezeichnet, als ein »Tête-à-tête mit einem jüdischen Schweinehund«, der die Notlage des Kaisers ausgenutzt habe, um sich den Titel eines Barons zu erschleichen.

Jetzt kam der Baron die breite Treppe herunter, aber für ihn fuhr kein Wagen vor. Ein Portier trug ihm einen großen Koffer hinterher.

»Dich behalt ich vorläufig in der Hinterhand«, flüsterte der Rottenführer zum Anwärter. »Wahrscheinlich kommst du nicht mehr zum Einsatz.«

Der Baron war zwischen die Bäume getreten, und behutsam, als befände sich eine zerbrechliche Fracht im Koffer, legte er diesen im Schein einer Gaslaterne ins Gras und ließ die Schlösser aufschnappen.

»Steckt das Raubgut im Koffer?«, fragte der SA-Anwärter den Rottenführer.

»Dummkopf«, gab der Rottenführer flüsternd zurück. »Dann wüssten wir ja, dass er den Diamanten bei sich hat. Dann wäre unsere Aktion nicht nötig.«

»Im Koffer hat er seine Requisiten«, erklärte ein Nebenmann, ebenfalls ein Schlachtergeselle. »Der Baron tritt im Varieté der Spielbank als Zauberer auf.«

»Nicht mehr lang«, fügte ein älterer SA-Mann hinzu. »Mit den jüdischen Sauereien wird jetzt aufgeräumt, das sind wir dem Führer schuldig.«

Und wieder der Nebenmann, grinsend: »Der Baron ist darauf spezialisiert, einer Zuschauerin das Seidenhöschen unterm Rock hervorzuzaubern, aber dazu braucht er seine Finger. Oder fangen wir mit den Ohren an, Rottenführer?«

»Es wird nicht nötig sein«, ließen sich die Prinzen vernehmen. »Die Juden sind schrecklich verweichlicht. Wenn der Baronisierte eure Instrumente erblickt, singt er wie ein Vögelchen.«

»Wollen's hoffen«, sagte der Rottenführer. »Auf einer Linie vorrücken, los!«

Der Baron saß mit weiß geschminktem Gesicht, Augen voll trauriger Würde und einem schwarzen Prophetenbart auf der Parkbank und schien die SA-Rotte, die aus dem Dunkel heranschlich, nicht zu bemerken. Aus dem Koffer, der aufgeklappt zu seinen Füßen lag, flatterten zwei Tauben auf, und nachdem er kurz mit dem Koffer gesprochen, aber offenbar nicht die erwünschte Antwort erhalten hatte, griff der Baron hinein und hob mit dem weißen Handschuh ein Kaninchen am Genickfell heraus. Er setzte es auf der Wiese ab – worauf das Kaninchen, als hätte es die Jäger gewittert, unter die Büsche hoppelte.

»Ja, hast du denn keinen Hunger«, rief ihm der Baron hinterher, »was ist denn in dich gefahren? He, wo willst du hin? Bleib hier …«

Dann ging alles sehr rasch. Dem Zauberer flog der Zylinder vom Kopf, im Fallen stieß er einen unterdrückten Schrei aus, Äste knackten, Messer blitzten.

»Touché!«, riefen die Prinzen, ein Pfiff gellte, vom Parkplatz näherten sich Gestalten, Schatten stürzten durch die Büsche, und schon war es im nächtlichen Park wieder so friedlich wie zuvor. Über die breite Treppe schwebten die Herrschaften auf die Wagen zu. Das Kurorchester spielte einen Walzer. Nah plätscherte ein Springbrunnen. Aus einer Baumkrone ließen die Tauben, die dem Zauberkoffer entstiegen waren, ein würgendes Gurren hören. Irgendwo im Gebüsch würde das Kaninchen hocken, und wenn er es erwischte, dachte der SA-Anwärter, würde er vom ersten Einsatz wenigstens nicht mit leeren Händen zurückkehren. Da sah er die Blutlache – sie glänzte im Laternenlicht wie Stiefelwichse. Der Baron hockte daneben und presste seine Hand, um die er ein Tuch gewickelt hatte, an die Frackbrust. Vermutlich hatten sie ihm, wie vor dem Einsatz besprochen, die Finger gebrochen.

Breit und schwer und groß stand der SA-Anwärter in den finster glänzenden Stiefeln vor dem Baron. Er würde ihn zum Sprechen bringen, er, der Neuling, und gleich für seinen ersten Einsatz einen Orden bekommen.

»Wo hast du den Diamanten versteckt, Judenschwein?«

»Der Rote Diamant«, sprach der Baron und sah zum Sturmriemen auf, der hoch oben in den Hals einschnitt, »ist bei der Schwarzen Madonna zum Schnee.«

Da sauste etwas Blitzendes herab, ein Metzgerbeil …

… und der Bruder Frieder brach an Carusos Bett zusammen.

»Mein Engel«, schrie er schluchzend, »auf den Frieder wartet die Hölle.«

*

Am Tag nach Bruder Frieders nächtlichem Auftritt wurde uns zugetragen, ein Verehrer habe ihm den Selbstgebrannten, die Hähnchen und die Blutwürste zugesteckt, worauf Frieder, der um seine Schwäche wusste, in seiner Not zu uns geeilt war, um hier an seinem Alkoholgelübde festhalten zu können. Er hatte mit seiner Sucht gerungen und war Sieger geblieben, allerdings zu einem hohen Preis. Die Abwehr seiner Gelüste hatte ihn so sehr in Anspruch genommen, dass er wie ein Volltrunkener die Kontrolle über sich verloren und uns die schauerlichsten Dinge erzählt hatte. Oder war es ein Fiebertraum? Hatte sich meine Kenntnis des Falls und Bruder Frieders Beichte zu einem Rauschgebilde verbunden, zu einem Geschehen zwischen Traum und Wirklichkeit?

Der Heilige war unser Präfekt, und Caruso und ich konnten uns einfach nicht vorstellen, dass er sein blutiges

Handwerk an Menschen ausgeübt haben sollte. Oder doch? Vielleicht hatte er es aus Mitleid getan – als Metzger hatte er gelernt, ein Tier nicht unnötig leiden zu lassen, aber der Baron war ein Mensch, kein Ochse, der unterm Hieb ächzend zusammenbrach. Der Fall blieb mysteriös. Ein Croupier der Spielbank, der im Morgengrauen heimkehrte, hatte im taufeuchten Gras eine Fährte bemerkt, Blutstropfen und Hirnflüssigkeit, und war ihr neugierig bis zu einer Leiche gefolgt, die bäuchlings am Ufer eines Teichs lag. In einem aufgeklappten Zauberkoffer voller Damenhöschen kauerte ein Kaninchen, in einer Trauerweide gurrte ein Taubenpaar. Der Frack des Toten war blutgetränkt, und sein Schädel, worin ein Beil steckte, hing zwischen Seerosen ins dunkle Wasser.

*

Ach, trostlos und leer waren die Stunden des Nachmittags – es schneite und schneite und wollte einfach nicht aufhören zu schneien –, aber wenigstens kam hie und da ein Geplauder mit dem ebenfalls fiebernden Caruso zustande. Der Baron, sagten wir uns, hatte nicht nur für die Überführung des Diamanten nach Maria Schnee gesorgt, er hatte offenbar auch als Lockvogel gedient, um die Steinjäger auf eine falsche Fährte zu locken. Was für ein Schicksal! Indem der Baron den Roten Diamanten in Sicherheit gebracht hatte, war er zum Hasen geworden, der von der halben Welt gehetzt wurde, von den Habsburgern, den Bourbonen-Prinzen, der Republik Österreich, der Schweizer Polizei, der SA, von Glücksrittern, Goldsuchern, Gaunern und Spielern. Alle vermuteten sie den Stein beim Baron, was natürlich ein Irrtum war, doch könnte es ein kalkulierter Irrtum gewesen sein, durch Gerüchte gezielt in die Welt gesetzt.

»Sir«, sagte Caruso, »ist Ihnen aufgefallen, an was für einem Tag die Überführung des Diamanten stattgefunden hat?«

»Am 8. Dezember.«

»Das ist ein Hochfest der Gottesmutter: Mariä Empfängnis, Sir, dieses Datum war kein Zufall.«

»An einem Feiertag ruhte die Arbeit.«

»Ja, auch das. Die Klosterleute hatten Zeit, die Operngala zu besuchen«, meinte er, »aber ich möchte auf etwas anderes hinaus. An ihren Hochfesten präsentiert sich die Madonna in Gala. Da trägt sie ihr Rosenkleid.«

»Na und? Auf Befehl des Dämmerers hatte der Uhrenbruder den Diamanten in die Krone eingepasst. Das Kostüm spielte keine Rolle.«

Die Glocke schrillte durch die Internatsgänge, und unendlich weit entfernt von der weißen Stille unseres Saals trappelte der Vasen-Tausendfüßler treppab.

Als es draußen zu nachten begann, sagte Caruso: »Im Sterben sieht man die Dinge in einem anderen Licht.«

»Caruso, du kommst durch! Wir kommen beide durch.«

»Danke, Sir, aber bleiben wir noch beim Baron. Wir sollten die Lösung im Park suchen … am Teich … wo der Baron krepiert ist. Warum diese Mühe, Sir? Warum diese unendliche Mühe in den letzten Augenblicken des Lebens? Können Sie mir das erklären? Der Baron hatte das Beil im Schädel … er war am Sterben …«

»Er wird einen rasenden Durst gehabt haben.«

»Ja, er hatte Durst, einen rasenden Durst, aber ich glaube, es war kein Zufall, dass er den Kopf zwischen die Seerosen getunkt hat. Vergessen Sie nicht, Sir, die Madonna ist die Rosa mystica. Zu ihren Hochfesten trägt sie den Rosenmantel!«

Vom Turm schlug es Viertel nach, und dann – aber da konnte ich mich täuschen – drangen aus der Schneestille die fernen Schleiftöne einer Mundharmonika. ›The Times They Are a-Changin'‹.

*

»Ihre Apostolische Majestät, die Kaiserin!«, verkündete der Pater Zeremoniar und klappte neben dem Portal zu unserem Saal in eine tiefe Verbeugung.

In einer langsamen Prozession zogen sie ein, vorneweg, auf ihren Stock gestützt, die geborene Bourbon-Parma, an ihrer Seite die Gräfin Kerssenbrock, gefolgt von den drei letzten Edlen des untergegangenen Weltreichs: Freiherr Schager von Eckartsau, Oskar Reichel Edler von Erlenhorst und Lajos Fürst Windischgrätz, jeder den Lederhenkel eines weißen Köfferchens im weißen Handschuh, auf dem Deckel das Wappen mit dem Doppeladler, und am Schluss, nicht minder vornehm, Graf Erdödy, der letzte Oberchauffeur, sowie Wenzel Hornyak, der ehemalige Linienschiffsleutnant im eleganten blauen Mantel mit der Doppelreihe der goldenen Knöpfe.

Die Gräfin, en famille Korffi genannt und seit Urzeiten Zitas Hausdame, trug mit kräftigen Armen einen Sessel heran und war der Majestät behilflich, am Bett des Sterbenden Platz zu nehmen.

Die Majestät, wie ein Vogelkäfig mit schwarzen Schleiern behängt, legte ihre schwarzseidene Hand auf die weiße Decke und sagte: »Mein Kind, mein liebes Kind …«

Aus den Kissen keine Antwort. Große Augen. Der Mund leicht offen.

»Schau«, fuhr die Kaiserin nach einem langen, schweren Schweigen fort, »es ist der Wunsch von uns allen, dass Er bald wieder das Ave-Maria singt, das vom Schubert oder vom Gounod, was Ihm lieber ist.« Sie beugte sich etwas vor und bekannte flüsternd: »Der Kaiser, Gott hab ihn selig, hat einmal der Zuckerkandl bei einem Souper ins G'sicht hinein g'sagt, das Ave vom Schubert wär höher einzuschätzen als das vom Gounod. Der Zuckerkandl! Dabei war die eingestandenermaßen das böseste Schandmaul von ganz Wien und erst noch eine Schwester der Madame Clemenceau, was dann ja prompt zu der Intervention durch den Abbé Chaumont g'führt hat, net wahr, Korffi?«, piepste es aus dem verschleierten Vogelkäfig zur Gräfin hinauf. Und wie seit Jahrzehnten, wie im Kadettenlazarett an der Isonzofront oder auf dem verlassenen Flugfeld von Ödenburg, war die Hausdame für die Majestät auch bei der Visite im Knabenlazarett der sichere Halt, der Fels in den Fluten des reißenden, zum Abgrund drängenden Zeitstroms. Das Kreuz durchgedrückt und auf dem hocherhobenen Haupt das Samtbarett mit den Adlerfedern, stand sie im Rücken der Kaiserin und sagte, was sie immer sagte: »Aber gewiss doch, Majestät.«

»Es druckt mir's Herz ab, Korffi. Kann Sie denn gar nichts tun für das arme Buberl?«

»Die Fieberkurve verrät signifikante Schwankungen«, stellte die Gräfin fest. »Bei den Kadetten, wie sich Majestät bestimmt erinnern, haben wir ähnliche Fälle gehabt. Vielleicht wäre es unter den obwaltenden Umständen nicht ganz falsch, der Präfektur gegenüber die Empfehlung anzudeuten, dass möglicherweise ein kompetenter Arzt …«

»Das Nesselfieber«, rief eine heisere Stimme aus dem Hintergrund, »haben uns die Senegalesen eing'schleppt, die Senegalesen und die Turcos!«

»Pst!«, gebot die Gräfin, aber Graf Erdödy war nicht mehr zu bremsen.

»Das Blut«, rief er, »ist vom Monte San Gabriele in Bächen herab'kommen, und das verwesende Fleisch war dann halt zugegebenermaßen ein Leckerbissen für die Ratten. Kahl waren's, die Biester, schrecklich auf'dunsen.«

»Gas-Ratten«, bemerkten die Edlen, »Front-Ratten!«

Die Kerssenbrock verdrehte die Augen.

»Meine Teuerste, es war doch alles voller Dreck«, ereiferte sich der Graf, »die totale Schlamastik! Aber heldentapfer ist die Majestät bei den Kadetten bis ganz nach hinten 'gangen, dort wo die Jüngsten lagen, die Zwölf- und Dreizehnjährigen …«

Die Herren folgten dem Blick des Grafen, und fast hätte man meinen können, dort hinten liege nicht Pater Epiphanius, sondern ein junger Kadett, der die Decke an die Nase zog, in den Augen das pure Entsetzen, als sei das Lazarett voller Gas-Ratten, und auf einmal kam es mir vor, als wären wir in einer Art Muschel eingeschlossen, einer Muschel aus Glas, die uns mit dem Rauschen einer längst vergangenen Zeit umgab. Die fünf uralten Herren hielten bei vorgebeugtem Oberkörper die Hand hinters Ohr, und es war ihnen anzusehen, dass sie den Donner ihrer Schlachten vernahmen, das Röcheln der Sterbenden, das Pfeifen der aufgedunsenen Gas-Ratten. Ich tat es ihnen nach, hängte mein Ohr an das wehmütige Summen und fand es ganz natürlich, dass die Muschel auch die Ladenhöhle von Svatopluk & Kohn enthielt, wo Sender Katz, unser Urahn, gerade die Pelzmütze und den Galizier erstand. An den Wänden der Ladenhöhle hingen Fuchsschwänze und Hasenfelle, es roch nach Tier, Gerberlauge und verbrannter Milch, im Hintergrund balgte ein Haufen Kinder, und die Mamma, an jeder Brust einen Säugling, schimpfte jiddisch …

Plötzlich ein Klirren, als wäre die Muschel geplatzt, und durch die Saaltür schob Krankenbruder Kerimold seinen Servierwagen mit den Medizinfläschchen und Fiebermessern in den Saal. Alle sahen ihm entgegen, auf das Tanzen der langsam sich nähernden Fläschchen starrend und … mein Gott, was funkelte da? Worauf konzentrierten sich die Monokel und Brillen und das Opernglas der Gräfin Kerssenbrock?

Der kleine Caruso, vom Klirren und Klingeln geweckt, nahm verwundert das Panoptikum wahr, das seine Bettstatt umgab. Rechts von sich hatte er die Edlen und links die Kaiserin sowie, in dominierender Positur, die Gräfin. Caruso hob ein wenig den Kopf und beobachtete, wie der Servierwagen direkt vor dem Fußgitter seiner Bettstatt zum Stehen kam. Wenzel Hornyak, der greise Seeleutnant im piekfeinen blauen Mantel, hielt sich mit der rechten Hand am Fußgitter fest, sank zittrig auf das Knie und tastete die Unterseite des Tabletts ab, sicherheitshalber, es wäre ja möglich, dass die anarchistischen Meuchelmörder wieder zuschlugen, wie damals, im Sommer 1914, in Sarajewo.

Die Kaiserin streckte die weiße Nase wie einen Schnabel aus den schwarzen Tüchern hervor und fragte: »Hat Er einen Wunsch, den Ihm die Kaiserin erfüllen kann?«

»Ja«, sagte Caruso, »bitte um den Hustensaft. Es ist die rote Tinktur.«

»Einen oder zwei Löffel?«

»Einen«, sagte Caruso, »zwei, wenn ich bitten darf, für meinen Freund.«

Die Kaiserin, als Rotkreuzschwester ausgebildet und aus dem Ersten Weltkrieg erfahren im Lazarettdienst, gab uns den Löffel ein, ohne dass ein Tropfen danebenging. Dann erhob sie sich, auf den zitternden Stock gestützt, mühsam, und mir wurde bewusst, dass sie auf das rötlich funkelnde Kristallfläschchen überhaupt nicht reagiert hatte. Die Kaiserin schien den Diamanten aufgegeben zu haben, und wenn es uns Zöglingen nicht gelang, den Code des Enigmas zu knacken, würde er in jener Muschel, die vorhin kurz aufgetaucht war, aber sonst am Grund der Zeiten lag, für immer dem Vergessen anheimfallen.

*

»Du, Caruso«, fragte ich leise, »hast du schon …?«

»Ja, Sir«, kam aus dem Dunkel der Nacht die scheue Antwort, »bei uns in Afrika fängt das Leben früher an.«

»War's schön?«

»Durchaus«, sagte er müd. »Eine angenehme Erinnerung.«

Der neue Uhrenbruder hatte die Zeitmaschine geölt, sie lief wieder, aber der Schnee dämpfte die Schläge. Viertel vor. Bald ein Uhr nachts. Mir war, als fielen die Flocken auch hier drinnen, und mit Schrecken dachte ich an Scotts Gefährten, die nach dem Verzehren der letzten Nahrungs- und Ölvorräte aus dem Zelt gekrochen waren, damit ihnen die wütenden Eiswinde der Polarnacht den Todeskampf abkürzten.

»In Afrika«, sagte ich, »ist es jetzt warm.«

»Ja, Sir. Am Äquator gibt es keinen Winter.«

»Du bist ein wahrer Glückspilz«, rief ich zu ihm hinüber. »Du hast die Welt gesehen. Du kennst den Urwald. Wer dich singen hörte, wird es nie mehr vergessen. Jetzt hat dich auch noch die Kaiserin besucht …«

»Und der Stein, Sir, der Stein!«

»Du weißt, wo er ist?« Ich stemmte mich auf die Ellbogen. »Caruso, dann sind wir reich! Wir fliegen nach Afrika! Du wirst mir dein Mädchen vorstellen. Gin, hab ich mal gehört, ist gut gegen das Fieber … nichts für den Drachen natürlich … ein Schluck und er wäre … Caruso?«

*

In der Morgenhelle entnahm Subpräfekt Walafried den Spinden im Vorzimmer Carusos Kutte und die Sandalen, die schon bald in den Fluren weiterwandeln würden. Krankenbruder Kerimold, der heute etwas lauter und schneller betete, als hätte der Tod des Jungen seine Batterien aufgeladen, wusch den kleinen Leib mit Seifenlauge. Dann zog er ihm, noch bevor er steif wurde, die persönlichen Sachen an: Hemd, Pulli, Regenmantel, auch die Schuhe, denen er die Bändel entnahm, um damit eine neue Fiebertabelle auszurüsten. Die Kartons, begriff ich, waren mit Schuhbändeln hier verstorbener Zöglinge an die Fußleiste der Eisenbetten geknüpft.

Um halb neun, als es in den Gängen zur ersten Schulstunde läutete, legten der Bruder Schreiner und der Bruder Totengräber die kleine Leiche in den Sarg. Ich wollte mich von Caruso verabschieden und stellte zum ersten Mal seit langer Zeit meine Füße auf den Linoleumbelag. Die Sargträger, ohne dass ich sie darum bitten musste, blieben stehen, die Häupter mit den schwarzen Kapuzen tief gebeugt. Ich legte dem Toten meine Hand auf die Stirn. Bereits kalt. Marmor. Der Katholizismus baut.

Als ich mich vergewissern wollte, dass der Galizier unter meiner Bettstatt lag, sah ich im Belag eine Spur … lauter winzige Punkte … von der Stahlspitze des Stocks Ihrer Majestät in das Linoleum gestochen! Ich nahm es als gutes Zeichen. Die Spur der Kaiserin und die Spur meiner Maman, die mit ihren Spitzenabsätzen den Boden der Präfektur punktiert hatte, gehörten irgendwie zusammen, und wäre es da nicht möglich, dachte ich, während es mir schummrig wurde, dass ich dieser Spur entlang zurückfand ins Leben?

*

Pater Maria Epiphanius, der Garderobier der Madonna, kehrte erst gegen elf vom Dienst zurück und berichtete, wie Ihre Majestät in der eigens für sie geräumten Kathedrale zur Madonna gebetet hatte.

»Heute trägt sie ihr Festkleid«, sagte der kindische Pater mit einem verschmitzten Kichern.

»Ihr Festkleid?«

»Mit den Rosen!«

»Dann trägt sie das Rosenkleid nicht nur an Mariä Himmelfahrt und an Mariä Empfängnis?«

Epiphanius nickte, das Haupt leicht schräg, die Hände à la Dürer aneinandergelegt, ein Bild der frommen Einfalt. »Ja«, sprach er, »das verlangt das Protokoll. Ihre Majestät empfangen wir im Rosenmantel.«

Suchen wir die Lösung am Teich, hatte der sterbende Caruso gesagt, doch war mir schleierhaft, wie sich der verblutende Baron und die Madonna im Rosenmantel logisch verbinden ließen. Allein, das wurde mir an diesem traurigen Morgen klar, kam ich nicht weiter, ich musste die weiße Hölle des Lazaretts endlich verlassen und Kontakt zu Viper aufnehmen. An einem Morgen im späten Mai, da auf der Südseite der Dächer die sulzigen Schneemassen donnernd in die Tiefe fuhren, verließ ich mit dem Galizier, der mir unendlich schwer an der Hand hing, den weißen Saal.

*

Viper hatte während meiner Abwesenheit weiter an der Miniatur-Gnadenkapelle gewerkelt, und verblüfft stellte ich fest, wie selbstverständlich, ja geradezu dreist sich die ganze Bande in der realen Kapelle bewegte. Sie stellten Leitern an die Wände, vermaßen die Statuen, zeichneten die Stuckaturen ab, und in einem günstigen Moment, davon war ich überzeugt, würde Viper die Mittelzacke der Madonnenkrone unter die Lupe nehmen und auf eine legale, gar von Bruder Frieder geförderte Weise die Identität des Diamanten feststellen – oder die Nicht-Identität.

Offensichtlich waren sie aber nicht darauf erpicht, das Modell fertigzustellen, eher im Gegenteil. Mir war klar, weshalb: Die Gabe sollte der Kaiserin erst dann überreicht werden, wenn der Coup bis ins Letzte vorbereitet war. Aber der Hauptgrund für das langsame Entstehen der Kapelle auf den Pingpongtischen im Reksaal war der Ewige Tag. Was war, wird sein; was sein wird, war – das widersetzte sich dem Fortschritt. Jedem Fortschritt. Es verlangsamte. Es brachte alles, was da wachsen und werden wollte, in die Nähe des Stillstands. Auf ein Jahr mehr oder weniger kam es im Ewigen Tag nicht an, schließlich wiederholte sich auch der Besuch der Kaiserin, und jeder Besuch, das konnte ich bestätigen, brachte neue Erkenntnisse.

Fakt war, von mir beobachtet: Bei ihrem letzten Besuch hatte Ihre Majestät das Kristallfläschchen auf dem Servierwagen ignoriert – als hätte sie den Roten Diamanten längst ins Vergessen absinken lassen. Oder war es gerade umgekehrt? War sie auf das rötlich strahlende Fläschchen nicht hereingefallen, weil sie wusste, dass sich ihr Juwel in der Krone der Schwarzen Madonna befand? Aber dann müsste der *echte* Stein in der Krone stecken, und verdammt nochmal, in diesem Fall hätten Pater Typotius und der Genfer Experte die Echtheit bestätigt. Und das hatten sie nicht. Und waren ihrer Sache sicher: Kein Diamant in der Krone, lautete ihre Diagnose, Punktum.

*

»Auf dem ersten Platz hat sich gehalten …«

»Primus Lenin!«

»Auf dem letzten Platz verbleibt …«

»Ultimus Nebel!«

»Im Reich der Mitte siedelt weiterhin …«

»Viper«, brüllte die Klasse.

Ja, sie brüllte, denn der einst Geschmähte war mittlerweile beliebt. Dank ihm waren wir die Klasse, die zum Entzücken des Präfekten die Gabe für die Kaiserin fabrizierte, und manch einer, der Viper früher geschnitten hatte, lächelte ihm jetzt freundlich zu – sofern sich mal die Gelegenheit dazu ergab. Meistens hatte man ja nur eine Rückseite vor sich, einen ausrasierten Nacken, die mit Schuppen bestreuten schwarzen Schultern.

*

Es war Anfang Juni, in der Tauwetterperiode, da auch auf der Ostseite vor den Fenstern ganze Tropfengirlanden niedergingen. Wir Zöglinge spürten den Frühling, und der Erste, an dem wir unsere Säfte auslebten (wie könnte es anders sein) war der feinsinnige Erlebald, unser Latein- und Griechischlehrer. Die Klasse hatte gefordert, dass er das 17. Kapitel aus Plutarchs Schrift ›Vom Untergang der Orakel‹ behandelte, und Erle, glücklich über unser Interesse, erfüllte die Forderung.

Plutarch berichtet in diesem Kapitel eine sonderbare Begebenheit. Als ein Schiff, das unter dem Kommando des ägyptischen Kapitäns Thamus stand, an der Insel Paxoi vorbeisegelte, rief eine Stimme vom Ufer her: »Thamus,

Thamus, wenn du gegenüber Palodes kommst, so verkünde dorten, der Große Pan ist tot!« Auf dem Schiff erschraken sie und berieten aufgeregt, ob sie den Auftrag ausführen sollten. Schließlich fasste Thamus den Entschluss, bei Wind an der Insel vorüberzufahren, hingegen bei Windstille zu melden, was er gehört hatte. Als man gegenüber Palodes ankam, war weder Wind noch Wellengang, also stellte sich Thamus an die Reling und rief zum Land hinüber: »Der Große Pan ist tot!«

Tiefe Stille. Nur das leise Schnalzen der Wellen war zu hören, das Knarren der Seile, das Ächzen der Spanten, aber dann erhob sich drüben auf der Insel ein rasch anwachsendes Wehgeschrei, vermischt mit Ausrufen des Entsetzens: »Der Große Pan ist tot, der Große Pan ist tot!«

»Der Tod des Großen Pan«, legte Pater Erlebald den Plutarch mit altbewährter Gewissheit aus, »trat bekanntlich unter der Herrschaft des Kaisers Tiberius ein, also in der Zeit des Erscheinens Christi. Der Ruf, der dann von Insel zu Insel eilte, wurde von der Kirche als Symbol für den Untergang der heidnischen Antike gedeutet, denn ein neuer Gott hatte die Herrschaft über den Erdkreis angetreten: Jesus Christus, der Auferstandene. Noch Fragen, meine Herren?«

»Nein«, versetzte Primus Lenin, in der Bank sich erhebend, beide Hände aufgestützt, etwas vorgebeugt, wie ein Ankläger, »aber eine Anmerkung. *Wir* entnehmen dem Plutarch eine andere Botschaft. Uns sagt dieser Text, dass die Götter sterblich sind. Wie alle Lebewesen. Jetzt ist Ihr Gott an der Reihe.«

Und Nebel, sonst kaum je geistig anwesend, blies auf der

Mundharmonika die Melodie, die im fernen Kalifornien Tausende von Hippiebräuten in die Ekstase trieb: Bob Dylans ›The Times They Are a-Changin'‹.

*

Eines Nachts traf ich in der Bauhütte im Dachstock der Kathedrale die vollständig versammelte Bastelgruppe an: die Genossen Viper, Alpha Dickie, Clown Giovanni, Beau, Primus Lenin und (bekifft) Ultimus Nebel.

»Hallo, Leute!«

»Hallo, Nase«, sagte Viper. »Du kommst zu spät. Wir haben die Sitzung gerade beendet.«

»Darf ich fragen, was zur Debatte stand?«

»Die Verteilung der letzten Arbeiten am Modell der Gnadenkapelle. Vielleicht freut es dich zu hören, dass wir während deiner Absenz erfreuliche Fortschritte erzielt haben.«

Das freue mich tatsächlich, erklärte ich, und erst jetzt fiel mir auf, dass hinter dem Vorhang aus Kartoffelsäcken, die das Klosett verbargen, das brüchige Licht der 10-Watt-Birne schimmerte. Die Spülung rauschte. Der Vorhang öffnete sich …

Ich fuhr zusammen.

»Hallo, Baron«, hauchte Rose.

Die von zwei Stearinkerzen beschienenen Gesichter der Genossen zeigten ein hämisches Grinsen.

»Tja, mein lieber Baron«, versetzte Viper süffisant, »ich fürchte, du bist uns eine Erklärung schuldig.«

Das Mädchen, das so wenig in dieses Haus gehörte wie

ein Fuchs in den Hühnerstall, legte sich in lasziver Pose auf die Pritsche und machte meine Verwirrung komplett. Die Lippen geschminkt, das Haar im Afrolook, mit Henna kupferrötlich gefärbt. Minirock, schwarze Netzstrümpfe, mit Nieten beschlagene Cowgirl-Stiefel.

»Genossen«, sagte ich, mich räuspernd, um eine feste Stimme bemüht, »die Camouflage als Baron war nötig, um an eine wesentliche Information heranzukommen. Wie Rose bezeugen kann, war ich damals hinter einer wichtigen Sache her.«

»Hinter dem Roten Diamanten?«, scherzte Clown Giovanni.

»Hinter dem Baron Steiner«, sagte ich kühl. »Ich habe die Umstände seines Todes recherchiert.«

»Darüber wissen wir Bescheid«, zischte Viper. »Primus Lenin?«

Und der, wie aus der Pistole geschossen: »Ermordet im März 1933, im Park der Spielbank Baden-Baden.«

»Es war eine SA-Rotte, bestehend aus lauter Metzgern«, spielte ich meinen Trumpf aus. »Erschlagen hat ihn allerdings nur einer, damals Schlachtergeselle und SA-Anwärter …«

»Ich nehme an«, spöttelte der Clown, »Nase hat sogar seinen Namen herausgefunden. Na, wie hieß er denn, der Mörder?«

Der linke Arm von Rose lag dekorativ auf ihrer Hüfte. Sie lächelte nicht, doch schob sie ihre Zähne verführerisch über die Unterlippe, und da war sie wieder, die Lücke, also nichts, aber das Nichts, würde Pater Evenus sagen, war die Vollkommenheit – in diesem Spalt war all mein Begehren und Wünschen und Sehnen. Ich liebte Rose noch immer, und ums Haar hätte ich den Genossen vor den Latz geknallt, was ich über Frieders Kriegstaten wusste – Rose zuliebe. Sie litt darunter, wie der Präfekt ihren Bruder behandelte, den armen Subpräfekten Walafried, und wenn ich vom Heiligen den Lack abkratzen würde, wenn ich dessen Mörderfratze sichtbar machte, gewänne ich vielleicht die Liebe meiner Liebsten zurück … aber. Aber konnte ich der Erinnerung an jene Nacht im Lazarett wirklich trauen? Ich war besoffen gewesen, abgefüllt mit einem hochprozentigen Fusel, zudem hatte ich hohes Fieber gehabt, fast vierzig Grad, und wie sagt Pascal? Jedes Ding ist zugleich wahr und falsch. Nein, Gewissheit über den Mord am Baron gab es nicht oder höchstens, wie der Uhrenbruder gesagt hätte, zu einem Viertel …

Die Spannung im Raum wurde unerträglich, ich musste irgendetwas sagen, das war mir klar, und wieder einmal war es meine Nase, die im letzten Moment die Lösung fand. Es roch nach Hasch. Sie hatten gekifft. In der Ecke bemerkte ich einen neu installierten Plattenspieler und auf dem Boden vor der Pritsche mehrere Plattenhüllen: Procul Harum, die Beatles, die Stones, Genesis, Françoise Hardy. Ich legte eine der Platten auf, doch bevor ich die Diamantnadel auf die äußerste Rille setzte, sagte ich wie nebenher: »Genossen, stellt euch vor, auch Bruder Frieder hat eine Diskothek.«

»Mach keine Witze«, sagte Clown Giovanni.

»Unter dem Fleischteil der Küche. Die Barhocker hat er mit Kuhfell bezogen, alles sehr chic, die Plattensammlung vom Besten, Freddy Quinn, Caterina Valente, Roy Black.«

Tiefe Stille. Nur das leise Säuseln des Winds war zu hören, das Knarren und Ächzen im Dachgestühl, aber dann erhob sich ein rasch anwachsendes Gelächter, vermischt mit Ausrufen des Entsetzens: »Freddy Quinn! Roy Black! Und … nein … es ist zu grausam: *Drafi Deutscher!*«

Noch lebte der Große Pan, unser Präfekt und Psychopompos, doch in diesem Gelächter begann er zu sterben.

*

Die Erfüllung der Forderung der Progressiven Mütter, täglich an jeden Zögling einen Apfel auszugeben, stellte den Bruder Frieder vor logistische Probleme. Inzwischen bestanden auch die Patres darauf, täglich einen Apfel zu bekommen, und wenn sich Bruder Frieder keinen Ärger mit den Brüdern einhandeln wollte, tat er gut daran, den Apfel gleich an das gesamte Kloster zu verteilen, selbst an die Küchengesellen und Stallknechte. Das bedeutete: Man musste tagtäglich sechshundert Äpfel vorrätig haben, und leider war Max, der Kutscher, der am Tag seiner Erstkommunion zum letzten Mal nüchtern gewesen war, mit der Aufgabe, das von einem Güterzug angelieferte Frachtgut am Bahnhof abzuholen, hoffnungslos überfordert. Tagelang blieben die Kisten auf dem Perron stehen, das Obst begann bereits zu faulen, und erst als niemand mehr daran glaubte, bissen sechshundert glückliche Mäuler krachend in den ersten Stiftsapfel.

Wenige Tage danach zogen wir johlend in die Ferien. Ich erschien zu Mimis Verblüffung nicht allein, sondern mit einem Begleiter. Mein Freund Viper hatte mich gebeten, den Sommer bei uns verbringen zu dürfen. »Dann können wir in aller Ruhe den großen Coup vorbereiten«, hatte er gemeint und lächelnd hinzugefügt: »Du wirst sehen, deine Frau Maman wird mich mögen.«

*

Goldau stand auf dem Klingelschild, und zu kurios, wie Mimi gesagt hätte, ich war im Stift so sehr zur Vase geworden, dass ich das Gefühl hatte, bei wildfremden Leuten zu klingeln. Mimi trat einen Schritt zurück, als hätten wir sie erschreckt.

Viper hatte auf dem Friedhof einen Strauß roter Rosen gestohlen und war übertrieben nobel gekleidet: Borsalino, schwarze Sonnenbrille, Foulard, beiger Regenmantel, italienische Stiefeletten, der linke Absatz etwas erhöht. Mimi fielen gleich die schmalen Hände auf, die langen Finger, die gepflegten Nägel. »Was sind Sie von Beruf«, fragte sie kokett, »Falschspieler?«

»Erraten«, sagte Viper. »Darf ich Ihnen dieses bescheidene Bouquet überreichen? Nase nennt mich übrigens Viper.«

»Ach, und wer ist Nase?«

»Ihr Sohn, Madame. Er hat mich eingeladen, bei Ihnen die Sommerferien zu verbringen.«

»Ah ja, wirklich?«

»Ich bin der Einladung nach einigem Zögern gefolgt«, fügte er hinzu, »Nase war wochenlang krank und hat in einigen Fächern Nachhilfe nötig.«

»Du warst krank?«, fragte Mimi verwundert.

»Nicht weiter schlimm«, bemerkte ich.

»Sie haben ein schönes Haus«, nahm Viper wieder das Wort. »Vielleicht ein bisschen melancholisch, bewohnt von Einsamkeit, jedoch gut in Schuss, wie mir scheint, mit angenehmen Teppichen. So was vermissen wir in der Steinstadt, nicht wahr, Nase?«

»Junger Mann«, bemerkte Mimi süffisant, »könnte es sein, dass Sie sich ein bisschen zu wichtig nehmen?«

»Wissen Sie, wir dürfen kein Gesicht haben. Vasen sollen wir sein, grau in grau.« Viper ließ sich in den Sessel fallen, der in der Abwesenheit des Obersten leer zu bleiben hatte. »Aber in den Ferien wollen wir auch mal unser Ego krachen lassen. Spielen Sie Flöte?«

»Mimi spielt Klavier«, sagte ich.

»Schade. Würde deine Maman Flöte spielen«, sagte Viper, »könnte sie eine Schlangenbeschwörung versuchen.«

»Wie stellen Sie sich das vor?«

»Sie blasen die Flöte, bis aus der Vase die Schlange auftaucht.« Er lachte. »Ich habe fast den Eindruck, Sie haben von unserem Knast keine Ahnung. Hat Ihnen Nase nichts von seinem Vasen-Dasein erzählt?«

»So gut wie nichts«, sagte Mimi pikiert.

»Unser Präfekt gilt als heiligmäßig – heiligmäßig schon zu Lebzeiten! Und wissen Sie, was das Tollste ist? Er schwärmt für Roy Black!« Jetzt lachte er schallend. »Sind Sie gläubig?«

»An Weihnachten und Ostern. Sie?«

»Schon lang nicht mehr. Mit Bakunin halte ich ein Kloster für einen Hort der Faulheit und den Gottesglauben für einen metaphysischen Zentralismus. Sie gestatten?« Er nahm sich eine Zigarette aus der Silberdose und wartete darauf, dass ich ihm Feuer gab.

Mimi stand abrupt auf, und erst jetzt bemerkte ich, dass sie einen Minirock trug und ihre Nägel rot lackiert hatte. Sie stellte die Rosen in eine Kristallvase und wurde dabei von Viper, der offenbar noch nie einer schönen Frau beim Arrangieren eines Bouquets zugesehen hatte, durch seine Sonnenbrille scharf beobachtet. Mimi war wieder schlanker geworden und wirkte nun seltsam alterslos, als würde eine schon ältere Schauspielerin eine junge spielen. Oder als müsste eine junge die Rolle einer alten übernehmen. Und kein Zweifel, in jeder Besetzung war sie überzeugend, der alten glaubte man die junge, der jungen die alte. Sie probierte für den dunkelrot leuchtenden Strauß mehrere Plätze aus, war mit keinem zufrieden und trug die Vase schließlich in den Garten hinaus. Viper und ich folgten ihr.

»Was hat er Ihnen eigentlich von der Kaiserin erzählt?«, fragte Viper.

»Wie bitte?«

»Von Zita, der letzten Kaiserin der Donaumonarchie. Einmal im Jahr stattet uns die Untergangseule einen Besuch ab.«

Mimi funkelte mich an, als würde sie mich demnächst erwürgen.

»Wollen Sie behaupten«, fragte Viper, »Nase hat die Kaiserin nie erwähnt?«

»Nein«, sagte Mimi spitz, »nie. Eigentlich schade, ich mag solche Geschichten. Arthi, ich möchte dich einen Augenblick allein sprechen.«

Sie trat mit mir hinter die Hollywoodschaukel, die am

selben Platz stand wie immer. »Schaff mir diesen Verrückten vom Hals!«, sagte sie.

»Mimi, er ist mein Freund.«

»… und völlig blank. Wenn Sie mich rausschmeißen«, rief Viper herüber, »muss ich unter einer Brücke schlafen.«

»Haben Sie keine Eltern?«

»Doch, aber die gehören zur Drafi-Deutscher-Fraktion, wenn Sie verstehen, was ich meine. Unsere Ansichten differieren. Jedenfalls legen sie keinen Wert darauf, mich in den Ferien zu verköstigen.«

»Gut, bis morgen können Sie bleiben. Dann haben wir Gäste, nicht wahr, Arthi? Oder sollte ich jetzt Nase zu dir sagen?«

Und weg war sie.

*

Zum Abendessen erschien der Oberst, begleitet von Major Stadler, seinem Adlatus und Anhängsel, dazu abgerichtet, Befehle mit einem »Jawohl, Herr Oberst!« zu quittieren. An diesem Abend jedoch kam Stadler kaum zur Anwendung, denn Mimi hatte sich hinter ein eisiges Lächeln zurückgezogen, und der Oberst bestritt das Gespräch allein. Viper duckte vor ihm ab. So unverschämt er sich Mimi gegenüber benommen hatte, so kleinlaut war er nach einem kurzen Scharmützel am Tisch geworden.

Mimi hatte ihn aufs Glatteis gelockt – es war ihr einziger Beitrag zur Unterhaltung. »Der Freund unseres Sohnes«, hatte sie zum Major bemerkt, »ist ein Kenner der Schriften Bakunins.«

Viper übersah die Falle. »Marx war jüdisch geprägt«, schnappte er das Stichwort gierig auf. »Er hat das himmlische Jerusalem mit der klassenlosen Gesellschaft gleichgesetzt und wollte seine Proletarier nach oben entwickeln. Anders Bakunin. Bakunin kam aus der Volksfrömmigkeit des Ostens, und seine Liebe galt in christlicher Tradition den Erniedrigten und Beleidigten, den syphilitischen Huren, den Bettlern, den Pennern. Es war nicht seine Absicht, denen ein besseres Leben zu verschaffen, im Gegenteil, das Lumpenproletariat sollte sich mit seinem Dreck und seinem Eiter in den Salons der Bürgervillen breitmachen.«

»Sie sympathisieren mit diesem Burschen?« Der Oberst nahm einen Schluck Bordeaux, befand ihn mit einem Nicken für gut.

Mimi wies das Mädchen an, die Gläser zu füllen. Das Mädchen huschte um den Tisch; es war neu, mir unbekannt.

Der Oberst tupfte sich mit der Serviette die Mundwinkel ab: »Mit einem der von Ihnen offenbar geschätzten Lumpenproletarier«, ging er zum Angriff über, »hat es die Welt erst kürzlich zu tun gehabt. Er kam von ganz unten, aus dem Wiener Obdachlosenasyl. Als er sich im Berliner Bunker die Kugel gab, waren die Bürgervillen in Trümmer gelegt. Was meinen Sie, Herr Major, soll sich dieser lumpenproletarische Ungeist wieder regen?«

»Nein, Herr Oberst.«

Und der, zu Viper: »Wie Ihnen meine Frau gesagt hat, haben wir morgen Gäste. Major Stadler holt Sie um neun Uhr ab. Im Zeughaus fassen Sie ein Zelt, einen Kochkessel, meinetwegen auch ein Seil und einen Eispickel!«

»Zu Befehl, Herr Oberst«, sagte Viper verblüfft.

»Arthi wird Sie begleiten, nehme ich an. Er schätzt die Berge.«

»Chéri«, sagte Mimi zuckersüß, »Arthi heißt jetzt Nase.«

*

Ich wäre gern ins Tessin gefahren, Viper jedoch wollte in die Berge, wie vom Obersten befohlen. Am dritten Tag unserer Wanderung kamen wir an einen kleinen See. Er war künstlich, ein Stausee, ringsum verschneite Gipfel, von den Alpen her das Gebimmel der Herden, eine wahre Idylle. Als es zu dämmern begann, saßen wir vor dem Zelt und mussten feststellen, dass wir uns in der Weite der Landschaft unwohl fühlten. In Maria Schnee gab es den Himmel in vernünftigen Portionen, auf dem großen Altarbild und über den Innenhöfen, während man hier einer Überfülle von Natur ausgesetzt war. Auf einmal begann der Stausee, eine Platte aus Silber, zu sinken – das Becken wurde geleert.

Ein unterirdisches Tosen weckte mich nachts immer wieder auf, und zwischen Traum und Erwachen glaubte ich zu sehen, wie im Schein einer Taschenlampe Vipers schlanke Hand in meinen Rucksack schloff. Am nächsten Morgen war der Platz neben mir leer, und ich nutzte die Gelegenheit, um rasch nach meinem Geld zu sehen – weg. Ich schoss aus dem Zelt und prallte, wie von einer Faust getroffen, zurück. Wo gestern noch ein See gewesen war, klaffte jetzt ein faulig stinkender Abgrund mit einem Boden aus schlammigen Steinen und Pfützen, in denen Fische um ihr Leben zappelten.

Viper war über alle Berge – und ich war meine Börse

los, auch meinen Pass und ein Foto von Rose. Der Verlust dieses Porträts schmerzte mich besonders, denn bald nach der unglücklichen Begegnung in der Bauhütte waren wir uns wieder nähergekommen, und zwar durch eine Tat, die ihr meine Liebe blutig vor Augen geführt hatte. Während einer Griechischstunde hatte ich mir heimlich die Spitze eines Zirkels in die Nase gestochen, eine Ader war geplatzt, und da der Blutfluss nicht mehr aufhörte, schickten sie mich ins Dorf zum Arzt. Ein Bündel Taschentücher an die Nase pressend, erschien ich bei Rose (nicht beim Arzt), und es war an diesem Tag, da wir beide unsere Unschuld verloren – auf einem blutnassen Laken. Von nun an konnte jede Umarmung zu einer Schwangerschaft führen, und eigentlich hatte ich mir vorgenommen, Maman schonend auf meine Heirat vorzubereiten. Von wegen. Ich durfte froh sein, wenn mir Viper und Rose die Nebenrolle des Trauzeugen zugestanden. Heulend hockte ich am Ufer des wasserlosen Staubeckens, über mir ging das Gleißen der Sonne in die Blendung über, und das Quaken und Quarren und Quorren der Frösche rief an der mit Schlammteppichen behängten Staumauer ein höhnisches Echo hervor. Im frühen Nachmittag brach ich das Zelt ab und machte mich auf den Heimweg in ein Haus, das mir mitsamt seinen Bewohnern fremd geworden war – bis auf die Gießkanne. Die lag immer noch in den Büschen, von einem Frosch bewohnt, der mich um Mitternacht quakend begrüßte.

*

Mimi bestand darauf, die Polizei zu informieren, aber der Oberst winkte ab. »Einen von Vipers Sorte hat man in jeder Kompanie. Der kommt wieder.«

Er hatte recht. Vier Wochen später stand er vor der Tür, und Mimi war derart erleichtert, dass sie die Rosen, die er ihr überreichte, fallen ließ und sich aufschluchzend an seine Brust warf. »Oh, Sie dummer, dummer Kerl«, beschimpfte sie ihn, »wir haben so sehr um Sie gebangt!«

Zu seinem Verschwinden gab er keinen Kommentar ab. Er ließ uns im Salon Platz nehmen, goss sich an der Bar einen Whisky ein und teilte uns mit, in Basel eine psychiatrische Klinik aufgesucht zu haben.

»Wie klug von Ihnen«, meinte Mimi.

»Nicht als Patient«, entgegnete er, »als Käufer.«

»Als Käufer?«, fragte Mimi lachend. »Was kauft man in einer Psychiatrischen?«

»Meskalin-Pillen. Die Ärzte haben damit experimentiert. Aber den Verrückten sind die Pillen nicht bekommen, deshalb sind sie unter der Hand zu haben, nicht einmal besonders teuer.«

»Woher hast du das gewusst?«, wollte ich wissen.

»Woher wohl, aus der nächtlichen Latrine. Einer der experimentierenden Ärzte ist der Vater eines Lyzeisten. Wisst ihr, was morgen für ein Tag ist?«

»Der 15. August«, sagte Mimi. »Mariä Himmelfahrt. Warum?«

»Ich habe ein Experiment vor – mit der Schwarzen Madonna. Es würde mich freuen, wenn ihr mitkommt.«

*

Das Experiment: Wir sollten die Meskalin-Pille schlucken, dann vor das Gnadenbild treten und die Aufmerksamkeit des drogierten Gehirns auf den rötlichen Punkt in der Mittelzacke der Krone richten.

»Wenn der Stein echt ist«, meinte Viper, der mit dem Meskalin bereits erste Erfahrungen gemacht hatte, »werden wir es im Rausch feststellen können.«

»Oh Gott, nein«, rief Mimi, »das ist nichts für mich, ich bin doch eine alte Frau«, und wirkte bei diesen Worten jünger denn je.

Als wir den Wagen (inzwischen war es ein Ford Comet, und Mimi hatte ihn erstaunlich flott pilotiert) auf dem Klosterplatz abstellten, sah ich zu meinem Erschrecken, dass neben dem Portal ein Hippiemädchen an der Sandsteinmauer lehnte: roter Afrolook, knapper Mini, schwarze Strümpfe, weiße Cowgirl-Stiefel. Mimi wollte uns gerade wieder erklären, sie denke nicht daran, die Pille zu schlucken, musste aber meinen Blick auf das Mädchen bemerkt haben und fragte kokett: »Kennst du diese Vogelscheuche?«

»Das ist Rose«, erklärte Viper, »Nases Freundin. Ich habe auch für sie eine Pille.«

»Hallo, Baron!«, begrüßte mich Rose.

»Baron?«, rief Mimi erstaunt, und zu ihr: »Rose! Was für ein schöner Name! Ich ziehe es vor, ihn französisch auszusprechen: Rose. Der Name passt zu Ihnen. Sagen Sie, Rose, sind Sie wirklich entschlossen, diese schreckliche Pille zu schlucken? Ich nicht. Unter keinen Umständen. Für solche Abenteuer bin ich zu alt«, meinte Mimi und wirkte wie ein Backfisch.

Auf den Stufen, die von der unteren zur oberen Platzbühne führten, lagerten junge Leute, die Mädchen in langen Röcken, mit Blumen in den Haaren, die Männer in bunten Hemden und Schlaghosen. Auch die Männer hatten auffällige Frisuren, der eine band sein Haar zu einem Pferdeschwanz, ein anderer sah aus wie ein Indianer. Einer spielte auf der Mundharmonika, und zwei Mädchen in luftigen Tüchern tanzten mit einem Tamburin und kleinen Schellen an den Fußknöcheln. Der Sommerwind trug eine süßliche Wolke zu uns herüber – Haschisch, auf der Kirchentreppe! Ein Priester, der mit zwei Ministranten eine Pilgerschar anführte, plärrte durch sein Megaphon eine Litanei, und etwas pikiert, an ihre Kerzen geklammert, zogen die respondierenden Gläubigen an den Hippies vorbei zur Kathedrale hinauf: »Mater purissima … ora pro nobis! … Mater castissima … ora pro nobis! … Mater inviolata … ora pro nobis!«

»Oder sollte ich es vielleicht doch riskieren?«, fragte Mimi, »was meint ihr?«

»Ja«, rief Rose fröhlich. »Meskalin fährt ganz toll ein.«

»Viper, hast du uns nicht erzählt«, flötete Mimi im Ton einer Fünfzehnjährigen, »dass es mit den Verrückten in Basel Schwierigkeiten gab? Ich bin vielleicht auch ein bisschen verrückt. Ich meine, wenn ich diese Pille nehme, wäre ich es tatsächlich. In meinem Alter! Als Gattin eines Obersten! Kinder, seid mir bitte nicht bös, aber ich denke, ich verzichte lieber. Arthi wird so nett sein, seiner Maman Gesellschaft zu leisten. Wir machen einen Spaziergang, anschließend lade ich euch zum Essen ein, abgemacht? Dann erzählt ihr uns, was ihr auf dem Trip erlebt habt.«

Viper verteilte Pappbecher, dann zog er ein Papiertütchen aus der Tasche des Ledermantels – Mimi sollte als

Erste hineingreifen. Sie zögerte. Verständlicherweise. Auch mir wurde mulmig. Vom Turm schlug es drei, jetzt müssten wir starten, drängte Viper, die Pille brauche eine Weile, um ihre Wirkung zu entfalten.

»Wir nehmen Mimi in die Mitte«, ordnete er an. »Sollte ihr übel werden, führt sie einer von uns hinaus.«

»Es wird einem übel?«, rief Mimi entsetzt. »Ist den Irren in Basel übel geworden?«

»Länger können wir nicht warten«, erklärte Viper. »Viel Spaß beim Spazieren!«

Rose goss Mineralwasser in die Becher.

»Kinder, ich bin eine alte Frau!«, protestierte Mimi, »ich werde mir doch keinen Trip einschmeißen, das gehört sich einfach nicht!«

Dann nahm sie mit dem liebenswürdigsten Lächeln der Welt von Rose den Becher entgegen, senkte die Augenlider mit den künstlichen Wimpern und ließ sich die Pille von Viper wie eine Hostie auf die herausgestreckte Zunge legen. Wenn sich meiner Maman eine Panne anbot, ließ sie sich die Chance nur selten entgehen.

*

Wir hörten uns im vorderen Teil der Kathedrale die Vesper an, von den Mönchen im Chorgestühl zu beiden Seiten des Hochaltars gesungen, und als ich schon dachte, keine Wirkung zu spüren, sah ich plötzlich, dass sich die Kerzenflammen zu Kugeln ballten – als würde die Hitze nicht abziehen, sondern sich in immer helleren Klumpen konzentrieren. Ich schloss reflexartig die Augen, doch alles blieb hell, farbige Flächen rotierten, waren Quadrate und Rhomben und Kreise, Geometrie mit Hippie-Appeal, bunt und grell und sanft, dazu der Choralgesang der Mönche, von der Orgel dumpf begleitet, alles auf einem Ton verharrend, den Flammen ähnlich, die die Energie nicht mehr versandten, sondern in ein explodierendes Konzentrat verwandelten. Ich glaubte schon, die Lichtkugeln würden platzen, da füllte sich der Altarraum mit einer durchsichtigen Flut, und die Kugeln, zu Bläschen geschrumpft, stiegen wie in einem Riesenaquarium in Schnüren zum Gewölbe hinauf. Du meine Güte, wenn sich Mimi in diesem Zustand ans Steuer setzte, wurde es lebensgefährlich. Ich konnte nur hoffen, dass die Wirkung bald nachließ, was dann zum Glück geschah. Die Mönche verließen den Altarraum, kamen in Doppelreihe die Stufen herab und zogen, synchron hin und her schwankend, durch den Mittelgang zur Gnadenkapelle.

»Ist bei dir alles in Ordnung?«, fragte ich Mimi.

»Ja. Wenn nur diese komischen Lichter nicht wären! Und muss es unbedingt eine mit Zahnlücke sein?«

Rose, die rechts von mir saß, beugte sich etwas vor und lächelte Mimi zu.

»Ich finde deine Maman wunderbar«, flüsterte sie mir ins Ohr, mich mit den Afrolocken kitzelnd, »ich *liebe* sie!«

Im hinteren Bereich der Kathedrale sangen die Mönche das Salve, ferienbedingt ohne die Knabenstimmen, und erneut hatte ich den Eindruck, als würde der Gesang nicht dahinströmen, nicht mit der linearen Zeit verfließen, sondern im Bullauge einer Waschmaschine kreisen. Was im normalen Empfinden verging und verklang, war Zeitwäsche, die an Ort und Stelle hin und her geschaukelt wurde, mal so rum, mal so rum, mal schneller, mal langsamer – ziemlich verwirrend, wie ich fand, absolut ungewohnt.

»Ist dir schlecht?«, fragte ich Mimi.

»Ich spüre nichts«, sagte sie, »aber weißt du, Arthi-Darling, dieser Barock geht mir schon sehr auf die Nerven! Alles voller Geschwüre, eine schreckliche Wucherung, und erst diese Memento-mori-Metastasen, was für ein scheußlicher Geschmack! Woher kommt eigentlich das Wort Barock, aus dem Spanischen?«

»Nein«, erklärte Viper, der kerzengerade in der Bank saß, das hagere Gesicht aus Alabaster nach vorn gerichtet, die Hände an die Sitzbank geklammert, »von den Portugiesen. Es geht auf eine Muschel zurück, die der Überseehandel nach Europa gebracht hat. Sie enthielt eine fremdartige, in sämtlichen Farben schimmernde Perle. Barocco!«

»Barocco!«, wiederholte Mimi. »Du lieber Himmel, irgendwie kann ich die Protestanten verstehen. Wir Katholiken sind zu geschmacklos, nicht wahr, meine Liebe?«

Der Afrolook nickte gerührt, doch wie durch eine Glasscheibe, als wäre das Wort Muschel wirklich geworden. Die schwankende Doppelreihe der Mönche kehrte zurück, langsam die Stufen zum Chor erklimmend, mit gebeugten Nacken, über denen der Orgelton anhielt, ein sumpfiger Ton, ein Orgelteich, und nur mit Mühe schaffte ich es, über den Steinboden nach hinten zu waten, vor die Gnadenkapelle, wo wir zum Glück eine freie Bank fanden – das Gros der Pilger hatte die Kathedrale nach dem Salve verlassen. Die Abendsonne stach ihre Strahlen durch die Rosette in der Rückwand und versah den Raum mit einer glühenden Dämmerung, einer Luft aus orangenen Tautropfen.

Auf Vipers Stirn bemerkte ich einen Schweißfilm. Mimi griff mit beiden Händen erst nach meinem, dann auch nach seinem Arm. Es war so weit, jetzt ging es wieder los, der eigentliche Trip begann, wir hoben ab.

Rose, rechts von mir, zirpte wie ein verwundetes Vögelchen, Mimi, links, stöhnte »oh mein Gott, oh mein Gott!«, Viper kniete sich hin, den Blick starr auf die Madonna gerichtet, und ich hatte das Gefühl, in einer Achterbahn steilrecht nach oben zu rattern, hoch über der Welt in die Kurve zu schleudern, um dann wie ein Kamikazeflieger in den Abgrund zu stürzen, doch nein, es war der Abgrund, der mit dem gesamten barocken Kirmesgelände, mit Seitenaltären Kuppeln Gewölben Pfeilern und einer jaulenden Karussellorgel, auf mich zuwirbelte. Diese Tal- und Tauchfahrt dauerte höchstens Sekunden, glaubte ich. Und erschrak. Seit längerem war ich mit Rose allein, ohne Mimi und Viper, also mussten in den Sekunden ganze Viertelstunden vergangen sein, die Zeit gehorchte anderen Gesetzen. Dies galt auch für den Raum. Auf einmal war er flüssig und von einer prallen Farbigkeit, eine Riesenmuschel, worin der Ozean rauschte, kein Wunder, dass es Mimi übel geworden war. Viper, nahm ich an, hatte sie hinausgeführt. Ich wollte ihnen folgen, doch im Moment, da ich mich erhob, traf mich ein Augenstrahl, ein Bannstrahl, und nagelte mich an der Holzbank fest. Mal'occhio, der böse Blick. Der Drachenblick. Ich rückte gegen Rose, beide rückten wir nach rechts, und für einen Augenblick waren wir dem Augenstrahl entkommen, zwei Kinder auf einem düsteren Kirmesgelände.

Wind wehte durch die menschenleeren Budengassen. Die Karussells standen still. In der Geisterbahn schliefen die Gespenster, aber hinterm Zirkuszelt lauerte der Drache, der uns mit dem Scheinwerfer seines Auges verfolgte. Bloß weg hier, raus, ins Freie, aber wieder bannte mich der Drachenblick, und jetzt erkannte ich auch, woher er kam: aus einer dunklen Gärung, einer vulkanischen Lava, aus dem Roten Diamanten und einer Überfülle von Rosen, zwischen denen ein beilgehörntes Haupt hing, das von Blutwolken umflossene Haupt des jüdischen Barons …

*

»Du darfst hier nicht schlafen.«

»Wo bin ich?«

»Unter der Kirchenbank. Vor der Gnadenkapelle. Wir kennen uns aus dem Lazarett«, sagte die Stimme, »es ist allerdings schon einige Zeit her.«

Das Licht ängstigte mich, mochte es auch schwach sein, eine harmlose Laterne, die über mein blinzelndes Aufschrecken gehalten wurde. Immer noch umschlangen mich Rosenranken, die mich nicht aus dem Schlaf entließen, und dann, plötzlich, war ich wach, hellwach, kein Zweifel, *die Madonna trug eine andere Krone als gestern*!

Ich befreite mich von den dornigen Rosen des Drogentraums, kam auf die Beine, trat in den Tempel ein und sah, dass ich recht hatte. Das Drachenauge aus dem Kronenkranz war verschwunden. Auf ihrem Haupt trug die Madonna ein anderes Gebilde als gestern, da mich das Auge wie ein Scheinwerfer verfolgt hatte.

»Pater Maria Epiphanius«, fragte ich mit klopfendem Herzen, »habt Ihr eben die Madonna umgezogen?«

»Ja«, sagte er kichernd. »Ihr Hochfest ist vorbei. Da hab ich ihr den Rosenmantel wieder abnehmen müssen.«

»Haben Sie auch die Kronen ausgetauscht?«

»Selbstverständlich, so ist es vorgeschrieben, schon seit Jahrhunderten. An ihren Festtagen legen wir der Herrin den Rosenmantel um und setzen ihr eine spezielle Krone auf, ihre Festkrone.«

»Ihre Festkrone«, stammelte ich. »Wo ist diese Krone jetzt?«

»Unten im Ossarium. Am Fuß der Schädelhalden steht ein Beinhaus. Es ist zwar geweiht, doch hat es keinen Tabernakel, sondern einen Tresor. Komm«, sagte Pater Epiphanius, »ich lass dich hinaus.«

Über den nachtblauen Hotelfassaden am Klosterplatz lag das rosige Licht der Frühe. Immer noch in Trance, torkelte ich langsam treppab, Richtung Josephsgasse, aber als ich vor der Bar stand, wagte ich es nicht, die Klingel zu drücken. Ich wollte mir die Demütigung ersparen, von Rose abgewiesen zu werden. Da klappten oben die Läden auf, und die alte Hexe Käsli beugte sich aus dem Fenster. »Sie sind im Wald«, krähte sie herunter. »Bei der Forsthütte.«

*

Wie in einem Märchenwald schienen die Bäume aus Metall zu sein, beim Aufgehen der Sonne aus Kupfer und danach, als es hell geworden war, aus Silber. Während ich zu der Hütte abstieg, wurde ich allmählich nüchtern, und nun hob sich auch der morgendlich dunstige Schleier über dem Rosenteich im Park der Spielbank zu Baden-Baden. Das Geheimnis enthüllte sich.

Die Seerosen waren die einzigen Rosen gewesen, die der sterbende Baron zur Verfügung gehabt hatte, und schlau hatte er sie genutzt, um damit auf sein Viertel der Schatzkarte zu verweisen. Indem er sein Haupt in die Seerosen tauchte, spielte er auf den Rosenmantel an, denn wenn die Madonna Rosen trug, trug sie dazu eine andere Krone – und *die* enthielt den Roten Diamanten.

So einfach? Ja, dachte ich, so einfach. Der Rote Diamant war ein Stern, wie es Mimi bei meiner Einlieferung in das Stift verheißen hatte, und was macht ein Stern? Er geht auf und geht unter, wieder und wieder. Zum Hochfest von Maria Himmelfahrt war er aufgegangen, und heute Morgen, als Epiphanius die Festkrone ins Ossarium zurückgebracht hatte, war er untergegangen.

Wie von der alten Hexe angekündigt, stand der Ford Comet hinter der grau verwitterten Hütte. Mimi und Viper saßen auf dem Rücksitz und rauchten gemeinsam eine Selbstgedrehte. Mit mir, das zeigten sie mit stumm nach vorn gerichteten Gesichtern, hatten sie nicht gerechnet.

»Ich habe das Rätsel gelöst«, sagte ich nach längerem Schweigen. »Ich bin jetzt imstande, die Schatzkarte zu lesen. Der Rote Diamant kommt viermal pro Jahr zum Vorschein, nämlich immer dann, wenn die Madonna im Rosengepränge erscheint: an Maria Himmelfahrt, an Mariä Empfängnis, am Neujahrstag und beim Besuch Ihrer Apostolischen Majestät, der Kaiserin.«

Mimi stieg aus, um die Naht ihrer Strümpfe zu überprüfen, und wie ich sie kannte, würde sie sich gleich ans Steuer setzen und im Rückspiegel die Wimpern tuschen, die Lippen nachziehen, die Wangen pudern, die derangierte Frisur renovieren. Na bitte, schon nahm sie Platz, ließ etwas Speichel in eine Dose tropfen und fragte: »Darf ich erfahren, worum es geht, Arthi-Darling?«

Viper war im Wagen sitzen geblieben; dem offenen Fenster entstieg der Rauch seiner Zigarette.

»Hängt der Diamant im Rosenmantel?«, wagte er schließlich zu fragen, nun doch von einer gewissen Neugier gepackt.

»Nein, der Uhrenbruder hat die Wahrheit gesagt«, antwortete ich knapp. »Er steckt im Kronenkranz.«

»Dann muss es zwei Kronen geben«, folgerte er, »beide mit rötlichen Steinen.«

»Ja«, bestätigte ich kalt. »In der Werktagskrone befindet sich der ovale Kristall, in der Festtagskrone der Rote Diamant. Nun brauchen wir nur noch den Festtag zu bestimmen, an dem wir zuschlagen.«

»Ist das euer Ernst«, rief Mimi aus dem Wagen, »ihr wollt die Muttergottes bestehlen?!«

»Das ist tatsächlich unsere Absicht«, beschied ich sie.

»Arthi-Darling«, sagte sie zum Rückspiegel, mit dem Pinsel die Wimpern bemalend, »das will ich nicht gehört haben.«

»Du«, blaffte ich sie an, »hast hier gar nichts zu sagen. Mach Platz!« Ich scheuchte sie vom Fahrersitz, setzte mich ans Steuer, riss die Tür zu.

»Aber Arthi, du kannst doch gar nicht Autofahren!«

»Ich kann noch ganz andere Sachen. Raus!«, befahl ich nach hinten.

Viper stolperte aus dem Wagen. »Künftig hörst du auf mein Kommando, mein Freund«, rief ich ihm nach. »Oder das ganze Stift erfährt, dass du auf alte Weiber stehst.«

»Arthi«, bemerkte Mimi, »das war nicht sehr nett von dir.«

Über den holprigen Waldweg rumpelten wir davon.

*

Zu Beginn des Herbsttrimesters schwang ich mich zum Chef der Bastelgruppe auf und nahm die Vorbereitungen des Diamantenraubs in die Hand. Da ich Alpha Dickie den Vorsitz bei den Zusammenkünften überließ und ebenso eng mit Primus Lenin zusammenarbeitete wie zuvor Viper, vollzog sich der Wechsel an der Spitze problemlos. Er leistete keinen Widerstand. Seine Furcht, ich könnte das Tête-à-Tête mit meiner Maman (in unseren Augen eine bejahrte Dame) publik machen, verschloss ihm den Mund. Die Selbstsicherheit, mit der er in meinem Elternhaus aufgetreten war, hatte sich in die Vase zurückgezogen.

Es war eine Nacht Ende Oktober, und in der Bauhütte war es bereits so kalt, dass wir in Pferdedecken gehüllt um den langen Tisch saßen. In zwei Konservendosen brannten Stearinkerzen, im Mansardenfenster lag ein von den Schneedächern erhellter Frosthimmel. Alpha Dickie führte den Vorsitz, und mit dem stummen Einverständnis von Viper, der hinter geschlossenen Lidern zu dösen schien, informierte ich die Gang über unseren Meskalin-Trip am vergangenen 15. August. Dabei hätte sich mir der Rote Diamant offenbart, erklärte ich, »und glaubt mir, Genossen, seine Schönheit ist unbeschreiblich, eine Glut aus Eis, Licht und Blut. Auch euch wird er sich zeigen, denn aufgrund meiner Recherchen kann ich euch sagen, wann er sichtbar wird.«

»Heißt das«, unterbrach mich Primus Lenin, »er wechselt den Ort?«

»Ja«, war ich um die Antwort nicht verlegen. »Er ist ein Stern, der auf- und untergeht. Seine letzte Erscheinung geschah an Maria Himmelfahrt. An diesem Tag, wie auch an Mariä Empfängnis, am Neujahrstag und beim Besuch der Kaiserin, trägt die Madonna ihren Rosenmantel und dazu eine spezielle Krone.«

»Die Habsburgische!«, rief Lenin.

»Erraten«, erklärte ich stolz. »In ihrer Mittelzacke steckt das gesuchte Objekt.«

Die Fingerknöchel klopften Applaus. Viper rührte sich nicht, und ich, vom Vorsitzenden dazu aufgefordert, legte nun dar, wie der Diamant in sein Versteck eingezogen war, nämlich über drei Stationen: über den jüdischen Baron, den Dämmerer und den Uhrenbruder. »Jeder der drei ist ein Teil der Schatzkarte«, sagte ich, »und schiebt man die Teile zusammen, kann man den Schatz lokalisieren.«

»Das leuchtet ein«, pflichtete mir der Intelligenteste der Gruppe, Primus Lenin, anerkennend bei. »Aber der Rote Diamant stammt aus dem Quartär, da liegt es in seiner Natur, dass er der Quaternität untersteht.«

Die Gang hob die Köpfe, die Augenpaare zielten aus dem Dunkel in meine Richtung.

»Von vier Vierteln sprach auch der Uhrenbruder«, gab ich zu, »und das Wichtigste dabei ist, dass den Beteiligten nur ein beschränktes Wissen zukommt. Der Baron gab sein Viertelwissen noch im Sterben an die Nachwelt weiter – indem er den Kopf zwischen die Seerosen tunkte.«

»Du meinst, so wies er auf den Rosenmantel hin?«

»Ja, Genosse Lenin, genau das meine ich. Nachdem der Diamant im Requisitengepäck des Operettenensembles in die Schweiz und in unser Stift eingereist war, landete er mit Lohengrins Schild in der Werkstatt des Uhrenbruders. Der informierte den Dämmerer, worauf der Dämmerer dem Uhrenbruder befahl, den Diamanten in den Kronenkranz einzufügen. Der Uhrenbruder gehorchte, allerdings ohne zu merken, dass es *zwei* Kronen gab: eine für die Werktage und eine für die Hochfeste. Er fügte den Diamanten in jene für die Hochfeste ein, was nur dem Dämmerer bekannt war, und so haben wir Grund zur Annahme, dass uns der Dämmerer sein Viertelwissen bis zum heutigen Tag mitteilt, indem er immer wieder ›Pace‹ lallt, ›Pace‹. In diesem Wort steckt der Hinweis auf die Seelenmesse: Requiescat in pace. Der Rote Diamant, will uns der Dämmerer sagen, erscheint nicht nur zu den Marienfesten, sondern auch am Tag, da uns die Kaiserin besucht.«

»Und das Tollste ist«, rief Lenin begeistert, »wenn Epiphanius zu den Hochfesten die Kronen austauscht, hat er keine Ahnung, dass er jeweils den verschollenen Schatz in den Händen hält. Unser Diamant ist wahrhaftig der Lapis philosophorum, der Stein der Weisen.«

Da meldete sich Beau, ein Mann aus der Klassenmitte, der im Schulalltag nicht durch Scharfsinn auffiel. »Laut Uhrenbruder gibt es vier Teile der Schatzkarte«, erklärte er, »wir kennen aber nur drei. Was ist mit dem vierten Teil?«

»Genossen«, rief Primus Lenin, »als Schüler des schwersinnigen Evenus wissen wir: Das Christentum war von Anfang an bemüht, gegen die antike Quaternität die Triplizität durchzusetzen. Die Heilige Familie war eine Trias, auf Golgotha standen drei Kreuze, Jesus starb in der dritten Stunde des Nachmittags et cetera. Lauter Dreien, wohin man sieht. Wäre es da nicht denkbar, dass sich der Rote Diamant an die Gesetze seines Exils hält? Mit den Hinweisen des Barons, des Uhrenbruders und des Dämmerers wissen wir tatsächlich genug, um zuzuschlagen – am nächsten 1. April, beim Besuch der Kaiserin.«

»Der Genosse Lenin verkennt«, versetzte Viper, nun doch noch die Augen öffnend, »dass sich das Christentum nie von der Drei vereinnahmen ließ. Der Katholizismus ergänzte die Dreifaltigkeit mit der Madonna, der Protestantismus mit dem Teufel.«

»Dann weise ich den Genossen Viper darauf hin«, versetzte Lenin scharf, »dass das Konzil die Verbindung zur Antike gekappt hat. Die lateinische Messe soll verboten werden. Alles in der Sprache des Volks, lautet die Devise, und falls ihr es noch nicht wisst, Genossen: Rom hat den Katechon mit Sondervollmachten ausgestattet. Er ist befugt, die quartären Relikte auszumerzen. Einen wie Erlebald«, rief Lenin begeistert, »hätten sie früher auf dem Scheiterhaufen verbrannt.«

Gelächter und Applaus, wurde im Protokoll vermerkt.

»Die Kirche hat die Zeichen der Zeit erkannt«, schloss Lenin seine Brandrede ab. »Sie hat eingesehen, dass der dialektische Dreischritt der eigentliche Treibsatz der Geschichte ist. Christentum und Marxismus werden eine

Synthese eingehen, und es ist an uns, Genossen, diesen Prozess nach Kräften zu befördern. Der Genosse Nase hat den Roten Diamanten einen Stern genannt. Diesem Wort möchte ich mich anschließen. Beim nächsten Besuch der Kaiserin greifen wir nach der imperialen Krone und stellen den Roten Stern der Revolution zur Verfügung.«

Starkes Fingerklopfen.

»Ich fasse für das Protokoll zusammen«, erklärte Alpha Dickie. »Ob die Schatzkarte aus drei oder vier Teilen besteht, konnte nicht geklärt werden, aber für das weitere Vorgehen scheint dies ohne Bedeutung zu sein. Im Prinzip ist das Rätsel gelöst. Zeit und Ort sind jetzt bekannt: 1. April, in der Habsburgischen Krone. Mehr brauchen wir nicht zu wissen, um das Objekt in unseren Besitz zu bringen.«

*

Es war die Nacht vom 30. auf den 31. März 1968. Fahles Mondlicht erfüllte die Clausura, und unter Türen zeigte ein Strich Licht, dass drinnen noch studiert oder gebetet wurde. Aus den meisten Zellen jedoch drang ein zufriedenes Schnarchen oder das schwere Schnaufen alter, herzkranker Mönche. Der Mond stand weiß und rund über den beiden Türmen und verlieh den Kuppeln einen silbernen Glanz. Fern schrie ein Käuzchen, irgendwo heulte ein Hund. Morgen würden die Habsburger vorfahren, um übermorgen, am 1. April, wie jedes Jahr, an der Seelenmesse für den toten Kaiser teilzunehmen. Unbemerkt erreichte ich das Treppenhaus und glitt über die abgeschliffenen Stufen hinab in die Kellergewölbe. Pater Maria Epiphanius, der Madonnen-

Garderobier, musste kurz vor mir denselben Weg gegangen sein, allerdings vernahm ich aus der Tiefe keine Schritte – offenbar bewegte er sich so vorsichtig wie ich.

Am vergangenen 8. Dezember hatte sich bestätigt, was wir bisher nur vermutet hatten. An den Hohen Marienfesten tauschte Epiphanius die Alltagskrone gegen eine Festkrone aus, die unten im Ossarium verwahrt wurde. Die entscheidende Sitzung unserer Gruppe hatte dann am Aschermittwoch stattgefunden, wie stets unter dem Vorsitz von Alpha Dickie – da war der Coup entworfen und in langen Nachtstunden ausgearbeitet worden. Wenn Pater Epiphanius in die Unterwelt abstieg, um die Habsburgische Krone heraufzuholen, würde ihn einer von uns verfolgen und überfallen. Das Los traf mich – wie könnte es anders sein, ich war der Sohn meiner Maman und hatte von ihr das Talent geerbt, mich in unmögliche Situationen zu verwickeln.

Je tiefer man kam, desto feuchter wurde es, aber dank der auf Pergament gezeichneten Karte, die ich vor meinem Gang eifrig studiert hatte, fand ich im roh behauenen Gemäuer der Krypta ein rostiges Gitter, und wie erhofft stand es offen. Unser Plan schien aufzugehen. Pater Epiphanius hatte das Gitter vor wenigen Minuten aufgeschlossen und war durch das niedere Tor ins Ossarium abgestiegen.

In Felsnischen brannten Kerzen, so dass eine dünne Lichtergirlande den schmalen Felsenpfad, der an der Wand entlang hinabführte, schwach beleuchtete. Der Raum, eine gewaltige Tropfsteinhöhle, war von den Klosterbränden nie berührt worden und reichte mindestens so weit in die Tiefe, wie sich die Kathedrale, die sich über ihm befand, mit ihren Türmen in den Himmel erhob.

Jetzt flammte am Grund des Ossariums eine Fackel auf und ließ riesige Knochen- und Schädelberge sichtbar werden – die Überreste sämtlicher Äbte und Mönche und Brüder und Novizen, die jemals das Stift bewohnt hatten. Von Schwindel ergriffen tastete ich mit beiden Händen hinter mich, am Felsen Halt suchend – hoch über der Nekropolis klebte ich an der senkrechten Wand.

Nein, auf diesem Pfad konnte ich unseren Plan nicht durchführen. Wenn sich Epiphanius wehrte oder an mir festklammerte, würde er uns beide in den Abgrund reißen. Auf allen vieren bewegte ich mich bis zu einer kleinen Kanzel, die ich von oben erspäht hatte – hier wollte ich erst einmal zu Atem kommen und die weiteren Schritte in aller Ruhe überlegen. Tief unter mir sah ich nun, von der Fackel beleuchtet, das Beinhaus, das Epiphanius erwähnt hatte. Es war eine Art Spiegelbild der Gnadenkapelle und barg im Tresor die Festkrone der Madonna. Mein Gott, dort unten wimmelte es von Ratten, einem riesigen Heer, das mit einem anschwellenden Pfeifen über die Kuppen der Schädelberge in den Lichtschein der Kapelle vorrückte. Epiphanius hatte an deren Portal zwei weitere Fackeln entzündet und war im Innern verschwunden.

Ich wollte mich schon zurückziehen, um den Überfall auf den Garderobier weiter oben durchzuführen, da bemerkte ich: Er trat wieder vor das Beinhaus, hielt eine Flasche an den Mund und, kaum zu glauben, der sonst so scheue Epiphanius wollte mit dem Trinken gar nicht mehr aufhören! Aber wer wollte es ihm verdenken, dass er sich vor dem Aufstieg über den steilen Felsenpfad etwas Mut antrank. Er hielt den Flaschenhals kurz an die Fackel, und bei allen Heiligen, das hätte ich ihm nie zugetraut, jetzt warf er sie doch tatsächlich als explodierenden Molotowcocktail unter die angreifenden Ratten! Nein, dieser Epiphanius, er agierte wie ein kriegserfahrener Stoßtruppmann! Ich war gewarnt. Es würde nicht einfach sein, ihn abzupassen, mit Chloroform zu betäuben und dann die Habsburgische Krone, die er dem Tresor des Beinhauses entnommen hatte, gegen ein Imitat auszutauschen – Beau war mit seinen Chirurgenhänden ein wahres Kunstwerk gelungen; die aus Draht, Silberpapier, Goldfolie und billigen Klunkern zusammengebastelte Pseudokrone sah echter aus als die echte.

Vorsichtig kraxelte ich auf dem Felsenpfad wieder nach oben zur Krypta, wo ich durch das niedere Tor trat und mich gleich neben der Öffnung mit dem Rücken an die Wand stellte. Ich zog einen schwarzen, mit Augen- und Mundlöchern versehenen Damenstrumpf über den Kopf – aus der Garderobe von Rose, wundervoll duftend nach Schminke, Puder, Parfum und Frau. Ich wartete, bis ich von unten Schritte hörte, dann vergewisserte ich mich mit einem Blick ums Eck, dass die Schattengestalt langsam heraufkam. Es war so weit. In den nächsten Sekunden würde sich entscheiden, ob ich ein erfolgreicher Attentäter war – oder der notorische Pannenheini. Hastig schüttete ich das Chloroform in einen Wattebausch – sobald Pater Epiphanius sein Haupt durch die Öffnung reckte, würde ich ihm die Watte auf die Nase pressen, dann brauchte ich nur noch die Kronen auszuwechseln, und der Rote Diamant wäre unser.

Ich erstarrte. Wagte nicht mehr zu atmen. Glotzte durch

meine Maske … und dann schob ich die Hand mit dem Wattebausch zeitlupenhaft in die Kuttentasche.

»Der Heilige Stein!«, fauchte der Drache. »Ich habe den Heiligen Stein gesehen!«

*

Mit Entsetzen begriff ich: In dieser Nacht waren drei Leute ins Ossarium abgestiegen: als Erster Pater Epiphanius, der Madonnen-Garderobier, als Zweiter Bruder Frieder, ich als Dritter. Fieberhaft überlegte ich, wodurch unser Coup aufgeflogen war, aber egal, alles war schiefgegangen, von Anfang an. Als Bruder Frieder unten im Ossarium das Beinhaus betreten hatte, hatte ihm Epiphanius in seiner Todesangst eine Flasche entgegengestreckt: Spiritus, hochprozentigen Alkohol. Damit pflegte der Madonnen-Garderobier die Rattenbisse zu desinfizieren, und vermutlich war ihm erst hinterher bewusst geworden, dass ein entwöhnter Trinker keinen einzigen Tropfen erwischen durfte. Daran hatte auch Bruder Frieder nicht gedacht. Geblendet vom Diamanten, hatte er die Flasche angesetzt, dann hatte er sie als Molotowcocktail ins herankrabbelnde Rattenheer geworfen, war über den Felsenpfad nach oben gewankt und befahl mir jetzt mit seinem Feueratem, ihn aus der finsteren Unterwelt zurück in die Mittelwelt zu bugsieren. Als wir die Clausura erreichten, bat er mich – und er bat höflich, fast winselnd –, ihn in seinen Partykeller zu bringen, aus eigener Kraft würde er es nicht mehr schaffen.

Im Partykeller, der sich unterm Fleischteil der Klosterküche befand, hatte er noch als Bruder Schlachter ein

Schnaps- und Weinlager angelegt. Auf gerahmten Lithographien versank die Sonne hinter Capri im Meer, und da hockte er nun, auf dem Sofa, den Kuttenkragen aufgerissen, in der Rechten die Flasche, und soff. Ich hatte ihn schon einmal besoffen erlebt, im Lazarett, da war er nüchtern besoffen gewesen. Nun war er besoffen besoffen, und besoffen besoffen bedeutete im Fall des ehemaligen Alkoholikers den Suff zum Tod. Er schien ihn, von den Furien verfolgt, mit Sehnsucht erwartet zu haben und fachte das Höllenfeuer in seiner breiten Metzgerbrust mit kräftigen Schlucken an.

»Schenk ein, Junge«, bat er. »Mach mich fertig. Schick mich in die Verdammnis!«

Die Discokugel ließ Sterne über ihn hinweghuschen, und der Plattenspieler, von mir bedient, spielte seine Lieblingsschlager. Ich öffnete beflissen die nächste Flasche, goss das Glas voll, tupfte ihm mit der Serviette den Schweiß von der Stirn, und als der gewaltige rote Schädel auf die Brust sank, nahm ich den Tonarm von der Platte. Mir war klar: Er brachte sich vor meinen Augen um, aber seine Erziehung hatte mich hart gemacht, und bitte sehr, wenn er einen Großen Tod sterben wollte, war ich ihm als Mundschenk gern behilflich. Der Rote Diamant hatte ihn vom Park der Spielbank zu Baden-Baden in den Krieg, in den Kessel von Stalingrad, ins Stacheldraht-Lager am Polarmeer und dann quer durch Russland nach Maria Schnee geführt – und nun an die Flasche, die er nicht mehr absetzen konnte. Der Damm seiner jahrelangen Entsagung war eingestürzt, und mit der Flutwelle schoss der Koloss hilflos seinem Ende entgegen.

»Wer bist du?«, fragte er lallend.

»Zögling 230, Ehrwürdiger Vater.«

»Ah, ich kenne dich«, sagte er mit einem verschmitzten Grinsen. »Deine Mutter hat mir mit ihren Stöckelschuhen den Linoleumboden versaut.«

»Das ist lange her, Ehrwürdiger Vater, viele Jahre.«

Der sterbende Drache nickte bedächtig. »Für mich, weißt du, ist bald alles lange her. Aber sag, warum ist es oben so still? Arbeiten sie nicht in der Küche? Heute kommen doch die Kaiserlichen. Geh! Schau nach! Sag den Gesellen, sie sollen sich beeilen. Wir dürfen uns vor den Habsburgern nicht blamieren. Wir sind ihre letzten Untertanen.«

*

Als ich in die Küche hochkam, war mir auf Anhieb klar, dass der Untergang von Bruder Frieder auch das Stift untergehen ließ. Bisher hatte er sein Amt als Katechon, als Aufhalter, mit harter Hand erfüllt, wobei er die Küchengesellen auch mal in den Hintern getreten hatte (mit der Sandale, trotz fehlender Zehen), und man brauchte nicht viel Phantasie, um sich vorzustellen, was geschehen würde, wenn sie in der Küche merkten, dass der Boss eine Etage tiefer am Saufen war. »Marmor, Stein und Eisen bricht«, tönte es seit dem frühen Morgen von unten herauf, und kein Zweifel, die Gesellen nahmen Drafi Deutschers Worte wörtlich. Der Marmor brach. Der Tyrann kippte vom Sockel.

Im gekachelten Kühlraum hingen an Ketten und Haken die blutigen Schweinehälften, die sie für heute Abend zu sechshundert Schnitzeln präparieren sollten. Wie in den

Jahren zuvor nahmen sie die Hälften auch an diesem Morgen von den Haken und schleppten sie auf ihren Schultern … nein, nicht zu den Präparationstischen: zum Ausgang.

Ich trat ebenfalls in den Innenhof der Abtei hinaus, unter einen grauen Himmel, und sah dann ungerührt zu, wie Max, der Rossknecht, einen alten Gaul einspannte und wie die Gesellen den Schlitten mit den blutenden Schweinehälften beluden. Als er losfuhr, hing Max volltrunken auf dem Schlittenbock, so dass die Fuhre wie von selbst durch den schneefreien Torweg nach draußen scharrte, in die Freiheit. Auf dem Bock saß neben dem Kutscher fröhlich zwitschernd der Pfortenvogel, mit wippender Feder auf dem Hütchen, und hinter dem Schlitten her humpelten sämtliche Angestellten und Stallknechte, die Bruder Frieder in den umliegenden Anstalten rekrutiert und als unbezahlte Arbeitskräfte ausgebeutet hatte. Manche von ihnen trugen Soldatenmäntel und schleppten in Rucksäcken und Leiterwagen mit, was sie in der Eile erwischt hatten: Kerzenständer, Kelche, Pokale und edel verstaubte Bouteillen aus dem Weinkeller der Fürstäbte. Der Gaul dampfte, der Atem flockte, und während ein Rabengeschwader mehrmals die Fuhre überflog, glitt der Schlitten mit dem Schnitzelfleisch für das abendliche Diner langsam auf die Berge zu. Das Klingeln der Schellen entfernte sich. Max, der Rossknecht, Drossel, der Pfortenvogel, und all die Buckligen und Wasserköpfigen verschwanden in den Flockenwirbeln. Man hat sie in Maria Schnee nie mehr gesehen.

*

Das Automobil der Kaiserin legte pünktlich wie immer nach einigen Vor- und Rückwärtsmanövern am Pfortenportal an, aber die Posaunen, die früher oben an der Brüstung der Abteiterrasse das Willkomm entboten hatten, zeigten sich nicht. Die Spaliere mit den brennenden Fackeln fehlten. Ein benediktinisches Empfangskomitee, das sich bäuchlings vor die Kaiserin warf, um ihr die Füße zu küssen, war nirgendwo zu sehen. Die trübe Laterne über dem Portal kam gegen die frühlingshafte Dämmerung nicht an, und es war schon fast gespenstisch, dass das abweisende Kloster bei den Kaiserlichen nicht die geringste Irritation auslöste. Wie in all den Jahren zuvor stocherte der Stock aus dem Fond, es folgte der zierliche Schuh, und als er, umrieselt von schwarzen Seidensäumen, das letzte Stück habsburgischen Boden ertasten wollte, versank er im Schnee.

Offensichtlich waren die Kaiserlichen nicht zum ersten Mal in solch einer Lage. Eben war man noch bejubelt worden, schon war die Welt um einen herum verstummt, und wo gemäß Protokoll der rote Teppich liegen sollte, stapfte man über verschneite Stufen ins zugige Innere, um dann heldentapfer den unendlich langen und steilen Aufstieg durch das Treppenhaus in Angriff zu nehmen. Einen Unterschied zu früher gab es allerdings. Wenzel Hornyak, der ehemalige Seeleutnant, fehlte.

*

Um Viertel nach sechs hatte die Internatsglocke nicht zum Gang in die Morgenmesse geschrillt. Stumm war sie auch um zehn nach sieben geblieben, und im Speisesaal hatte die hungrige Masse der Zöglinge erst unruhig, dann besorgt, schließlich ärgerlich auf die Küchenwagen mit den Kakaokrügen und den frisch gebackenen Broten gewartet. Hungrig war der Tausendfüßler in die Museen zurückgekehrt, und ich konnte mir lebhaft vorstellen, wie um zwanzig nach acht sämtliche Zöglinge, selbst abgebrühte Rhetoriker und Lyzeisten, zu den Blechhauben der Internatsglocke hochgeblickt hatten. War das Läutwerk kaputt? Das gewohnte Schrillen blieb aus, es läutete nicht zum Unterrichtsbeginn, nicht zur Pause, nicht zum Mittagessen – Bruder Frieder, der allmächtige Präfekt, blieb verschollen. Erste kritische Stimmen (noch flüsterten sie hinter vorgehaltener Hand) meinten höhnisch, nun räche es sich, dass der Alte der Einzige war, der den Schlüssel zum Läutwerk besaß. Wenn er es nicht mehr bediente, stockte der Kreislauf. Der Ewige Tag, auf einmal blieb er stehen. Wie eine kaputte Uhr. Wie ein krankes Herz. Die Steinstadt atmete nicht mehr. Kollaps. Aber dies war der Vorabend der Seelenmesse für Kaiser Karl, seit fünf Uhr nachmittags hatte man die Habsburger im Haus, und obwohl man eigentlich wusste, dass es in der Küche verdächtig still war, wurden im Fürstensaal in aller Eile die Tische aufgestellt und mit weißen Tüchern bedeckt. Ein Lyzeist, der als vertrauenswürdig galt, wollte aus der Küche das Plattklopfen der Schnitzel vernommen haben, und ein Novize, dem der Hunger aus den Augen flackerte, verstieg sich sogar zur Behauptung, das heiße Fett zu riechen, worin sie brutzeln würden. Die Glocke rührte sich nicht. Einzig der Dachreiter bimmelte, und voller Hoffnung fanden sich gegen halb sieben sämtliche Klosterinsassen im Fürstensaal ein, wo man dem Einzug der Kaiserlichen entgegenfieberte. Lag am Ende ein Wunder in der Luft? Tauchte der Bruder Frieder im letzten Moment aus der Versenkung auf und speiste das Stift und dessen Gäste mit knusprig gebratenen Schnitzeln à la Wiener Hofburg?

*

Nachdem ich beobachtet hatte, wie sich alles in den Fürstensaal begab, eilte ich ungesehen in die mittlerweile völlig ausgeplünderte Küche zurück. Die Fenster standen offen, es war eisig kalt, über die blutigen Schlachtbänke huschten Ratten. Sie lebten seit Jahrhunderten in der Finsternis des Ossariums, waren weiß wie Schnee, passend zum Namen des Stifts, hatten rot entzündete, erblindete Punktaugen, und als hätten sie hellsichtig erfasst, dass das Steinschiff am Sinken war, drängten sie nun nach oben.

Ich stieg wieder zu Bruder Frieder hinab, in den Partykeller unter der Küche.

»Ehrwürdiger Vater«, sprach ich, als ich bemerkte, dass sich die blonden Wimpern eines Augenlids hoben, »macht Euch keine Sorgen. Oben läuft alles wie immer. Eben ziehen die Kaiserlichen im Fürstensaal ein. Vorneweg schreitet der Pater Zeremoniar, an zweiter Stelle folgen Freiherr Schager von Eckartsau, Oskar Reichel Edler von Erlenhorst und Lajos Fürst Windischgrätz.«

»Ohne den Hornyak?«, rief Bruder Frieder.

»Ja, Ehrwürdiger Vater«, antwortete ich im gedämpften Ton eines Trauerredners, »der Linienschiffsleutnant Hornyak hat das Zeitliche gesegnet.«

»Wer ist der Begleiter der Kaiserin – der Windischgrätz?«

In der Tat, erklärte ich ihm, der alte Windischgrätz geleite Ihre Majestät jetzt zum Schnitzeldiner und morgen zur Seelenmesse, am Protokoll halte man fest. Meine Stimme schien den Sterbenden zu beruhigen, er atmete etwas leichter, und so begann ich, das Geschehen im fernen Fürstensaal wie bei einer Live-Reportage zu kommentieren. Den Fürsten ließ ich in der Uniform eines zaristischen Obristen auftreten, an der martialisch gewölbten Brust das Militär-Jubiläumskreuz von 1908. Seinen rechten Arm gab er der gebückten Kaiserin, die ich, durch Maman geschult, wie eine Braut schilderte, in einem Kleid aus weißem Satin-Duchesse, die Corsage am Hals geschlossen, im Haar ein blitzendes Diadem, die Schleppe en plein mit der bourbonischen Lilie bestickt. Die Prozession näherte sich mit den langsamen, auf den Stock gestützten Schritten Ihrer Majestät der Ehrentafel, wo der Fürstabt seine hohen Gäste erwartete, in seinem Rücken Kammerbruder Odo, der seine linke Hand hie und da unter das Kinn des Dämmerers hielt und dessen Köpfchen samt Mitra ein wenig anhob. »Pace«, lallte der Dämmerer, »Pace …«

Nicht ganz protokollgemäß, rapportierte ich, komme jetzt auch noch die Gräfin Kerssenbrock anmarschiert, wie stets mit gehisster Adlerfeder am Barett, und ganz zum Schluss …

»… der Erdödy!«, freute sich Bruder Frieder.

»Jawohl, Ehrwürdiger Vater, Graf Erdödy, der letzte Oberchauffeur des versunkenen Kaiserreichs. Zum festlichen Diner ist er in Galauniform, die Brust mit Orden und Goldschnüren drapiert, und unterm Arm hat er den

Zweispitz, als käme er von einem napoleonischen Schlachtfeld. Riechen Sie's?«

»Oh ja, guter Junge, Schnitzel à la Wiener Hofburg!«

»Die vollbeladenen Küchenwagen rollen in den Saal, die Blasmusik schmettert die Kaiserin-Zita-Hymne, und über den geneigten Häuptern der Patres, den geschorenen Nacken der Zöglinge, den servierbereiten Novizen, dem stolzen Fürst Windischgrätz und Ihrer Apostolischen Majestät, der Kaiserin, flammen und funkeln in den Kristalllüstern Aberhunderte von Kerzen.«

»Das sollten die Progressiven Mütter mal erleben!«, rief Bruder Frieder zornig, »sechshundert Schnitzel à la Wiener Hofburg, jedes 150 Gramm, goldbraun gebacken, so weich und zart, dass selbst mein zahnloser Vize Servilius damit fertigwird! Denn siehe, spricht der Herr, groß ist der Hunger und gewaltig das Geheimnis des Glaubens, das uns offenbart wurde im Fleisch. Im Fleisch, nicht im Apfel! Schreibt euch das hinter die Ohren, ihr Progressiven Mütter!«

Schwer ging sein Atem, schwer, keuchend, stockend, die zehenlosen Füße in den Sandalen jedoch standen immer noch breitbeinig auf dem Steinboden.

»Warum«, stieß er plötzlich hervor, »ist es so still da oben? Sind die Gesellen mit den leeren Wagen nicht zurückgekehrt?«

»Ehrwürdiger Vater«, sagte ich, »jetzt tragen acht Zöglinge das Modell der Gnadenkapelle auf die Bühne. Diesen großen Moment wollen auch die Gesellen erleben.«

»Trägt sie einen Rosenmantel«, fragte Bruder Frieder, »das herzige Püppchen im Kapellen-Modell?«

»Ja, Ehrwürdiger Vater, und sogar eine Krone.«

Die Lungen des Sterbenden hatten aufgehört zu pumpen. Aus der heftig zuckenden Halsschlagader bezog er die letzten Luftreserven.

»Junge«, sprach er, »um Gottes willen!« – –

Er rutschte vom Sofa, wälzte sich auf die Seite, krümmte sich in eine embryonale Stellung, griff sich mit beiden Pranken an den Hals, und nie würde man erfahren, was er jetzt schaute mit diesen großen, im qualvollen Ersticken aus dem Schädel wachsenden Augen, vielleicht das Beil im Schädel des Barons und vielleicht, wer weiß, die Capri-Fischer im Sonnenuntergang.

*

Minutenlang blieb ich auf dem Sofa sitzen, wie erstarrt. Ob ich es riskieren durfte, ihn zu durchsuchen? Oben war alles still. Jetzt oder nie. Entschlossen griff ich in seine Taschen, erst in die eine, dann in die andere, doch Fehlanzeige, da waren nur Äpfel, ein Rosenkranz, der Schlüsselbund, das Brevier, ein Fläschchen mit Weihwasser, ein schmutziger Verband, ein Taschentuch, ein Kerzenstummel, eine Dose mit Schnupftabak, ein verdorrter Palmzweig – keine Krone. Kein Diamant. Die Augen des Toten staunten immer noch. Eines Tages, ging's mir durch den Schädel, werde ich unter den Sternen der Wüstennacht in einer Runde von Kaufleuten und Kameltreibern am Feuer sitzen, und dann bin ich der Weitgereiste, der ihnen erzählt, dass ich einen gekannt habe, der ihn gesehen hat mit eigenen Augen: den Roten Diamanten. Schon stand um den Kadaver die große Stille des Todes. Auf der Treppe, die steil nach oben führte, warf ich einen Blick zurück. Der Raum wurde zum Mausoleum. Ich knipste das vergitterte Licht aus, und die eiserne Luke über dem Aufgang klappte ich zu.

*

Als ich den Fürstensaal betrat, richteten sich Hunderte von Augenpaaren auf mich, und schaudernd meinte ich zu hören, wie sich das Knurren der hungrigen Mägen in das Knurren von Bluthunden verwandelte.

Ich winkte Primus Lenin in eine Fensternische.

»Hast du den Diamanten?«, flüsterte er mir ins Ohr.

»Nein. Der Coup ist misslungen. Aber es wird uns nichts passieren. Der Drache ist tot.«

Um uns herum verengten sich Augen zu Schlitzen. Kiefer wurden zusammengepresst. Auf Stirnen glitzerte Schweiß. Die Masse witterte den Stich Frühling, der in der Luft lag. The Times They Are a-Changin'. Etwas Altes ging zu Ende, etwas Neues wollte anbrechen, und wieder einmal glaubte der lebenslang gedeckelte Subpräfekt Walafried: Jetzt, endlich, schlägt mir die Stunde. Gierig lauerte er auf den Moment, da er den verschollenen Katechon ersetzen konnte, und als dem Saal klarwurde, dass nichts auf die Teller kommen würde, kein Schnitzel, kein Kartoffelsalat, ja nicht einmal ein Stück Brot, erhob sich Walafried, um die zum Zerreißen geladene Stimmung mit einem Machtwort zu beruhigen. Allerdings verlangte die jahrelange Gewohnheit, dass erst einmal die gerollte Serviette in den Ring gestopft wurde, und was ihm auf Anhieb noch niemals gelungen war, misslang ihm natürlich auch jetzt. Hilflos hampelte er herum und machte sich, als er nach Drossel rief, der ihm das Mikro reichen sollte, endgültig lächerlich. Da geschah's –

»Hun-ger!«, rief einer.

»Hun-ger!«, fielen weitere ein, »Hun-ger, Hun-ger!«

Erst waren es zwanzig: »Hun-ger, Hun-ger!«, dann hundert, zweihundert, dreihundert, und da die meisten bei jeder Silbe den Teller gegen den Tisch knallten, »Hun-ger! Hunger!«, wurde der Takt schnell und schneller, die Aggression stark und stärker: »Hun-ger! Hun-ger!! Hun-ger!!!«

Primus Lenin erstieg einen Stuhl und eröffnete mit einer improvisierten Brandrede den Aufstand. Seinem Vorschlag, die Kutten auf einen Haufen zu werfen, mit Benzin zu übergießen und samt den verhassten Sandalen anzuzünden – als Protest gegen die Napalmbomben, mit denen die Amis in Vietnam Reisfelder und unschuldige Kinder abfackelten –, stimmten dreihundert Zöglinge mit erhobenen linken Fäusten zu.

»Ami, go home!«, brüllte der Fürstensaal, »make love, not war!«

Patres und Brüder und Novizen flohen in die Clausura, die aufgeputschte Masse strömte zu den Sportfeldern, und bald war unter den vielen Leuchtern mit den niederbrennenden Kerzen nur noch die Ehrentafel besetzt.

An der Seite Ihrer Majestät starrte der greise Fürst Windischgrätz durch ein Monokel ins Leere. Der Dämmerer schlief, das winzige Kinn auf die Brust gedrückt, die Mitra nach vorn gekippt, im schmetterlingsbunten Umhang fast schon körperlos, im Übergang ins Metaphysische. Langhager und unberührt von den Ereignissen, stand hinter seinem Herrn Kammerbruder Odo und hinter der Kaiserin, wuchtig wie ein Wachsoldat, die Kerssenbrock. Die drei letzten Edlen waren zu Wachsfiguren erstarrt, der Fürst mit einem Augenglas unter hochgehievter Braue, Reichel und Schager mit offenen Mündern, hängenden Kiefern. Ihre Majestät, ein Lächeln im Gesicht, unterhielt den schlafenden Abt Meinradus mit dem neuesten Hofklatsch, und vermutlich nahmen ihre grauen Augen nicht einmal wahr, dass sich zu ihren Füßen ein riesiger Scherbenhaufen ausbreitete. Teller waren zerdeppert, Tische umgestürzt, Stühle zusammengehauen worden, und auf allen vieren suchte Subpräfekt Walafried, der ewige Unterhund, die Brille, die man ihm von der Nase geschlagen hatte. Blind kroch er durch die Scherben, und dass ich darauf verzichtete, seine Brille mit meiner Sandale zu zertreten, hatte der Subpräfekt seiner Schwester zu verdanken – ich liebte Rose noch immer, ich sehnte mich nach ihrer Zahnlücke.

*

Anderntags, es war der 1. April 1968, eilten aus allen Landesteilen die Progressiven Mütter herbei, von ihren hungrigen Söhnen alarmiert, und versorgten uns mit eilends organisierter Notnahrung. Am Vormittag fiel der Unterricht aus, aber die Seelenmesse fand statt, und danach wurde die Kathedrale wie üblich für die Kaiserin geräumt.

Das Innere der Gnadenkapelle war mit Lorbeerbäumen und Tannengrün dekoriert; im roten goldverbrämten Samt des Betschemels prangte das Wappen mit dem Doppeladler; für Ihre Majestät stand ein Fauteuil bereit, bezogen mit gelbem Damast. Die Gräfin Kerssenbrock sowie die drei

Edlen mit den weißen Köfferchen hielten sich diskret im Hintergrund, beim Weihwasserbecken, und so waren die beiden Damen in der Gnadenkapelle unter sich: oben die Himmelskönigin und zu ihren Füßen, auf der Betbank, die letzte Apostolische Majestät, in ihre Witwenschleier und die Trauer um das versunkene Reich gehüllt.

Während die Kaiserin den überraschend in die ewige Seligkeit abberufenen Bruder Frieder der Barmherzigkeit anempfahl, fuhr der Austro-Daimler schwarz rauchend am Mittelportal der Kathedrale vor, wo ihn Graf Erdödy – mit der Handbremse! – zum abrupten Stillstand brachte. Ein paar Gaffer, alte Nonnen und Männer in Tirolertracht, den Hut mit dem Gamsbart an der Brust, drängten näher heran. Die hohen Flügel des Portals taten sich auf, und vor der goldumglänzten Madonna, die zu Ehren ihrer Besucherin das Rosenkleid und die Habsburgische Krone mit dem Roten Diamanten trug (auf Pater Epiphanius war Verlass), erhob sich am Stock die Kaiserin. Sie beugte mühsam das Knie, bekreuzigte sich mit dem Daumen die Stirn, den Mund, die Brust, und vielleicht, wer weiß, nahm sie mit einem letzten Aufblick wahr, dass aus der Mittelzacke ein rötliches Strahlen floss. Adieu, Himmelskönigin!

Adieu, Majestät. Von der Orgel erscholl das berühmte »Gott erhalte Franz den Kaiser« nach der unsterblichen Haydn-Melodie, und langsam, jedoch in schnurgerader Linie schritt die letzte Kaiserin durch das Portal auf die offene Autotür zu. Die Tiroler schwenkten stumm ihre Hüte, die Nonnen knieten lautlos weinend nieder, und zuletzt sah man nur noch den langen Stock und am Griff die schwarz verschleierte Hand aus dem Fond des Oldtimers ragen.

Dann verschwand auch die Hand. Und der Stock schlüpfte hinein.

Auffällig still verhielten sich über der Abfahrt die Raben – als lauschten sie den neuen Tönen, die aus dem Internatstrakt herüberwehten. Die Mundharmonikabläser aller Klassen hatten sich zu einem Orchester vereinigt und spielten Bob Dylans schwermütige Hoffnungshymne. Auf dem Sportfeld rauchte der Aschehaufen unserer Kutten, und aus der Turmkajüte, die früher der Uhrenbruder bewohnt hatte, hing die Fahne des Vietcong.

VIER

Es war der letzte Tag im März und heißer als sonst im August. Auf der Fähre, die früher die Pilger über den See gebracht hatte, waren wir nur wenige Passagiere; die meisten blieben im Auto sitzen, andere standen wie ich an der Reling, betäubt von der brütenden Hitze, die im Fahrtwind nicht abnahm. Seit meiner Einlieferung ins Stift Maria zum Schnee waren Jahrzehnte vergangen, und doch kam es mir vor, als wäre es erst gestern gewesen, dass der kleine Arthi mit seiner sommerlich kostümierten Maman einem neuen Leben entgegengefahren war. Der Galizier, der mich auf allen Reisen begleitete, lag auch jetzt wieder auf dem Rücksitz, und da er schon immer alt, verbraucht und mit vergilbten Affichen bepflastert gewesen war, mit Schiffspassagen und Zolldeklarationen, schien er sich in einer völlig veränderten Welt als Einziger nicht verändert zu haben. An der Landungsbrücke warteten zwei behelmte Velofahrer hinter dem Absperrseil, und der Vorplatz mit den vielen Spuren, die noch vor wenigen Jahren den Andrang der heimkehrenden Pilger geordnet hatten, war leer – es gab keine Wallfahrt mehr.

*

Aus der Ferne sah das Stift Maria zum Schnee nicht anders aus als früher, doch war es schon seit vielen Jahren aufgelassen, und die wenigen alten Mönche, die es zuletzt noch bewohnt hatten, waren in ein Krankenasyl gebracht worden. Seitdem stand der ganze Komplex leer, und wenn er noch irgendeine Zukunft haben sollte, hatte uns Alpha Dickie beim letzten Klassentreffen wissen lassen, dann als Psychiatrische Klinik oder interkantonale Strafanstalt. So traurig das war, es war der Lauf der Dinge.

Etwas weiter oben, wo der Wald lichter wurde, hielt ich an, stieg aus und machte ein paar Schritte unter den Bäumen. Auch hier herrschte die Hitze. Eine verheißungsvolle Regenwand war weitergezogen, das dumpfe Rollen eines Donners entfernte sich, im Wald wurde es sonderbar still. Mücken sirrten, sonst vernahm ich keinen Ton. Waren nicht nur die Mönche, sondern auch die Vögel abgezogen? Als ich schwitzend zum Wagen zurückging, wunderte ich mich erneut über diesen Wald ohne Vögel, ohne Rauschen, ohne Rascheln, aber als ich dann eine Weile in der offenen Wagentür stehen blieb, begann es in der Ferne tatsächlich zu läuten. War Maria Schnee doch nicht so tot, wie behauptet wurde?

Die Glocken verklangen, und aus der Stille winselte leis der Wind, ein Gebirgswind mit wirbelnden Flocken. Das Kloster, in dem ich Zögling werden sollte, schien in den dunklen Wolken zu liegen, und mir war klar, dass wir uns schrecklich verspäten würden.

»Mit mir kommt man immer zu spät«, sagte Mimi …

*

Ich verscheuchte die Erinnerung, und für einige Momente war ich unschlüssig, ob ich meine Fahrt in die Vergangenheit fortsetzen sollte. Vermutlich war alles abgesperrt, und es würde schwierig sein, ins Innere einzudringen. Aber mich lockte es, einen Blick auf das Gnadenbild zu werfen. War die Schwarze Madonna ins Exil gegangen, wie Heinrich Heines Götter? Oder schwebte sie immer noch in ihrem Gewitter aus Blattgold, auf dem linken Arm das Kind, in der Rechten das Zepter, auf dem Haupt die Krone?

Nach bestandener Matura waren wir mit unseren Koffern, ich mit dem Galizier, singend hinausgezogen ins Leben. Frei wollten wir sein, endlich frei vom Ewigen Tag, von der permanenten Wiederholung, vom Trampeln im Hamsterrad, und irgendwann schaffte man es dann, nicht mehr morgens um zehn nach fünf zu erwachen, den Darm auf eine individuelle Zeit zu programmieren und einen eigenen Kopf aus der Vase zu strecken. Alpha Dickie rief uns regelmäßig zusammen, und es gab nur einen, der sich diesen beliebten Treffen verweigerte: Viper. Die Klasse fragte sich natürlich, warum ausgerechnet die Mustervase, die stets unauffällig in ihrer Mitte gesessen hatte, auf einmal durch exzentrische Anwandlungen auffiel und an so ungewöhnlichen Plätzen wie Amsterdam, Genf und New York studierte. Ich wusste die Antwort (die ich selbstverständlich für mich behielt): Es waren Diamantenplätze. Nicht zufällig studierte Viper Jura, nicht zufällig wurde er Kriminalpolizist, und da er eine Schlange war, also »schlauer als die anderen Tiere des Feldes«, könnte er es irgendwann im Gang der Jahre sogar geschafft haben, den großen Coup, von dem er als Zögling geträumt hatte, doch noch zu landen. Aber was hätte er davon gehabt? Rechtlich gehörte der Rote Florentiner, wie er offiziell bezeichnet wurde, der Republik Österreich oder, im Zweifelsfall, der Familie Habsburg, und weder ein Händler noch ein Schleifer, davon war ich überzeugt, hätte das Sakrileg begangen, den Heiligen Stein mit dem Laser in Handelsware zu verwandeln. Sofern Viper den Diamanten tatsächlich geschnappt hatte, hockte er auf einem Schatz von unermesslichem Wert und konnte sich dafür nicht einmal eine Packung Zigaretten kaufen. Er wäre ein reicher armer Mann.

Viper war der Einzige der Klasse, der nicht zum Begräbnis von Ultimus Nebel erschienen war, was wir als besonders ungehörig empfunden hatten. Denn wir hielten zusammen, unser Bund war fürs Leben, anders als so manche Ehe (keiner der Klasse war mit den Frauen glücklich geworden), und die Kameradschaft, da waren wir uns einig, war bei den meisten von uns die Konstante im Leben. Bei seinem Begräbnis würde man nicht allein sein, da erschienen alle am Grab: Nebels ältester Sohn blies auf der Mundharmonika seines verstorbenen Vaters den Bob-Dylan-Song, Alpha Dickie fand würdige Worte des Gedenkens, und der Witwe wurde versichert, die Klasse sehe es als Ehrenpflicht an, sie zu unterstützen. Wenn einer von uns finanziell in die Bredouille geriet, erhielt er einen Kredit. Beau, der eine Kette von Privatkliniken besaß, war für unsere Gesundheit zuständig, und wer eine fröhliche Party geben wollte, lud Klassenclown Giovanni ein, den aus diversen Talkshows bekannten Psychoanalytiker.

Ich verstand mich am besten mit Primus Lenin. Er hatte damals ganz hinten gesessen, bei der Tür, ein brillanter Lateiner, vif auch in anderen Fächern, durchweg begabt, an allem interessiert, der geborene Primus – nur nicht draußen, im Leben. Da war er dann mehrmals sitzengeblieben: zwei abgebrochene Studien (Medizin und Soziologie), zwei gelöste Verlobungen (mit Frauen aus der Dritten Welt), diverse Aufenthalte in psychiatrischen Kliniken. Lenin war als Einziger der Klasse der Religion treu geblieben und hatte sich nach Jahren des Herumirrens mit den Ideen der Befreiungstheologie infiziert. Er war Priester geworden, hatte abenteuerliche Jahre unter den Armen verbracht und bekleidete nun einen dubiosen Posten im Vatikan. Liiert war er mit einer afrikanischen Ordensfrau, und wenn mir jemals ein Wesen begegnet war, das Wunder wirken konnte, dann war es Lenins Nonne – ihr gelang es mühelos, in den besten Lokalen Roms für den Abend einen Tisch oder in einer ausgebuchten Alitalia-Maschine einen Platz zu ergattern. Meine Bücher kannte das ungewöhnliche Paar besser als ich selbst, und regelmäßig warfen sie mir vor, den Figuren würde ein kapitalismuskritisches Bewusstsein fehlen. Aber trotz aller Differenz im Ideologischen: Die Brüderlichkeit würde bleiben. Wir Maria-Schneer konnten uns aufeinander verlassen. Die Klasse war unsere Lebensversicherung … und Viper musste einen guten Grund haben, um freiwillig darauf zu verzichten. Ich glaubte diesen Grund zu kennen. Er wollte Fragen nach dem Roten Diamanten ausweichen, und könnte das nicht darauf hindeuten, dass er in seinem Besitz war? Oder war Viper gerade dabei, die lebenslange Suche abzuschließen? Erst vor wenigen Wochen hatten sie ihn bei der Kripo pensioniert, übrigens mit einem dürren

Kommuniqué, als wären seine Vorgesetzten erleichtert, ihn loszuwerden, und als Pensionär, der obendrein über Verbindungen zu den alten Untergebenen verfügte, wäre er tatsächlich in einer aussichtsreichen Position, um den verschollenen Schatz zu bergen. Dass er dies beabsichtigen könnte, schloss ich aus einer Information von Primus Lenin. Bei unserem letzten Telefonat hatte er mich wissen lassen, der abtrünnige Klassenkamerad und frisch pensionierte Kripomann wandle wie ein Gespenst durch die leer stehenden Trakte des Klosters.

*

Als ich den Wagen vor der Fassade abstellte, war es sechs Uhr abends. Die Sonne stand tief im Westen, und es wollte mir nicht in den Kopf, dass kein Choralgesang heraustönte und dass dieser einstmals so stolze, von aller Welt angelaufene Escorial nur noch eine Steinmasse war, ein riesiger Damm, der nichts anderes staute als Leere und Stille und das leise Schleichen des Zerfalls. Die Zeiger an den riesigen Zifferblättern waren eingerostet. Einige Ziffern hingen lose, andere waren abgebrochen. Erstaunlich war das nicht, von Dauer ist kein Reich, keine Krone, kein Kloster, auch nicht die mechanische Uhr. Mönche hatten sie um das Jahr 1000 herum erfunden, eine Erfindung mit Folgen – seither waren sie in ihren Klöstern nicht mehr vom unzuverlässigen Hahn, sondern von den pünktlichen Hammerschlägen des mechanischen Uhrwerks geweckt worden. Aber eben, selbst die Zeit schien der Zeitlichkeit unterworfen zu sein. Das Jahrtausend der kreisenden Zeiger war passé, und höchstens einer vergessenen Gießkanne in einem verwilderten Garten, dachte ich am Fuß der stummen Escorial-Fassade, schien es beschieden zu sein, sich über ihr Verfallsdatum hinauszulehnen – sich hinüberzulehnen ins Unvergängliche.

Der Platz, wo einst Hippiefrauen getanzt hatten und Fromme auf Knien die Stufen hochgerutscht waren: eine kopfsteingepflasterte Leere. Um die Türme herum, die hochragten in ein diesiges Abendlicht: Stille. Die Kathedrale zugesperrt. Die Fensterläden des Physikauditoriums geschlossen. Geschlossen war auch die Gymnasiumspforte, und die Raben, wo waren nur die Raben? Kein Flügelschatten glitt über die Steinbühne. Nirgendwo stieg ein Krächzen in die Luft. Auch über den Firsten und an den Simsen der Türme: nevermore! Nature morte. Über Maria Schnee lag das wesenlose Licht eines leeren Himmels, worin Flugzeuge lautlos ihre Bahn zogen. Das einst so stolze Stift war sein eigenes Grabmal.

*

Die Jalousien waren heruntergezogen, und der Gastraum lag in einem Muster aus Licht- und Schattenstreifen. Dennoch vermochte ich schon unter der Tür zu erkennen, dass die alte Hexe Käsli wie eh und je auf ihrem Platz am Stammtisch hockte. Die hatte ich damals richtig eingeschätzt! – sie war tatsächlich ein Archetyp, ein Urbild, also erhaben über die Zeit. Mich konnte sie nicht erkennen (es sei denn, sie hatte sich meine Nase gemerkt, die mich schon in meinen Jünglingsjahren gekennzeichnet hatte), während sie, der

Archetyp, genau dem Bild entsprach, das mein Gedächtnis von ihr bewahrte: mit einer schlabbernden Kinnkaskade und einem gewaltigen Busen. Aber seltsam, wie seinerzeit ihre Tochter roch sie verführerisch nach Schminke, Parfum, Puder und Frau.

»Hallo«, sagte sie.

»Hallo«, sagte ich.

»Nach so vielen Jahren«, sagte sie.

»Ja«, sagte ich. »Nach so vielen Jahren.«

Ein alter Säufer hockte am Stammtisch, zwei Stühle von der Alten getrennt, die rechte Hand am Henkel eines Humpens.

»Zu warm«, moserte er mit einem trübsinnigen Blick auf das schale Bier. Er hatte ein fliehendes Kinn, die Ohren waren klein und dürr, die Augen fahl und blass. Irgendwie kam er mir bekannt vor.

Dann saßen wir stumm am Tisch, der Säufer, die Alte und ich – nach so langer Zeit, nach so vielen Jahren. Der Säufer war jener Klassenkamerad, der seinerzeit als Erster zum Uhrenbruder hochgestiegen und dann geschasst worden war, und die Gastwirtin, die die Bar ihrer Mutter weiterführte, war Rose, meine einstmals begehrte, über alles geliebte Rosa tristis. Sie hielt das brennende Zündholz in den Pfeifenkopf, sog den Tabak in Brand. Die Pfeife gab ein schnorchelndes Geräusch von sich.

»Du hättest mal eine Karte schicken können«, sagte sie in die Stille hinein.

Und wieder schwiegen wir, Rose, ich und der Kluge, der durch einen scheelen Blick zu verstehen gab, dass er mich ebenfalls identifiziert hatte. Ich war Nase, sein ehemaliger

Klassenkamerad, der eine Zeitlang gemeinsam mit ihm und Viper nach dem Roten Diamanten gefahndet hatte. Aber das erwähnten wir mit keinem Wort. Das war tabu, wie damals. Rose, als hätte sie bemerkt, dass ich sie im ersten Augenblick für die alte Hexe Käsli gehalten hatte, erklärte nun, die Mutter sei schon viele Jahre tot. Wie ihr Bruder, der Subpräfekt Walafried. Zuletzt habe er oben im Kloster den Totengräber ersetzt. Mit Hammer und Meißel habe er die alten Grabplatten aufgebrochen, um Platz für neue Leichen zu schaffen, und dann, das sei an diesem Job das Schrecklichste gewesen, habe er die hervorgescharrten Gebeine mit einer Schubkarre nach unten bringen müssen, ins Ossarium. Die Clausura war da schon leer, und die paar alten Herren, die übrig geblieben waren, schafften es nicht mehr, den riesigen Klosterbetrieb am Leben zu erhalten. Erst fiel das Salve aus, dann der Gottesdienst. Wenn sich einer verlaufen habe, fuhr Rose fort, sei er meistens erst nach Tagen gefunden worden, halb verhungert, irre geworden, ein lebender Leichnam. »Zum Abschied der Mönche sind einige von uns hochgegangen, in den Abteihof, und haben ihnen Adieu gewunken. Mein Bruder hat geweint. Man brachte sie in ein Krankenasyl, irgendwo im Unterland, wo sie dann verdämmert sind, einer nach dem andern. Wie die Karpfen im Klosterteich. Da hat keiner mehr die Wasserzufuhr geregelt. Der Teich ist versumpft, die Karpfen sind erstickt«, sagte sie, an mir vorbei dem Rauch nachblickend. »Hast du deinen Klassenkameraden erkannt?«

»Ja,«, sagte ich. »Hallo, Kluger.«

»Hallo, Nase.«

»Sein Leben hat er als Buchhalter der Kerzenfabrik gefristet«, bemerkte Rose, als wäre der Kluge für sie nur noch ein Geist, ein Schatten der früheren Person, ebenso tot wie die Mutter oder ihr Bruder, unser Subpräfekt, oder die letzten, im Asyl verstorbenen Mönche.

»Die Wallfahrt gibt es schon lang nicht mehr«, fuhr sie resigniert fort. »Die Buden mit den Kitsch-Madonnen, die Hotels, die Pensionen, die Kerzenfabrik – alle mussten aufgeben. Im Dorf ist es still geworden. Ein Haus nach dem andern hat sich geleert. Der Kluge ist einer meiner letzten Stammgäste, und weißt du, was er macht?«

Als könnte er Interessantes über seine Existenz erfahren, richtete der Kluge die blassen Augen auf die Alte.

»Seitdem da oben Feierabend ist, durchsucht er jeden Trakt, jeden Raum, jeden Schrank«, sagte sie kopfschüttelnd.

Der Kluge bestätigte die Schilderung mit einem Nicken.

»Eines Tages wird er nicht mehr zurückkehren, wie die Mönche, die sich in den Kellern oder im Dachstuhl verlaufen haben. An seiner Gier wird er verrecken. Es wird Jahre dauern, bis sie dich finden«, schimpfte Rose. »Oder was dann noch von dir übrig ist.«

Wieder nickte der Kluge. Er schien sich mit seinem Ende abgefunden zu haben.

Er sagte: »Zum Glück haben die Kirchenväter beschlossen, dass wir am Jüngsten Tag alle dreiunddreißig sind, wie unser Herr Jesus Christus bei der Auferstehung. Ja, Rose«, der Kluge leistete sich ein hämisches Lächeln, »dann seid ihr beide gleich alt, du und deine Mutter, beide dreiunddreißig, wie der Auferstandene. Dann müsst ihr aufpassen, dass ihr euch nicht verwechselt. Und wir erst, wir hätten keine Ahnung, ob du jetzt Rose bist oder deine Alte.«

»Nimm dich in Acht, Klugscheißer«, zeterte sie los. »Wenn dich unten im Ossarium die Ratten fressen, wirst du zu Rattenkot, und Rattenkot bleibt Rattenkot. Aus Scheiße wird sich nichts erheben.«

Der Kluge leerte den Humpen. An seinen Rausschmiss konnten sich die meisten von uns erinnern, aber dass er sein Leben hier verbracht hatte, im Schatten der Escorial-Fassade, hatte die Klasse nicht mitbekommen. Ich vermied es, ihn darauf anzusprechen – was ihm bestimmt lieber war. Er ließ ein paar Münzen auf den Tisch kollern, dann schwebte er grußlos und wie ein Geist durch den Qualm davon.

*

»Wann habt ihr euch zum letzten Mal gesehen?«, fragte Rose.

»Wen meinst du?«

»Viper«, sagte sie.

»Ach, das ist lange her. Jahre. Zu den Maturatreffen kam er nie«, erklärte ich. »Primus Lenin will gehört haben, Viper sei in Maria Schnee aufgetaucht. Ist das wahr?«

»Ja«, bestätigte Rose, ohne die Faust mit der Pfeife aus dem Gesicht zu nehmen. »Der Kluge sagt, er hat sich oben im Stift eingenistet, im Lazarett.«

»Lenin macht sich Sorgen. Er fand, einer von uns sollte sich um ihn kümmern. Vielleicht braucht er Hilfe. Wenn er sie denn annimmt«, fügte ich hinzu. »Den Kontakt zur

Klasse hat Viper abgebrochen, schon seit langem. Tja, und da dachte ich, heute sei der richtige Tag, um nach Maria Schnee zu fahren, morgen ist der 1. April.«

Das Schweigen senkte sich wie eine Glasglocke über uns herab.

Schließlich sagte ich: »Viper war bei der Kripo.«

»Ein hohes Tier«, nickte Rose. »Vor drei Wochen haben sie ihn pensioniert.«

Offenbar hatten sie und Viper den früheren Kontakt erneuert – oder er war niemals abgerissen.

»Von dir hab ich mal was im Fernsehen gesehen«, sagte sie. »Ist schon länger her.«

Wir sind jetzt in einem Alter, hätte ich beinahe gesagt, da alles länger her ist, und auf einmal vernahm ich aus weiter Ferne eine Stimme, die mir irgendwie bekannt vorkam – es war die Stimme des längst verstorbenen Pater Erlebald, der jetzt als Philosoph am Strand von Sizilien wandelte und einer demütig lauschenden Schar von Schülern erklärte, die Griechen hätten einen anderen Bezug zu den Zeitformen gehabt als wir Heutigen. »Ihr sagt: Hinter uns liegt die Vergangenheit, vor uns die Zukunft«, sprach der Feinsinnige. »Die Griechen hingegen sagten: Hinter uns liegt die Zukunft, vor uns die Vergangenheit« – und auf einmal empfand ich wie ein klassischer Grieche. Ich wandte dem Tod den Rücken zu. Er lag hinter mir, irgendwo im Dunkel, und vor mir entrollte sich ein Lebensteppich, auf dem die junge Rose ihr verführerisches Lächeln lächelte. Jetzt thronte das einst begehrte Mädchen auf dem Platz ihrer Mutter am Stammtisch und sog stumm an ihrer Pfeife. Vermehrte den Qualm. Vertiefte das Schweigen.

»Ist Viper schon länger hier?«

»Etwa drei Wochen«, sagte Rose. »Maria Schnee lässt ihn nicht los.«

»Nicht Maria Schnee«, entgegnete ich.

Sie sah auf. »Du hast recht«, sagte sie, und im verlebten Gesicht leuchteten junge hellblaue Augen auf. »Es ist der Rote Diamant.«

Hier, an diesem Tisch, hatte ich zum ersten Mal vom misslungenen Putsch der Kaiserlichen in Ödenburg reden hören – und vom »Haus mit Damenbedienung«, wo der Rote Diamant der Verhaftung entgangen war. Damals hatte sich die junge Rose über den Tresen gebeugt, ich hatte in der Bluse ihre Brüste und in den Zähnen die Lücke gesehen, durch die ich eindringen wollte in die Abgründe der Liebe, der Lüste, des Lebens. Vergangen und vorbei. Lang vorbei. Schon war ich im Abend meiner Zeit und empfand dieser Frau gegenüber, die sich in ihre Mutter verwandelt zu haben schien, das dumpfe Gefühl, mein Leben wäre wie nebenhergelaufen, von mir kaum beachtet, ein Schatten, der sich bei einbrechender Dunkelheit für immer davonstehlen würde.

»Niemand hat eine Ahnung, was Viper umtreibt«, hörte ich sie raunen »Er ist krank, glauben sie im Dorf. Aber wer ist es nicht, in unserem Alter. Und seltsames Zeug hat dieser Typ schon immer erzählt, schon damals, als meine Mama noch lebte«, verfiel auch Rose den Erinnerungen. »Einmal hat er behauptet, die Madonna hätte für jeden Liebhaber eine Perle auf eine Schnur gesteckt – so sei der Rosenkranz entstanden, der Freudenreiche und der Schmerzensreiche. Du kannst dir vorstellen, wie die Weiber gekreischt haben, sogar Mama hat gelächelt. Letzthin hab ich ihn darauf angesprochen. Um ihn aufzuheitern, dachte ich. Aber die Sache war ihm peinlich, er wollte nichts davon hören. Vergiss den Unsinn, hat er gemeint, stand auf und ging. Seither hab ich ihn nicht mehr gesehen.«

Das Lichtmuster der Jalousie schien sich in der Abendsonne zu verstärken. Eine Fliege sauste in eckigen Bahnen durch den Raum. Unser Geplauder versickerte.

Nach längerem Schweigen fragte Rose, ob Primus Lenin noch mit seiner Nonne zusammenlebe. Ja, antwortete ich, sie habe ihn fest im Griff. Alpha Dickie? Die alte Geschichte – seine Hilde betrüge ihn mit dem halben Parteivorstand. Beau? Sei neuerdings mit einem gewissen Jean-René liiert. Glücklich? Meines Wissens ja, obwohl Beau dreißig Jahre älter sei als Jean-René.

»Dreiunddreißig Jahre«, sagte Rose lachend, die Hand mit der Pfeife vor den Lippen, sie habe kürzlich einen Bericht über das Paar gelesen, in einer Illustrierten. »Jean-René hat einen Pokal gewonnen, bei einem Tennisturnier in Monaco, und stell dir vor, so ein Zufall, Beaus Wellnesskliniken haben den Pokal gestiftet.«

»Das hab ich auch gelesen«, sagte ich. »Vermutlich war es der Fairnesspokal. Und Beau hat in der Jury gesessen.«

Ich bat Rose um zwei Flaschen Mineralwasser und erhielt sie, ohne dass ich etwas bezahlen musste – unsere heimlichen Umarmungen in der Bauhütte und hier im Haus in ihrem Zimmer, auf ihrem Bett, wo sich mein Nasenblut mit dem Blut aus ihrem Unterleib vermählt hatte, waren offenbar doch wichtiger für sie, als ich gedacht hatte. Sie begleitete mich vor die Tür.

Als ich wie gebannt zur Escorial-Fassade hochstarrte,

sagte sie: »Keine Angst, Nase, niemand wirft eine zertrampelte Maus aus dem Physikauditorium.«

Ich nahm ihre vom Alkohol aufgeschwemmte Hand, zog sie an meinen Mund und küsste sie auf die Fingerspitzen, immer noch fasziniert von ihrem Geruch nach Schminke, Parfum, Puder und Frau.

»Auf Wiedersehn«, sagte ich.

»Auf Wiedersehn«, sagte Rose.

Unschlüssig blieb ich stehen.

Sie wischte sich mit einem Handtuch den Schweiß ab und meinte kopfschüttelnd: »Morgen wäre die Kaiserin gekommen. Da habt ihr jeweils den Abteihof vom Schnee freigeschaufelt. Und jetzt – es wird heiß und heißer. Lass von dir hören, Nase. Schreib mal eine Karte.«

»Mach ich«, rief ich ihr nach, »versprochen.«

*

Da ich vermutete, dass mich Rose und der Kluge beobachten würden, verließ ich das Dorf Richtung Unterland, kehrte aber bei der ersten Gelegenheit um und stellte auf dem Parkplatz eines geschlossenen Supermarkts den Wagen ab. Dann eilte ich durch das leere Dorf zum Kloster hinauf. Jetzt, da ich aus zuverlässiger Quelle wusste, dass Viper hier war, irgendwo da drinnen in unserer Vergangenheit, wollte ich nicht nach Hause fahren, ohne ihn gesprochen zu haben.

Auf den Weiden kein Vieh, die Stallungen verschlossen, der Karpfenteich eine Masse aus schwarzem Schlamm, darauf fette Blasen, das auftreibende Gas der verwesenden

Karpfen. Das Bächlein, das früher fröhlich dahingesprudelt war, floss nur noch als Rinnsal. An der Klostermauer platzte der Verputz ab, so dass die alten Steine hervortraten, als wollten sie Heldensagen von überstandenen Belagerungen erzählen, und es traf ja zu: Gegen die Eidgenossen mit ihren Streitäxten, gegen madonnenfeindliche Jakobiner und dreiste Sakralräuber hatte man sich erfolgreich gewehrt. Doch wie jedes Schloss, jede Burg, jedes Kloster war auch das Stift Maria zum Schnee nicht gar so dicht gewesen, wie sie im Innern geglaubt hatten. Und tatsächlich, am andern Bachufer, von Büschen verborgen, von Efeu zugewachsen, mit morschen Brettern vernagelt, war ein Einschlupf. Hier war Rose (sie hatte ihrem Bruder den Schlüssel stibitzt) jeweils eingestiegen, und ich fragte mich, ob sie wohl die Letzte war, die in der abgeschlossenen Männerwelt ihre und unsere Lüste befriedigt hatte. Da auf dem Sträßchen niemand daherkam, setzte ich zu einem Sprung über das Bachbett an und landete, die rechte Schulter vorgereckt, mit voller Wucht an der morschen Tür. Splitternd gab sie nach und ließ mich hineinfallen in dieses ummauerte, nun versunkene Reich, das ich in meiner Jugend acht volle Jahre lang bewohnt hatte. Als wäre ich der Prinz im Dornröschen, befielen mich die Flechten und Ranken dichter Büsche. Ich musste mich mit einem Stecken durch die Dornenhecke schlagen, dann gelangte ich auf einen Kiesweg, der durch den sogenannten Herrengarten auf die Rückseite der Abtei zuführte, und hier waren immerhin noch Spuren des früheren Klosterlebens sichtbar. Unter uralten Linden hatten die Mönche am Sonntagnachmittag ihre Zigarren geraucht, und auf den nun überwachsenen Pfaden waren sie gewandelt, um mit einem leisen Lispeln ihr Brevier zu beten. Sic transit gloria mundi. So geht alles zugrunde. Das Bild, das ich lebendig vor Augen hatte, war jetzt eine ferne Vorzeit.

*

Im Schlafsaal E (Elysium), wo noch die alten Gitterbetten standen, entdeckte ich auf den Matratzen den fransigen Schatten, den der Nachtschweiß vieler Zöglinge hinterlassen hatte, und legte mich für einige Minuten in einen vagen Umriss hinein – als hätte ich den verlorenen Schatten wiedergefunden. Aber wenn ich gemeint hatte, ich könnte mich ein wenig ausruhen, hatte ich mich getäuscht. Ich war nicht allein. Ganz in der Nähe entfernten sich klappernde Schritte …

»Viper«, rief ich, »bist du's?«

Oder ein Mönch? Ein Mönch in Holzpantinen? Nein, das Sandalenmodell war für alle Klosterleute einheitlich: Gummisohlen mit Lederschlaufen, und sollte es tatsächlich noch Mönche geben, würde sich am Schuhwerk so wenig verändert haben wie an der schwarzen Kutte mit dem Skapulier, dem Zingulum, dem steifen Kalkkragen. Die Regula Benedicti, im frühen Mittelalter abgefasst, hatte das Leben im hiesigen Stift bis zum allerletzten Tag bestimmt – da wurde nicht über Nacht eine neue Schuhmode eingeführt. Im Saal wimmelte es von Insekten, es surrte und sirrte, und dem Innenhof entstieg ein quälendes Quarren und Quorren und Quaken. Frösche! Dann ging ein Rauschen durch die Röhren des Gebäudes, als würden auf allen Etagen die

Klospülungen gezogen, und schon kamen sie wieder – die klappernden Holzpantinen! Hasteten durch die Flure, ratterten das Treppenhaus hinunter und über die Höfe, und obwohl ich ihnen hellwach nachlauschte, war ich sicher, dass das Klappern einem Traum entsprang, nicht der Realität – außer mir war niemand in diesem Gespensterreich. Niemand. Kein Mensch. Kein ehemaliger Pater, kein ehemaliger Zögling, und schlagartig, als hätten sich die Frösche, die Holzpantinen, die Klospülungen verabredet, setzten die Geräusche aus. Stille. Totenstille.

Als ich den Saal verließ und durch das Treppenhaus mit hallenden Schritten nach unten ging, setzte das Quaken wieder ein, und wie sollte ich die Frösche nennen: neue Besatzer oder ursprüngliche Bewohner? Kehrte die Natur zurück – wie in einer Burgruine? Wurde hier alles wieder Wald, wieder Wildnis?

*

Eigentlich müsste jetzt die Internatsglocke zum Abendessen schrillen, behauptete das Gedächtnis, und in meiner Erinnerung schrillte es tatsächlich, während die Ohren vergeblich zu den Blechhauben hochlauschten, die uns früher durch den Tag getrieben hatten. In den Gängen roch es nach feuchtem Kalk und Mörtel, und in den Innenhöfen wäre selbst meine prägnante Nase außerstande gewesen, den spezifischen Geruch eines einzelnen Menschen einzufangen – hier war man einer Überfülle von Aromen ausgesetzt, den alten Ausdünstungen des Klosters und den neuen der explodierenden Natur.

»Hallo? Ist da jemand?«

Das Echo verhallte.

*

Ich hatte den Glockenturm erstiegen und stand jetzt keuchend und von der ungewohnten Kletterei etwas schwindlig in der Luftkajüte. Die Abendsonne, die tief im Talausgang hing, füllte den Raum mit goldenem Feuer, und melancholisch stellte ich fest, dass sich seit dem einsamen Tod des Uhrenbruders nichts verändert hatte – offenbar hatten seine Nachfolger nicht mehr hier oben gehaust, sondern waren zum Ölen der Zeitmaschine jeweils hochgekommen. Mit den Zeigern standen auch die Dinge still: in der Ecke der Samowar; auf der Werkbank die langstielige Ölkanne; vor der Koje die Pantoffeln; vor der Ikone die längst erloschene Ampel; in der Kombüse eine offene Dose mit einem verwesten Rest von Ravioli, der letzten Mahlzeit des Uhrenbruders – auch hier oben: Nature morte.

Nach einem letzten Blick über die Dächer des verlassenen Klosters, dessen Innenhöfe bereits im blauen Schatten lagen, machte ich mich ans Hinunterklettern. Meine Vermutung, Viper könnte sich hier oben auf die Lauer gelegt haben, wie die Urschlange im Paradies in der Krone des Erkenntnisbaums, hatte sich als falsch erwiesen. Klar, es gab in den diversen Trakten des weitläufigen Klosters noch andere Hochsitze, etwa die Bauhütte im Dachstock der Kathedrale, aber um dorthin zu gelangen, hätte ich in die finstere Unterwelt absteigen und dann durch den senkrechten, von Fledermäusen wimmelnden Pfeilertunnel wieder nach oben kraxeln müssen, und das schreckte mich ab. Außerdem dämmerte es nun, und bevor es Nacht wurde, wollte ich den Gespenstern des toten Escorials entkommen.

*

Die Präfektur war so hoch und düster und leer wie damals, aber die Schränke standen offen, im einen war die Kloschüssel zu sehen, im andern das Lavabo, im dritten eine Bettstatt, dort das Schaltpult mit der Abhöranlage, daneben die Schreibkoje. Draußen lag ein tropischer Frühlingsabend, und hier, im leeren Saal der ehemaligen Machtzentrale, war die Luft so schwül, als hätten Heerscharen von Engeln das Stift in den Dschungel versetzt. Maria zum Schnee – der Name hatte sich in puren Hohn verwandelt.

Ich erschrak – dieser Geruch! Den kannte ich doch …

Meine Nase täuschte sich nie, jedenfalls nur selten, und gegen meinen Verstand, ja gegen jede Wahrscheinlichkeit behauptete sie: Hier böckelt's!

Ich rief mich zur Räson. Was nicht sein kann, behauptete der Verstand, kann nicht sein.

Und die Nase: Aber hier böckelt's, hier stinkt's nach Ziegenbock!

Soll das heißen, ätzte der Verstand, er ist auferstanden?

Die Nase, sich rümpfend, schnupperte wieder. Witterte. Und nickte.

Ich riss ein Fenster auf, sog die satte Abendluft ein, schaute auf die überwucherten Beete und Wege des Herrengartens hinunter, kehrte dann mit vorsichtigen Schritten in den Raum zurück, und tatsächlich: Hier lag die unsichtbare Wolke seines dionysischen Geruchs. Dabei war der Bruder Frieder tot, am 1. April 1968 verschieden, am Schnaps und am Wein war er verschieden, wie es zu einer dionysischen Gestalt passte – ich hatte ihm unten im Partykeller den Todestrank serviert. Meine Vergangenheit narrte mich. Ich hatte bei Rose einen Schnaps zu viel erwischt.

Vor der Tür zum Treppenhaus ging ich auf mein linkes Knie, wie ein Minnesänger, strich mit den Fingern über den Linoleumbelag … und wortlos stolzierte Mimi davon, die linke Hand zu einem flüchtigen Winken erhoben, wobei sie mit den Absätzen ihrer Stöckelschuhe winzige Hufeisen in den Boden stach … Ich folgte der Spur bis zur Schwelle, hinter der der Steinboden begann, und hier, zwischen Tür und Angel, fiel es mir plötzlich ein, wo ich die Fortsetzung dieser Spur finden würde: im Lazarettsaal, von der Stockspitze der Kaiserin in den Linoleumbelag gestochen …

*

… und hier, hier war sie, hier verlief sie, die Naht der Einstiche, die an der Bettenreihe entlang bis zu Caruso führte und von Caruso wieder zurück zum Portal, in den Vorraum, ins Stiegenhaus. Eine graue Dämmerung sickerte in die Lazarettstille ein, und die Fieberkurven auf den Kartontabellen, die mit Schuhbändeln an die Fußrahmen der Eisenpritschen geknüpft waren, wichen ins Dunkel zurück wie die Zöglinge, die hier gelegen hatten, ausgezehrt vom weißen Pulver, die Wangen eingefallen, die Lippen grau, die Augen groß und voller Glanz. Weißt du, Caruso, das Seltsame ist, dass du immer jung bleibst, ein Gesicht aus Marmor, wie eine klassische Statue, schön in deiner ewigen Ruhe hinter der Zeitmauer, während ich unaufhaltsam älter werde, dem Verfall anheimgegeben wie da unten im Innenhof drei vergessene Schubkarren, worin brackiges Regenwasser das letzte Licht spiegelt. Noch vor wenigen Jahrzehnten hatte in den schattigen Höfen bis in den frühen Sommer hinein der Schnee gelegen, doch jetzt wucherten überall geile Büsche, und obwohl die Sonne untergegangen war, nahm die Schwüle nicht ab, sie nahm eher noch zu. Auf dem Sims tote Fliegen, die Scheiben schmierig. Irgendwann ein Grummeln, noch fern, dann ein Rollen, schon näher, und wieder: Stille. Das Atmen wurde schwer, fast ein Keuchen, und jetzt, jäh, der erste Blitz? – Nein, ein Blitz im Hirn! Viper, hatte Rose gesagt, habe sich im Lazarett einquartiert. Ich rannte von einem Spind zum nächsten, riss alle auf, und tatsächlich: im letzten der langen Reihe stieß ich auf eine weiße Soutane, einen Tropenhelm, hohe Schnürstiefel und eine Pistole, vermutlich eine Polizeiwaffe, die im Lederfutteral an einem Haken hing. Du meine Güte, was war denn das? Damenstrümpfe … diesen Duft kannte ich … er hatte sich diese Strümpfe von Rose ausgeliehen! Was war mit ihm passiert? Hatte der Herr eine weibliche Seite in sich entdeckt? Tanzte er als Transvestit durch die leeren Flure und Säle? Jedenfalls schien der ehemalige Fahnder peinlich darauf bedacht zu sein, seine Anwesenheit durch nichts zu verraten, aber wozu brauchte er das Tropen-Habit eines

Benediktiner-Missionars? Und wie passten die Strümpfe unter dieses Habit? Am liebsten wäre ich gleich zu Rose gerannt und hätte sie über Viper ausgefragt, sie musste es wissen, schließlich hatte sie mir gesteckt, dass er hier im Lazarett sein Quartier bezogen habe.

Ich schlich ins Treppenhaus zurück, das weiter unten bereits in der Nacht lag und war jetzt wirklich entschlossen, möglichst rasch ins Freie zu kommen. Um durch die Mauer zu schlüpfen, musste ich wieder den Weg durch den Herrengarten nehmen; der Weg in den Herrengarten führte durch die Clausura, und verdammt nochmal, hier war der Bocksgeruch derart penetrant, dass ich ihn beim besten Willen nicht mehr als Phantasie abtun konnte! Ich schnürte ihm hinterher, vernahm erneut das Klappern, eilte die Treppe hoch, betrat den Fürstensaal – und haha!, da kamen sie angehastet, nicht in Pantinen, auf Hufen: Ziegen. Ziegen!

Eine kleine Herde von Ziegen knatterte quer durch den Fürstensaal, stürmte an mir vorbei durchs Portal und rannte und ratterte dann in einem halsbrecherischen Tempo das Treppenhaus hinab, dass es nur so knallte und hallte. Mir war nicht zum Lachen zumute, aber lächerlich war es schon, dass ich befürchtet hatte, ich könnte mir Bocksgeruch und Klappern eingebildet haben. Die Ziegen waren real, sehr real, im Fürstensaal hatten sie angeknabbert, was immer sie erreichen konnten: das Polsterkissen auf dem Thron, den roten Teppich, Altartücher, Kerzen, Folianten, Vorhänge, einen Filzpantoffel …

Ich hielt den Atem an.

»Hallo, ist da jemand?«

Niemand.
Leere.
Stille.

*

Und nun wurde es auch noch dunkel. Aber in der Ferne war auf dem Firnschnee der Gebirge ein letztes Leuchten, und darüber entstand schon der Sternenhimmel, so dass im Schein, der durch die hohen Fenster hereinfiel, der Saal noch größer wurde, eine Halle, die ihren Verfall nicht verbergen konnte. Schimmel hatte die Wände befallen. Die tuchumschlungenen Lüster wuchsen wie verkehrte Büsche aus dunklen Gewölben herab. Die Gesichter der Fürstäbte und der habsburgischen Stifter auf den Gemälden waren Ovale ohne Augen, ohne Mund, bleich leer tot. Am Ende der Galerie hingen Fürstabt Meinradus, der Dämmerer, der erstaunlich frisch wirkte, mit offenen Augen und aufrechter Mitra, und das junge Kaiserpaar, Zita sitzend, Karl stehend, beide im Hermelinmantel und mit der habsburgischen Krone, die ihm die Segelohren niederklemmte. Ein Kaiser für die Operette, nicht für die Weltgeschichte, aber wenn eine Epoche zur Neige gehen will, dann endet sie eben – egal, ob ein »fabelhaft Ungeschickter« oder ein ochsenstarker Katechon das Ende verhindern soll. Eine Standuhr schien sich auf die barocke Emblematik zu verstehen und gab mit Zeigern, an denen ein Spinnenschleier hing, die richtige Zeit an: abgelaufen. Für immer. Es wurde Nacht. Der Mond ging auf. Ich schlich, als ginge ich über Eis, auf den Thron zu.

Er war leer, selbstverständlich war er leer, eines Tages

hatte die Stunde auch dem Dämmerer und Odo, seinem Kammerbruder, geschlagen –

da atmete jemand!

Ich blieb stehen, wie gebannt.

»Viper, bist du's?«

Keine Antwort.

Odo konnte es nicht sein, das war ausgeschlossen, schon zu meiner Zeit war Odo alt gewesen, uralt, ein Greis, und würde er heute noch leben, wäre er Bruder Methusalem, und dennoch: Hinterm Thron schien er wie früher auf dem Schemel zu hocken und die dünnen Seiten eines Jerry-Cotton-Hefts umzublättern. Der weiße Vollmond bildete auf dem Boden die hohen Fenster ab und versah mich mit einem grauen Schatten. Einen lebendigen Eindruck machten jetzt nur noch die pausbäckigen Putten und natürlich die Motten, die Schaben, die Mäuse, die im Staub winzige Fährten hinterließen … Ich beugte mich etwas vor, und der Dunkelmann, der auf dem Schemel hockte, als wollte er wie früher verhindern, dass sich der Teufel an die Rückseite des Thronsessels schmiegte, hob das verwitterte Gesicht in den Mondschein.

»Ich bin's«, sagte ich. »Nase. Vorhin sind wir uns bei Rose begegnet. Darf ich fragen, was du liest?«

Der Kluge hielt mir das Heft hin.

»Ah, Jerry Cotton!«

Er nickte grinsend und wies auf ein anschließendes Kabinett, wo auf einem großen Tisch eine Petroleumlampe leuchtete und ganze Jahrgänge von Jerry-Cotton-Heften gestapelt waren.

»Du hast gute Vorarbeit geleistet«, bemerkte der Kluge.

»Sprichst du von der Schatzkarte?«

»Ja«, sagte er. »Drei von vier Teilen kennen wir. Nun geht es darum, den Rest zu dechiffrieren.« Er leistete sich wieder das hämische Grinsen wie vorhin, bei Rose. »Wir haben dich erwartet, Nase.«

»Ah ja, wirklich?«

»Es ist die Nacht auf den 1. April. Da haben sie früher die Seelenmesse für den Kaiser gelesen. Übrigens«, wieder das Grinsen, die Häme, »an deiner Stelle wäre ich vorsichtig. Dich und Lenin mag er nicht.«

»Wo steckt er?«

»Keine Ahnung«, behauptete der Kluge. »Aber bestimmt hat er mitbekommen, dass du hier bist. Einmal Bulle, immer Bulle.«

Auf dem Thron lag ein dickes, in Leder eingebundenes Buch: eine Chronik des Klosters, von einer geübten Hand mit Tinte geschrieben.

Der Kluge spähte in die Halle hinaus, als wolle er sich versichern, dass wir allein waren, und flüsterte: »Aus der Chronik geht hervor, wann der Dämmerer Odo zum Kammerbruder ernannt hat.«

»Wann war das?«

»Im April 1933.«

»Im April 1933?«, fragte ich verblüfft.

»Rate mal, was er vorher war.«

»Keine Ahnung, ich dachte, Odo sei schon immer Kammerdiener gewesen.«

»Das war er auch. Aber ursprünglich hat er der Madonna gedient.«

Ich klatschte mir die Hand an die Stirn. »Natürlich, Epiphanius hat es mir erzählt, damals, im Lazarett, jetzt fällt's mir wieder ein, ich höre sogar seine Stimme. Einer meiner Vorgänger, hat er gesagt, war Bruder Odo. Peinlich, Kluger, im Fieber ist mir die Bedeutung dieser Bemerkung völlig entgangen. Und dann, weißt du, der kleine Caruso … er war fast so etwas wie ein jüngerer Bruder für mich … mein Gott, hat es damals geschneit! Aber wir waren bei Odo«, unterbrach ich mich. »Könnte er der vierte Teil der Schatzkarte sein?«

»Viper ist davon überzeugt«, meinte der Kluge.

»Mit was für einer Begründung?«

»Odo, dem Madonnen-Garderobier, musste schon seit längerem aufgefallen sein, dass der Edelstein in der Habsburgischen Krone eine unglaublich intensive Strahlung hatte. Als er dann vom Mord am Seerosenteich erfuhr, hat's bei ihm klick gemacht. Er begriff, was da strahlte, wenn er im Beinhaus den Tresor öffnete. Odo informierte den Dämmerer, der natürlich Bescheid wusste, und um zu verhindern, dass der clevere Madonnen-Garderobier seine Entdeckung ausplauderte, holte er ihn als Privatdiener an seine Seite. Die beiden wurden zum Paar. Sie behielten das Geheimnis für sich, und unbehelligt verbrachte der Rote Diamant die Kriegszeit im Tresor des Beinhauses, von den Ratten bewacht.«

»Wart ihr unten?«, fragte ich leise.

»Ja, zweimal. Schrecklich, Nase, schrecklich! Beim ersten Mal hat Viper sein ganzes Magazin leer geschossen, ohne dass wir gegen die Ratten etwas ausrichten konnten. Es sind die Heerscharen der Hölle, mit langen dünnen Gummischwänzen. Ihr anschwellendes Pfeifen habe ich heute noch im Ohr. Dann haben wir uns zwei Kanister Benzin besorgt und um das Beinhaus einen Feuerkreis gezogen.«

»Daran erkennt man die Pythagoreer«, meinte ich lachend. »Hat er die Ratten zurückgehalten, euer Flammenkranz?«

»Ja«, sagte der Kluge. »Viper knackte den Tresor, und glaub mir, wir haben ihn eingehend durchsucht.«

»Ergebnis?«

»Negativ.«

»Die Habsburgische Krone mit dem Roten Diamanten fehlt?«

»Ja«, gestand er leise. »Wir sind nur auf ein Ersatzteillager für die oben wohnende Madonna gestoßen. Arme, Hände, Finger, Jesuskindlein und Perlenketten, auch ein Diadem, ein Zepter, Goldbroschen, Seidenschuhe, Ersatzzehen.«

»Doch kein Diamant.«

Der Kluge nickte betrübt.

»Hat es einen Sinn, noch einmal nach unten zu gehen?«

»Nein. Lies lieber die Chronik. Da steht alles drin.«

»Was denn zum Beispiel?«

»Warum so ironisch? Freu dich lieber, dass ich bereit bin, unsere Forschungsergebnisse mit dir zu teilen.«

»Kamerad, das wundert mich schon die ganze Zeit. Viper wird es nicht gefallen.«

Der Kluge machte ein paar Schritte in die Halle hinaus, sah sich vorsichtig um; ich folgte ihm. Überall Schatten: Statuen und Büsten, Heilige und Herrscher.

»Vielleicht sollten wir uns zusammentun«, flüsterte der Kluge.

»Wir zwei?«

»Er ist krank. Der Stein hat ihn krank gemacht. Hat es dir Rose nicht gesagt?«

»Wenn ich sie recht verstanden habe«, sagte ich, »scheint er seine Ketzereien von früher zu bedauern.«

»Er ist fromm geworden«, sagte der Kluge.

»Und trotzdem fahndet er weiter nach dem Diamanten? Das passt nicht zusammen, Kluger. Sollte er fündig werden, wird er zum Sakralräuber.«

Wir lauschten in den hallengroßen Fürstensaal hinaus, doch da war alles ruhig, nichts regte sich in der schwülen, nun etwas helleren Nacht – über dem schwarzen Gebirgskamm stieg rund und weiß der Mond auf.

Ich fragte: »Habt ihr einen Verdacht, wo die Habsburgische Krone versteckt sein könnte?«

»Nein«, gestand der Kluge, »wir haben keine Ahnung.«

*

Es war weit nach Mitternacht. Im Kabinett hinterm Thronsaal saßen der Kluge und ich an einem uralten, machtbewussten Holztisch im Schein der Petroleumlampe. Hier hatten einst hochadlige Fürstäbte mit ihren Feldherren Schlachtpläne entworfen; hier hatten sie ihre hohen Gäste empfangen, Goethe und Casanova, durchreisende Philosophen, Magister, Stein- und Sternkundige. Während des Innenausbaus der Kathedrale hatten sie an diesem Ungetüm von Tisch die Verträge mit den Steinmetzen und Künstlern ausgehandelt, und später hatten hier die Schneider, die aus ganz Europa angereist kamen, ihre Entwürfe für die Madonnen-Garderobe präsentiert.

Der Kluge las in einem der Jerry-Cotton-Hefte, wo er auf das vierte Viertel der Schatzkarte zu stoßen hoffte; ich sah den letzten Band der Klosterchronik durch. Ein Eintrag bezog sich auf die fünfzigjährige Profess von Kammerbruder Odo.

Dessen Leben, hielt der Chronist fest, sei demütiges Dienen – ursprünglich als Garderobier der Madonna und seit dem April '33 als Camerarius von Fürstabt Meinradus. Leider habe das Gedächtnis des treuen Bruders in den letzten Jahren etwas nachgelassen, doch würde er wie eh und je mit höchster Zuverlässigkeit ausführen, was die Regula Benedicti und der Alltag von ihm verlangten: den Satan vom Thron fernhalten, seinen Herrn mit Nahrung versehen, ihn waschen, ihn windeln, ihn schlafen legen und von Zeit zu Zeit im Rollsessel auf die Terrasse der Abtei in die Wintersonne stellen. Einmal im Jahr – und man dürfe es als Wunder bezeichnen, dass Odo dieses Datum, nämlich den 1. April, noch kein einziges Mal vergessen habe – schiebe er seinen Herrn früh um vier in die Gnadenkapelle, und auch dies dürfe ein Wunder genannt werden: dass es dem Dämmerer beschieden sei, aus dem Rollsessel heraus eine Seelenmesse für den Kaiser zu lesen. Dabei spreche er Wandlungsworte, die der erloschene Verstand nicht mehr erfasse, das taube Ohr nicht mehr höre, aber die Zunge dennoch forme. Zu Ehren des letzten Kaisers und des Fürstabts trage die Madonna an diesem Tag den Rosenmantel, und huldvoll würde sie darüber hinwegsehen, dass das Trio zu ihren Füßen der irdischen Vernunft nicht mehr teilhaftig sei: der Fürstabt, der Camerarius sowie, in seiner elektroschockbedingten Kindlichkeit, Garderobier Epiphanius.

Aber dennoch, fügte der Chronist an, sei Bruder Odo seiner Gewohnheit treu geblieben, seine Tage als Leser zu verbringen. Er lese, habe man beobachtet, immer wieder dasselbe Heft, und er verschlinge die Story, als verschlinge er sie zum ersten Mal. »In der Demenz und in der Ewigkeit«, schloss der Bericht ab, »ist alles immer neu.«

Eine andere Hand vermerkte den Tod der Kaiserin (im Alter von 96 Jahren, am 14. März 1989), und dann war da der letzte Eintrag, von der zittrigen Hand des ehemaligen Subpräfekten Walafried geschrieben: »Rosenkranz-Sonntag, Stift Maria zum Schnee, im elften Jahrhundert unseres Bestehens. Morgen werden wir von Krankenwagen abgeholt. Möge der Segen, den wir für euch erbeten haben, dem Land erhalten bleiben, Amen.«

*

Viper stand auf der Balustrade über dem Portal des Fürstensaals.

Kostümiert war er als Kripochef: mit einem in der Taille gegürteten schwarzen Ledermantel, der wie eine Schlangenhaut glänzte, und obwohl ich in unserer Klosterzeit, als ich ihm den Spitznamen angehängt hatte, nur an seine starren Augen und sein Lispeln gedacht hatte, schien ich sein Wesen schon damals erfasst zu haben. Viper kroch nicht heran, er kam von oben, wie die Schlange im Paradies. Lautlos glitt er die Wendeltreppe herab und kam durch den Saal, der in der schweren Stille der toten Uhren groß und immer größer wurde, leicht hinkend auf mich zu. Der Vollmond streute über die Dächer, die vor den hohen Fenstern lagen, eine dünne Schicht Schnee, und ich meinte körperlich zu fühlen, wie das Kloster mit seiner Geschichte voller Mysterien und Intrigen und Niederlagen und Siegen und Messen und Novenen und Abertausenden von Schulstunden nicht mehr in der Gegenwart lag, sondern tief in der Vergangenheit.

»Hallo, Viper«, sagte ich. »Schön, dich zu sehen.«

»Ich nehme an«, versetzte er, »Primus Lenin hat dir gesteckt, dass ich hier bin. Er lässt mich seit Jahren observieren.«

»Ist unser Lenin hinter dem Diamanten her?«

»Wie der Teufel. Angeblich im Auftrag der Kirche, aber das nehme ich ihm nicht ab.«

Auf seiner Stirn stand Schweiß. Die schwarz glänzenden Gläser der Sonnenbrille fixierten mich.

»Es geht mir gut«, antwortete er – als könnte er meine Gedanken lesen.

»Wohnst du hier?«, fragte ich mit einem dümmlichen Grinsen.

»Im Knabenlazarett. Da sind die Betten noch bezogen. Erinnerst du dich? Du hast dort einen ganzen Winter verbracht, zusammen mit dem kleinen Caruso.«

Er zog den Klugen von mir weg, flüsterte ihm etwas zu, worauf der Kluge mehrmals ergeben nickte, dann entfernte er sich eilig.

»Ich habe das Fieber unter Kontrolle«, wandte sich Viper wieder an mich.

»Das Diamantenfieber«, versuchte ich zu scherzen.

Viper entnahm dem Ledermantel einen Flachmann. »Gin«, sagte er, »gegen die Malaria.«

»Warst du in Afrika?«

»Ich habe mir das Fieber hier geholt«, sagte Viper.

»Im Kloster?«, fragte ich ungläubig.

»Hier ist Afrika.«

Schweigen.

»Hier ist also Afrika.«

»Du warst doch bei Rose«, sagte er scharf. »Hat sie dir nicht gesagt, was los ist?«

»Verdammt heiß, hat sie gemeint.«

»Na bitte. Andere merken es auch. Ich bin nicht verrückt.«

Er nahm die Sonnenbrille aus dem Gesicht, und als er sich den Schweiß abwischte, sah ich im Licht, das von der Petroleumlampe aus dem Kabinett in die Halle fiel, sein in Runzeln und Furchen zerbrochenes Gesicht. Der Mann war vollkommen fertig.

»In der Missionsabteilung des Klosters ist alles vorhanden, was wir für unsere Expedition brauchen«, fuhr er fort. »Tropenhelme, weiße Kutten, hohe Stiefel, Buschmesser et cetera. Wir fliegen so bald wie möglich.«

»Wie bitte?«

»In Bangui herrschen instabile Verhältnisse. Deshalb landen wir in Malakal, einem Flugfeld in der Savanne.« Mit einem dünnen Grinsen: »Es ist das afrikanische Ödenburg. Du begleitest mich. Den Klugen lassen wir hier. Geschasste taugen nichts.«

Mit energischen Schritten ging er zu einem Wandtisch, der auf vier schimmernden Löwenfüßen stand, zog eine Landkarte aus der Manteltasche, faltete sie auf und richtete den scharfen Strahl seiner Taschenlampe auf einen Fluss, der sich am Äquator durch den Urwald schlängelte: »Hier, etwa vierzig Kilometer vom Ubangui, einem Nebenstrom des Kongo, liegt die Kargané-Mine. Hier residiert der König der Blutdiamanten, ein gewisser Van Walcheren. Schon von ihm gehört?«

Vorsichtig sagte ich: »Wenn ich richtig informiert bin, spricht man von Blutdiamanten, weil sie den kongolesischen Bürgerkrieg ausgelöst und wohl auch finanziert haben.«

Viper entnahm seiner Brieftasche ein Karteiblatt mit Schwarzweißfotos: ein geschorener Schädel von vorn, von den Seiten, von hinten. »Das ist er: Van Walcheren. Als ich noch im Dienst war, habe ich ihn aus der internationalen Verbrecherkartei gefischt. Er wird von aller Welt gejagt, es war nicht einfach, sein Vertrauen zu gewinnen. Ich habe es geschafft. Er ist einer von uns, Nase, ein Zögling aus einer Klosterschule im belgischen Flandern. Nach der Matura setzte er sich in den Kongo ab.«

»Ein ehemaliger Zögling«, sagte ich.

»In früher Jugend soll er fromm gewesen sein. Dann hat er den Glauben verloren.«

»Den Glauben an den Wert der Steine wird er nicht verloren haben.«

»Was willst du damit sagen?«

»Ich kann mir vorstellen, wozu du diesen Van Walcheren brauchst, mein Lieber. Er wird in seiner Mine über die nötigen Werkzeuge verfügen, um den Roten Diamanten unkenntlich zu machen. Dann lässt er sich auf dem Grauen Markt verkaufen.«

»Zugegeben, ursprünglich habe ich so gedacht.«

»Jetzt nicht mehr?«

»Nein. Jetzt nicht mehr. Der Rote Diamant ist ein Göttesling.«

»*Was* soll der sein?«

»Ein Göttesling. Ein Ding, doch mit eigenem Willen, mit eigener Kraft.«

»Ist das dein Ernst?«

»Dass Steine eine gewisse Strahlung haben«, erklärte Viper, »ist naturwissenschaftlich erwiesen. Sie können heilen oder vernichten. Geröllawinen haben ganze Landstriche begraben. Ziemlich wirkungsmächtig, finde ich.«

»Auch der Rote Diamant?«

Er nickte, frei von jeder Ironie.

»Darf ich fragen, was er bewirkt hat?«

»Kamerad Beau wird uns die Impfungen verpassen«, überging Viper meine Frage. »Gelbfieber, Cholera, Typhus, die ganze Palette. Alpha Dickie verschafft uns mit seinen politischen Kontakten die Visa. Um die Formalitäten brauchst du dich nicht zu kümmern. In Wadi-Halfa nimmt uns eine russische Besatzung an Bord. Die wollen keine Papiere sehen, nur Dollars, cash auf die Kralle.« Er lachte. »Es ist eine uralte DC 3, eine zugige Klapperkiste. Möge die Madonna dafür sorgen, dass es nicht ihr letzter Flug ist.«

»Entschuldige, Kamerad, aber ich denke, Afrika ist hier. Da braucht man doch nicht extra hinzureisen.«

»Nase, du warst einer von Erlebalds Lieblingen. Da wirst du hoffentlich noch wissen, was Kosmos heißt.«

»Ordnung«, antwortete ich verdattert, »auch Schmuck. Gemeint ist die goldene Ordnung der Planeten, der Sterne.«

»Genau«, sagte Viper, »Kosmonauten sind wir, Schmuckfahrer. Unsere Expedition führt in den Sudan, von dort nach Malakal und dann über den Fluss in den Dschungel.«

Der Rote Diamant hatte wieder zugeschlagen, wie damals bei Bruder Frieder. Er hatte Viper, dem fanatischsten seiner Jäger, den Verstand geraubt.

»Gut, angenommen, es gelingt dir, diesen Stein zu Geld zu machen …«

»Nase, verdammt nochmal, hörst du mir nicht zu? Einen Göttesling macht man nicht zu Geld!«

Er sah sich nach allen Seiten um, zog mich ins Dunkel.

Sehr leise, konspirativ: »Wir müssen den Roten Diamanten nach Hause bringen.«

»Nach Hause?!«

»Pst, nicht so laut! Merkst du nicht, was hier abgeht? Deutlicher kann der Göttesling nicht werden. Er ließ es heiß und heißer werden. Er schreit es förmlich heraus ….«

»… dass er nach Hause will?«, fragte ich naiv.

»Ja, nach Afrika. Zurück in den Schoß der Finsternis.«

Ich war drauf und dran, meine Hand auf seine Schulter zu legen, ihn zu schütteln und zu sagen: Lieber Kamerad, verzeih das klare Wort, aber … aber das Einzige, was ich herausbrachte, war ein: »Aha.«

»Was heißt hier Aha? Die reguläre Armee ist stark genug, um das Gebiet am Ubangui zu kontrollieren. Und der König der Blutdiamanten hat sein Camp perfekt gesichert, Minengürtel, Stacheldrahtrollen et cetera. Seine Truppe ist dschungel- und kriegserfahren. Schwarze und weiße Söldner, die Weißen aus Serbien.«

Über und über mit Dingen behängt, einen Tropenhelm

auf dem Kopf, kehrte der Kluge zurück und warf seine Bagage auf das Marmorpodest des Throns: Buschmesser Stiefel weiße Soutanen. Kein Zweifel, der Kluge machte Vipers Wahnsinn mit. Er akzeptierte dessen Befehle, egal, wie verrückt sie waren.

»Die Kargané-Mine ist außer Betrieb, schon seit Jahren«, sagte Viper kalt, »aber die Schächte sind noch begehbar. Wir werden absteigen ins Innere der Erde, in die erloschenen Vulkanschlote, aus denen der Heilige Stein vor Jahrtausenden gekommen ist. Kapiert?«

»Jawohl, Kommandant«, sagte der Kluge. »Selbstverständlich.«

Dann räusperte er sich in die Faust hinein.

Das fliehende Kinn an den Hals gedrückt, schielte er in meine Richtung und sagte: »Nase, der Rote Diamant teilt uns durch eine tropische Hitzewelle mit, dass er nach Hause möchte, zurück nach Afrika, und ich stimme mit dem Kameraden Viper überein: Wir sollten ihm seinen Wunsch erfüllen.« Er wischte sich den Schweiß aus dem Gesicht. »Dann wird es hier wieder etwas kühler, etwas alpiner.«

»Wenn ich den Kameraden Viper richtig verstanden habe«, versuchte ich einen Rest von Vernunft beizutragen, »liegt die Kargané-Mine irgendwo im kongolesischen Regenwald, in einem von Warlords, Terries, Schlangen und Skorpionen verseuchten Gebiet. Es könnte eine interessante Safari werden.«

Viper nahm die Sonnenbrille ab. Das linke Lid hing herunter. In den Augen flackerte Glanz. »Du meinst wohl«, zischelte er, »ich bin ein Vollidiot.«

»Nein, nein«, wiegelte ich ab.

Die Schlange bleckte die Giftzähne. »Du glaubst, ich hätte nicht mehr alle Tassen im Schrank. Ich Gimpel, glaubst du, serviere Van Walcheren den Roten Diamanten auf dem Silbertablett – und er macht ihn dann zu Geld. Er verwandelt ihn mit dem Laser der toten Mine in ein Millionenvermögen.«

»Viper …«

»Halt die Klappe! In deinen Augen bin ich nur der Zuträger, der billige Kuli, der Schmuggler. Habe ich meine Mission erfüllt, wirft mich der Blutkönig in seinen Pool mit den Krokodilen und schaut genüsslich zu, wie sich das Wasser rot färbt, blutrot.« Viper stieß ein Lachen aus. »Aber du irrst dich, Nase. Ich saß seinerzeit in der Mitte der Klasse, wo die Besten heranwuchsen, die wirklich Erfolgreichen. Ich hätte in jedem Regime reüssiert. Mit mir ist die radikale Mitte nach oben gekommen. Zur Sache. Kameraden«, er straffte den Rücken, »mir schwant etwas von schauerlicher Großartigkeit. Diesmal wird der Coup gelingen, denn ER, Er selbst, hat das Kommando übernommen.«

»Der Blutkönig«, sagte ich.

»Idiot«, schrie er, *»der Rote Diamant! Der Göttesling!«*

»Kamerad Nase sollte bedenken«, bemerkte der Kluge, mir einen Blick zuwerfend, »dass der Diamant schon immer so vorgegangen ist, auch bei seiner Einreise in die Schweiz, bei seinem Untertauchen im Kloster. Er ist der Boss. Er sagt, wo's langgeht. Wir Menschen sind berufen, seine Befehle zu befolgen.«

»Danke, Kluger«, beschied ihn Viper. »Freut mich, dass wir uns verstehen. Noch Fragen?«

»Ja«, sagte ich. »Damit sich der Rote Diamant in seine

Heimat begeben kann, muss er sich aus seinem Versteck wagen. Ohne ihn würde unsere Expedition wenig Sinn machen.«

Eine Sekunde stutzte Viper, als hätte ich den Schlussstein aus der Kuppel gezogen und sein Wahngebäude zum Einsturz gebracht. Dann zog er ein zerfleddertes Heft aus der Tasche: ›Jerry Cotton und die Geliebte des Don‹.

Es war diese Story, erläuterte er, die Odo in seinen letzten Jahren wieder und wieder gelesen – und wieder und wieder vergessen hatte. Gewisse Sätze oder Namen, etwa Captain Cap Kanone, »die Art Bulle, die gern mit Gummischläuchen arbeitete«, oder »Suzy, das kaltschnäuzige Biest«, könnten in den lichtlosen Kammern seines Schädels ein kurzes Aufflackern bewirkt haben. Aber die Einschätzung des Klosterchronisten treffe wohl zu: Von einem bestimmten Moment an blieb die Handlung in Odos Gedächtnissieb nicht mehr hängen.

Unter Vipers starrem Blick dämmerte mir allmählich, worauf er hinauswollte. Wenn die Sätze durch poröse Kalkschichten ins Vergessen sinterten, wurde die Lektüre ein sinnloser Akt, und es stellte sich die Frage, weshalb Bruder Odo tagaus tagein ›Jerry Cotton und die Geliebte des Don‹ gelesen hatte, nie ein anderes Heft. Dafür musste er einen Grund gehabt haben, einen triftigen Grund, dieser Meinung war auch der Kluge, und beide fanden wir, dass ihm gerade dieses Heft, diese Story, ›Die Geliebte des Don‹, dazu gedient haben könnte, etwas ganz Bestimmtes *nicht* zu vergessen. Wie der Dämmerer. Der hatte sich mit seinem »Pace, Pace« (requiescat in pace) an die Seelenmesse für den Kaiser und damit an die Krone mit dem Roten Diamanten erinnert.

»Du bist auf der richtigen Spur, Nase«, sagte Viper jovial. »Woran sollte ihn ›Jerry Cotton und die Geliebte des Don‹ erinnern? Was war an diesem Heft, dieser Story, diesem Titel besonders?«

»Ich habe jede Seite ans Licht gehalten und durchleuchtet«, erklärte der Kluge. »Ich habe mich hinter den Thron auf den Schemel gesetzt und die Story mehrmals durchgelesen, Satz für Satz, vom Anfang bis zum Ende. Die Szenen mit Captain Cap Kanone und Suzy, die wirklich ein Biest ist, kenne ich auswendig, und glaubt mir, Kameraden, da ist nichts, absolut nichts, das auf das Versteck des Roten Diamanten hinweist.«

Viper, die Hände auf dem Rücken verschränkt, trat in ein offenes Fenster. Über dem fernen Gebirge flackerte ein Wetterleuchten, aus dunstverhangener Tiefe tönte das Quarren und Quorren der Frösche.

»Sag mal, Nase, hast du dich nicht gefragt«, übertönte Viper das nächtliche Konzert, »ob die Geliebte des Don einen Namen hat?«

»Nein«, gab ich zu. »Auf diese Idee bin ich nicht gekommen. Wie heißt sie?«

»Fay«, sagte Viper schmunzelnd.

Fay … die Geliebte des Don hieß Fay …

»Na«, fragte er, »klingelt's nicht? Du warst doch ein guter Grieche, einer von Erlebalds Lieblingen.«

»Fay … die Geliebte des Don heißt … Fay … Fay … Dons Geliebte«, ich schrie auf: »Phaidon!«

»Gratuliere. Für einen, der nie in der Mitte saß, sondern vorn oder hinten, bist du ziemlich gut«, sagte er im Ton des Kommandanten, der einen Untergebenen lobte. »Ich bin fast sicher, dass dies die Lösung des Rätsels ist. Odo, der schlaue Krimileser, teilt uns durch den Titel seines wieder und wieder gelesenen Heftchens mit, dass der Hinweis auf den Roten Diamanten im ›Phaidon‹ steckt, im schönsten und tiefsten Dialog von Platon. Meine Herren, begleiten Sie mich! Jetzt knacken wir das Enigma. Dann schnappen wir uns den Stein, den wir ein Leben lang gesucht haben. An die Arbeit!«

*

Alles faulte, das Deck war aufgeweicht, und der Schein des Nachthimmels, der von der Ostseite hereinschien, war von Plankton durchschwebt wie die Tiefe der Meere. Falter schwammen durch die schwülwarme Mondluft. Eine Eule, die zwischen ledergebundenen Folianten nistete, sah aus wie ein Kugelfisch. Die Bücherarche, einst der wundervolle Holzschrein des Stifts, war ein Wrack, auf Grund gesunken.

Viper kletterte an einer Bücherwand die Leiter hoch. »Hier müsste der Platon-Band sein …«

Er glitt hinab, verschob die Leiter, kroch am nächsten Regal wieder aufwärts, zog einzelne Bände heraus, griff in die Regale hinein, hinter die Bücherreihen, und begann, einzelne Bücher herunterzuwerfen, so mehrere Ausgaben von Platons ›Politeia‹. Ich ging ins Skriptorium, um noch einmal die Karteikarten durchzusehen, und erst jetzt bemerkte ich, dass auf dem langen Tresen eine verschnürte Akte lag. Hm. Sonderbar. Ich sah mir das Bündel genauer an. Das Deckblatt war mit einem Stempel versehen, laut Datum etwa zweihundert Jahre alt: *secretum, geheim!*

Unbekannt war mir die Akte nicht, es waren die Baupläne für die Alarm- und Abwehranlage der Madonna. Pater Silver, der Arche-Käpt'n, hatte sie mir seinerzeit anvertraut, worauf Primus Lenin vergeblich versucht hatte, die Formeln zu entschlüsseln. Ob die Anlage immer noch zündete? Vermutlich schon. Solche Systeme funktionierten in der Regel über ihr Gebrauchslimit hinaus, auch waren sie meistens unabhängig vom Stromnetz, wie die Alarmanlage der Barclays Bank an Bord der Titanic. Wenn man eine Sprungfeder berührte, gab's einen Knall, und wie nach den Bränden im Mittelalter würde aus den abziehenden Rauchwolken unversehrt die Madonna hervortreten, nigra et formosa, schwärzer und schöner als je … aber du lieber Himmel, was rauschte da draußen?

Ich stürzte aus dem Skriptorium – und brach in schallendes Gelächter aus. Oben, auf der Reling der rundumlaufenden Balustrade, hockte ein Papagei – der uralte Bord-Papagei von Pater Silver, dem Arche-Kapitän! Früher hatte der Vogel, der mit einem Missionar aus irgendeinem fernen Regenwald nach Maria Schnee gekommen war, den Ewigen Tag in einer Käfigkrone aus Eisenstäben verbracht, auf einem Holzstab von einem Fuß auf den andern gampelnd, und wenn er mal guter Laune war, hatte er das aus der Kathedrale herübertönende Salve Regina mitgekrächzt. Jetzt war er missgelaunt, und misstrauisch äugte er mit schräg gestelltem Kopf und einem Auge auf Viper, den Klugen und mich herab.

»Der Platon-Band fehlt«, versetzte Viper. »Der Käpt'n wird ihn haben.«

Er eilte ins Skriptorium, legte das Ohr an die Kajütentür, klopfte leise an.

»Käpt'n, machen Sie auf«, rief er gedämpft.

Drinnen blieb es still. Viper zückte einen Dietrich.

Der Papagei kam über unsere rasch geduckten Köpfe rauschend ins Skriptorium geflattert, landete auf dem Tresen, hüpfte auf das Aktenbündel, fixierte wie wir die Tür, die sich jetzt öffnete – Viper schob sie mit der flachen Hand langsam auf.

»Ihr kennt euch von früher«, flüsterte er. »Dir wird er das Geheimnis anvertrauen.«

Nein, da drinnen gab es keinen Käpt'n Silver. Entweder bewohnte er unten in der Krypta ein Steinfach, oder sie hatten ihn abgeholt, gemeinsam mit seinen Mitbrüdern, dann lag er jetzt auf dem kleinen Friedhof beim Krankenasyl.

»Viper«, begann ich, während mir der Schweiß aus allen Poren spritzte, »es hat keinen Sinn. Die Arche ist gesunken. Der Käpt'n ist tot, nicht wahr, Kluger? Kluger, wo bist du?«

Abgetaucht.

Viper stand in der offenen Tür zur Kajüte, die Pistole auf mich gerichtet.

»Nase, wir sind kurz vor dem Ziel. Den letzten Schritt gehen wir gemeinsam.«

Den vorletzten, meinst du. Der letzte wird mein Tod sein.

»Viper«, sagte ich, »Clown Giovanni ist Psychiater. Er kann dir bestimmt helfen.«

»Der ›Phaidon‹«, schnitt er mir das Wort ab, »enthält das vierte Viertel der Schatzkarte. Du weißt, was du zu tun hast. Los!«

Er machte einen Schritt auf mich zu, mit der Pistole in der Linken (er war Linkshänder), und merkwürdig: In meiner Todesangst sah ich uns von oben, aus der Vogelperspektive, meine Nase hingegen war wohl unten geblieben, ihm direkt gegenüber, und nahm einen penetranten Geruch wahr – nach muffigen Klamotten und schlaflosen Nächten.

Hinter den schwarzen Gläsern ein Flackern. In der Linken ein Zittern. Er entsicherte.

»Ich verlange von dir«, sagte Viper leise und scharf, »dass du den Käpt'n dazu bringst, das vierte Viertel der Schatzkarte zu dechiffrieren.«

*

Mein Gott, ging es mir wie Viper? Konnte ich zwischen Wirklichkeit und Traum nicht mehr unterscheiden? Dort in der Ecke lag er auf einer Pritsche, die Hände entfleischt, die Nase scharf, kahl der Schädel, groß und glänzend die Augen: Pater Silver, der Kapitän der Bücherarche. Nach den Gesetzen der Zeit müsste er tot sein, tot und eingemauert, aber: Er lebte. Er atmete.

Seine Hand hob sich ein wenig, er winkte mich heran.

»Ehrwürdiger Vater«, sagte ich, »vielleicht erinnern Sie sich an mich. Wir haben vor vielen Jahren gemeinsam die Reise des Roten Diamanten erforscht.«

Ein Lächeln huschte über die Runzeln.

»Nase«, soufflierte ich ihm meinen Namen und die Herkunft, »der Nepos Ihres St. Galler Kollegen, der wie Sie ein Feind von Raubmilben und Konzilsbeschlüssen war.«

»Ja …«, murmelte er, »irgendwie kommst du mir bekannt vor … Ist lange her, scheint mir. Wie geht es ihm?«

»Gut, nehme ich an. Wir haben uns länger nicht mehr gesehen.«

Was der Wahrheit entsprach, mein Onkel war schon vor Jahren gestorben, übrigens an Bord seiner Arche, unten im Laderaum, wo er an einem bahnbrechend neuen Katalogsystem herumgetüftelt hatte.

Ich setzte mich an der Seite des Käpt'ns auf einen Hocker und wurde von der Hitze, die die enge, nach Teer und Holz riechende Kajüte bis in die letzte Ritze ausfüllte, auf einmal müde. Der Käpt'n hatte mit einiger Anstrengung gesprochen, und seinen verstört glotzenden Augen sah ich an, dass er bereits wieder vergaß, wer ich war.

In der offenen Tür stand Viper, die entsicherte Pistole in der Hand.

»Ehrwürdiger Vater«, wandte ich mich an das totenblasse Haupt, »es ist Jahrzehnte her, dass wir beim feinsinnigen Erlebald den ›Phaidon‹ gelesen haben. Ich erinnere mich nur noch, dass sich der zum Tod verurteilte Sokrates mit seinen Jüngern über die letzten Dinge unterhält.«

»Oh ja«, sagte der Alte mit einem Lächeln. »Sokrates bleibt die Ruhe selbst. Im Tod, verspricht er den Jüngern, würde uns ein neues Leben erwarten. Schwäne wüssten mehr darüber, deshalb singen sie im Sterben. Sie bejubeln den Flug in die Überwelt der Edelsteine.«

»In die Überwelt der Edelsteine?!«, rief ich verwundert, »das hab ich völlig vergessen.«

»Sokrates schildert die Erde als eine Kugel mit kraterähnlichen Einbuchtungen«, fuhr der Alte fort. »In einer solchen Einbuchtung leben wir Menschen wie Frösche am Grund eines Teichs. Wir können uns vom Grund nicht lösen. Hoch oben jedoch, im Ausschnitt des Himmels, ist die Unsichtbare Stadt: eine Stadt aus lauter Juwelen, aus Kristallen, Rubinen, Smaragden, Saphiren, Karneolen, Jaspissen, Diamanten.«

»Sie ist unsichtbar«, fragte ich, »aber trotzdem wissen wir von ihr?«

»Die versprengten Edelsteine, die wir hienieden finden, sind ihr Abglanz. Sie verweisen auf das Unsichtbare, auf das Ewige. Nach diesen Worten«, schloss der Käpt'n seine Rede, »legte Sokrates die Lippen an den Rand des Bechers und trank sich hinüber und hinein in die Unsichtbare Stadt …«

Vor den Bullaugen war das Firmament über der fernen Küste hoch und rein und klar und von einer bestürzenden Schönheit. Keine Milchstraßen mehr: Colliers aus Abermilliarden von Juwelen, funkelnd und glitzernd und strahlend.

»Komm«, flüsterte ich Viper zu. »Der Käpt'n hat die vierte Schatzkarte dechiffriert.«

*

Es war einmal in den Urwäldern der Alpen ein locus sacer, ein heiliger Ort. Spätere Funde – Knochen von ausgestorbenen Tieren und Speerspitzen – bezeugten, dass in den Abräumen einer Tropfsteinhöhle Menschen mit niederen Wulststirnen, pelziger Haut und kräftigen Kiefern gehaust und einer chthonischen Göttin Tiere geopfert hatten. Der Stamm starb aus oder zog weiter, und über eine lange Zeit wehten nur die Schneestürme durch die Tannen, bis dann, ungefähr im vierten Jahrhundert nach Christus, über der Tropfsteinhöhle ein Einsiedler seine Klause errichtete. Raben waren seine Gefährten, und als er von Räubern, die bei ihm die Kristalle aus dem Innern des Bergs vermuteten, mit der Axt erschlagen wurde, verfolgten sie die Mörder bis ins Unterland und pickten ihnen die Augen aus. Das Volk sprach von einem Wunder, und bald begaben sich die ersten Pilger zu der Einsiedelei in den verschneiten Wäldern. Sie suchten nach Reliquien des ermordeten Klausners, aber auch nach den Schätzen in der Tiefe. Dort unten kochten Schwefeldünste und ein aus Felsritzen pfeifender Eiswind einen giftigen Sud, ein wahres Höllengebräu, und seit dem Erlöschen der Feuer der Höhlenbewohner herrschte eine ewige Finsternis. Aber da gab es geheimnisvolle Adern, die das Gefels durchzogen, und aus Kristall-Igeln strahlten blaue und rote Auren. Blau und Rot, das waren die Farben der Madonna, und so haben die Kristalle und das dauernde Schneien, das über den Tannenwäldern niederging, dem Ort den Namen gegeben: Maria zum Schnee.

Der Madonnenstatue wurde neben der Klause eine Kapelle errichtet, und den alten Zeugnissen war zu entnehmen, dass die meisten Pilger am selben Ort *zwei* Göttinnen huldigten: oben in der Kapelle der christlichen Maria, unten in der Höhle der heidnischen Erdmutter mit vermoosten Riesenbrüsten, Kugelbauch und Monsterschenkeln. Um diesem Treiben ein Ende zu bereiten, errichteten Mönche des heiligen Benedikt an der Stelle der Klause eine Kirche, worin die Kapelle Unterschlupf fand, und die Habsburger – sie hatten zwei Tagreisen vom locus sacer entfernt ihren Stammsitz – stifteten ein Kloster. Das war im Jahr 900. Engel, sagt die Saga, haben das Stift feierlich eingeweiht.

Die Mönche mussten die hölzernen Gebäude, ihre Clausura, das Hospital und die Stallungen, die öfter abbrannten, mehrmals neu erbauen. Bei den Feuersbrünsten blieb einzig das Ossarium verschont – und natürlich die Madonna, die der Feuerteufel nicht etwa vernichtete, sondern jedes Mal schöner und schwärzer machte, nigra et formosa, wie im Hohelied verheißen. Im 17. Jahrhundert entschloss sich ein unternehmungslustiger Abt, Meinradus der Maurer, künftig auf das Holz zu verzichten, und eine weit in die Lande hinausstrahlende Festung aus Stein zu schaffen. Die Währung, mit der die Maler, Freskanten und Steinmetze entgolten wurden, kam aus dem eigenen Bergwerk: blaue Kristalle. War aber an einem Quarzstein ein Schimmer Rot, galt er als Rosenquarz und durfte das Kloster nicht verlassen. Der Rosenschein aus dem Innern der Erde schmückte die Kronen und Mäntel der Rosa mystica.

Die Mönche stimmten täglich das Salve Regina an, und wenn einer von ihnen starb, wurde er in der Krypta in ein Steinfach geschoben, sein Habit jedoch wandelte an einem Lebenden weiter, und so gab es in allen Jahrhunderten einen Erlebald, einen Walafried, einen Kerimold – die Namen blieben, es wechselten nur deren Träger. Um für einen frischen Toten Platz zu schaffen, leerte der Bruder Totengräber in der Krypta jeweils ein Steinfach, dann karrte er die Überreste über einen steilen Felsenpfad in die Tropfsteinhöhle hinab, wo die Schädel- und Knochenhalden höher und höher wuchsen. Nach einer Pestzeit, da der Tod mit sausender Sense schier das gesamte Kloster abgemäht hatte, errichtete man auf dem Grund der Grotte ein Beinhaus:

ein genaues Abbild der Gnadenkapelle, zwar geweiht, aber anstelle des Tabernakels stand ein Tresor auf dem Altar, worin man die Ersatzteile und Accessoires der Schwarzen Madonna aufbewahrte.

Und immer schneite es in Maria Schnee, und es drehte sich der Tag, und es schneite, und es drehte sich das Jahr, und es schneite, es schneite, es schneite, und gerade der Rote Diamant, der doch unverletzlich, unvergänglich und also ein Spiegel des Ewigen war, war zugleich der Kern einer gewaltigen Geschichtslawine. Er hatte am Ringfinger von Pharaonen gefunkelt und zwischen den Brüsten von Kleopatra gelegen; er hatte zu Prag aus Kaiser Rudolfs Krone gestrahlt und das Brustkreuz magerer und fetter Päpste geziert. Im November 1918 war er vor der anstürmenden Revolution aus der Geheimkammer der Hofburg geflohen, und drei Jahre später, im Oktober 1921, hatte ihn der Baron Steiner ins ungarische Ödenburg geschmuggelt – als Kriegskasse, die die Rückkehr des Kaisers auf den Thron ermöglichen sollte. Die miserabel vorbereitete Aktion stürzte den Kaiser samt Entourage in den definitiven Untergang, aber dank der Klugheit des Barons entging der Rote Diamant im Puff der Pini Pollak der Konfiszierung und gelangte dann mit der Operettentruppe der Agentur Perlesco an einem sinnfälligen Datum, an Mariä Empfängnis, ins habsburgische Stift.

Der eigentliche Überbringer, Lohengrin alias Leo Slezak, hatte wohl keine Ahnung, was er da auf dem Schild mit sich führte, der Bruder Gold- und Feinschmied jedoch, dem man das Requisit wegen lockerer Klunker zur Reparatur in die Werkstatt brachte, erkannte den Jahrtausenddiamanten auf den ersten Blick. Er verständigte den Dämmerer. Der befahl ihm, den Diamanten in die Krone der Madonna einzulöten, das geschah, und noch in der Nacht hatte der Dämmerer diese Krone der Madonna wieder aufgesetzt – als wäre nichts geschehen. Der damalige Vestiari-Bruder trug das nunmehr äußerst kostbare Gebilde anderntags wie üblich ins Ossarium zurück und schloss es im Tresor des Beinhauses ein. Der Dämmerer allein wusste, dass es die Habsburgische Krone war, worin der Rote Diamant steckte, und damit der Gold- und Feinschmied keine Nachforschungen anstellte, verbannte er ihn als Uhrenbruder in den Glockenturm. Auch Bruder Odo, der als Madonnen-Garderobier dem Stein anno '33 auf die Schliche kam, wurde kaltgestellt: durch die Ernennung zum Kammerbruder des Gnädigen.

In seinem Exil hatte der Diamant für einige Jahrzehnte Ruhe. Nur an den marianischen Hochfesten und jeweils beim Besuch der Kaiserin, wenn sie zur Seelenmesse für den verstorbenen Gatten erschien, musste er kurz erwachen und der hochadeligen Besucherin aus dem Kronenkranz zuzwinkern. Die Brüder, die ihn jeweils betreuten, hatten keine Ahnung, wer er war, und Pater Maria Epiphanius, der das schwierige Amt Anfang der fünfziger Jahre übernahm, war der Ahnungsloseste von allen. So durfte sich der Göttesling im Exil einigermaßen sicher fühlen. Wenn er auf dem Haupt der Madonna einen Tag lang ausgestellt wurde, schützten ihn die Augen der Pilger, die ihn anbeteten, und wenn er unten war, im Tresor des Beinhauses, schützten ihn Abertausende von weißen blinden hungrigen Ratten.

Es war im Frühling 1968, als die still kreisende Zeit von

Maria Schnee plötzlich ins Stolpern kam. Bruder Frieder, eigentlich der Katechon, der die Zeitlawine aufhalten sollte, soff sich zu Tode. Die Zöglinge verbrannten ihre Kutten, und als sich die Kaiserin am Vormittag des 1. April von der Himmelskönigin verabschiedete, hing aus dem Glockenturm, der die Zeit anzeigte, die Fahne mit dem Stern des Vietcong.

Dieser Stern, das musste Bruder Odo sofort eingeleuchtet haben, bedrohte einen anderen Stern, den Stern im Kronenkranz, und da Odo das Schlimmste befürchtete, beschloss er zu handeln. Als ehemaliger Madonnen-Garderobier mit der Unterwelt vertraut, stieg Odo eines Nachts über den Felsenpfad hinab und entnahm dem Tresor im Beinhaus die Habsburgische Krone mit dem Roten Diamanten. Er wollte sie an einem sicheren Ort verwahren, und weiß Gott, das gelang ihm. Kammerbruder Odo war nun im ganzen Konvent der Einzige, der wusste, wo sich der Göttesling vor den Menschen verbarg. Denn der gute Pater Epiphanius merkte in seiner Kindlichkeit nicht, dass die edelste Krone, die Habsburgische, nicht mehr im Tresor lag. Auch die Mönche merkten es nicht, aus einem einfachen Grund: Nach dem letzten Besuch der Kaiserin, am 1. April 1968, verlangten die Politkommissare der modernen Volkskirche, dass das Kloster mit den imperialen Bräuchen Schluss machte. Die Krone wurde nie mehr ausgetauscht. Es kam nur noch, wenn auch selten, etwa zu Beginn der Fastenzeit oder im Marienmonat Mai, zu einem Kleiderwechsel, aber die Mäntel holte man aus der Damengarderobe, und ins Ossarium, wo sich die Ratten ungehindert vermehrten, wagte sich niemand mehr hinab.

Drei Viertel der Schatzkarte kannten wir: Der Rote Diamant erschien, wenn die Madonna den Rosenmantel trug (Schatzkarten-Viertel des Barons); er befand sich in der Krone (Viertel des Uhrenbruders), und einzig der Dämmerer wusste, dass es die Festkrone war, in die der Uhrenbruder ihn eingelötet hatte. Nur: Mit diesen drei Vierteln ließ sich der Stein nach Odos Eingreifen nicht mehr lokalisieren. Die Ahnung des Uhrenbruders hatte sich erfüllt: Jetzt bestand die Schatzkarte aus vier Teilen, und das vierte Viertel fehlte. Der Rote Diamant war untergetaucht – als zöge es der Edelste der Edelsteine vor, sich aus einer Welt ohne Edelleute zurückzuziehen.

Nein, sein Ende war dies nicht. Als der treue Kammerdiener merkte, dass er wie sein Herr allmählich der Dämmerung anheimfiel, entsann er sich der vielen Krimis, die er gelesen hatte, und mit der Schlauheit des New Yorker Agenten Jerry Cotton beschloss er, durch das dauernde Wiederlesen eines einzigen Hefts sein Viertel der Schatzkarte zu definieren. Die Geliebte des Don hieß Fay, und man müsste in seinen geistigen Fähigkeiten schon sehr eingeschränkt sein, dürfte sich der manchmal etwas hochnäsige Camerarius gesagt haben, wenn einem bei Don und Fay nicht sofort das Stichwort ›Phaidon‹ einfiel. In diesem Dialog, wohl dem schönsten des größten Philosophen aller Zeiten, war der Becher das pythagoreische Geheim- und Zentralwort, und es verwies der Becher auf den Kelch, und worauf verwies der Kelch? – Auf den Tabernakel. Damit war das Rätsel des vierten Viertels gelöst. Wie die drei anderen Viertel sagten, steckte der Rote Diamant in der Habsburgischen Krone, aber diese Krone befand sich nicht mehr auf dem Haupt der Himmelskönigin, sondern in einem Tabernakel – höchstwahrscheinlich zu ihren Füßen, im Tabernakel der Gnadenkapelle.

*

Es begann zu tagen, und unter den hohen Gewölben des Kirchenschiffs schienen die Heiligen einem sich allmählich zurückziehenden Meer zu entsteigen. Im ersten Licht hafteten Wasserfunken an ihnen, Putten ließen ihre Marmorflügel erglänzen, am großen Kruzifix entstanden rote Rinnsale, und eine Katharina von Siena, deren Brüste auf einmal aussahen, als wären sie wie Kinderballons mit Gas aufgepumpt, schwebte prallbunt über der barocken Kirmes – »im Übergang zum Rokoko«, bemerkte Mimi und verflüchtigte sich im nächtlichen Schatten eines Pfeilerbogens.

Hoch oben an den Kuppeln ein Flattern – vermutlich der Papagei, der uns quer durch die Clausura verfolgt hatte. Vorn im Chor ein Klappern – ein Ziegenmönch, der verspätet zur Matutin erschien. Und wieder: die Stille vor dem Tag.

Ich war nun ganz Nase, mein Körper wurde rudimentär. Viper ging es ähnlich. Er schien dem Zauberbann, der aus dem geschlossenen Tabernakel drang, nur mit letzter Kraft, unter größter Willensanstrengung, standzuhalten. Jeder Muskel gespannt. Die Kinnlade gereckt. »Bereit?«, flüsterte er.

Ich nickte. »Bereit, Genosse Kommandant.«

Dass auch der Tabernakel, wie die Statue, zum Alarm- und Abwehrsystem gehören könnte, schlossen wir aus – das hätte die Pietät zu sehr verletzt. Das Gewitter, das mit seinen Donnerwolken und Strahlenblitzen die schwarze Madonna umgab, vergoldete sich. Das rötliche Kristalloval in der Mittelzacke blinkte dumpf. Dem Jesuskind war ein Händchen abgefallen, ein Holzauge der Madonna war erblindet, die Nase leprös. Vor der Schließung der Kathedrale hatte man ihr einem uralten Brauch gemäß den Rosenmantel umgehängt, und so fügte es sich, dass an diesem Morgen, dem Todestag des letzten habsburgischen Kaisers, der Göttesling mit der vollständigen Schatzkarte darum bat, endlich entdeckt und aus der trostlosen Verlassenheit der Kathedrale befreit zu werden.

Viper wies mich an, den Nylonstrumpf über den Kopf zu ziehen; er rechnete damit, dass eine versteckte Kamera das Innere der Gnadenkapelle beobachten könnte.

»Zu Befehl, Kommandant«, flüsterte ich und tauchte selig ein in die Duftblüte der Rosa tristis, meiner ersten Geliebten.

Das letzte Salve Regina war schon vor Jahren verklungen, die Uhr am Glockenturm eingerostet, das Öl in der Ampel des Ewigen Lichts aufgezehrt. War es da verwunderlich, dass der Göttesling Heimweh nach der afrikanischen Erde verspürte? Viper hatte recht. Mit einer Schwüle, die heute noch drückender, noch heißer, noch feuchter sein würde als gestern, teilte uns der Rote Diamant sprachmächtig mit, dass er heimzukehren wünschte in die Tiefen der afrikanischen Vulkanschlote, in den Schoß der Gaia, die ihn einst geboren hatte.

Ich kniete nieder, wie Viper.

Der kniete vor dem Altar, die Hände vor der Stirn gefaltet.

Jetzt erhob er sich, öffnete die goldenen Flügel des Tabernakels, und oh mein Gott, da war er, da glühte er, blitzte und strahlte aus der Mittelzacke der Krone, die Viper mit beiden Händen hochhielt wie einen Kelch.

Der Rote Diamant, der Heilige Stein, der Göttesling!

Der Papagei flatterte auf die Krone zu, und leider schaffte ich es nicht mehr, Viper zu warnen. Ich konnte von Glück, ja von einem Wunder reden, dass es mir instinktiv gelang, auf den verfluchten Vogel richtig zu reagieren. Bevor er die Krone berührte, wich ich zurück, und während ich von einer gewaltigen Druckwelle noch ein paar Meter weitergeschoben wurde, offenbarte sich mir das Geheimnis des Steins. Aus dem Drachenauge sah mich das Ewige an. Ich erkannte die Unsichtbare Stadt. Der Donner der Explosion verhallte. Lautlos fielen Trümmer herab, zerhackte Marmorklumpen, die über die Marmorplatten kollerten. Sonnenstrahlen aus hohen Fenstern durchstachen die Staubwolken, worin grüne Federn schaukelten, und im Vakuum meiner Taubheit sah ich die Gnadenkapelle im Zeitlupentempo einstürzen. Ich wälzte mich auf die Seite, krümmte mich wohlig in eine embryonale Stellung. Wie lang mochte es her sein, dass ich an der Hand meiner Maman zum ersten Mal diesen Raum betreten hatte, sie mit dem runden Sommerhut, auf dem die diamantenen Schneekristalle glitzerten? Jahre war es her, Jahrzehnte, ein ganzes Leben, aber Gott je – Zeit, was war schon Zeit! In meiner Faust brannte ein erstarrter Tropfen Ewigkeit. Ich besaß den Roten Diamanten.

*

Faszinierendes Rom! Auf den Kuppeln ein bronzenes Leuchten, darüber ein blauer Himmel, der Verkehr ein kollektiver Irrsinn, Hupen Knattern Rattern, prunkvolle Paläste und prunkvolle Armut, das Volk die Komparserie einer Verdi-Oper, auf Mosaikböden kratzende Stöckelschuhe, treppauf und treppab eilende Kleriker, violette Seidensoutanen und schwarze Rundhüte, in der Linken die Aktentasche, die Rechte zum Gruß erhoben oder zum flüchtigen Segen.

Als ich den Petersdom betrat, dachte ich mit einem frommen Aufblick zu den schwindelerregenden Kuppeln, Pater Typotius könnte zu guter Letzt doch noch recht bekommen. Auch wenn die Klöster starben, hier war das Überirdische Stein geworden. Aber dann packte mich wieder der Zweifel. Was den Petersdom durchströmte, war die übliche Touristenmasse, Shorts und Slipper hinter geschwenkten Fähnchen, der Dom wurde mehr und mehr zum Museum, und als ein greiser Priester an einem Seitenaltar den Kelch an die Lippen zitterte, tönten seine Schlucke aus sarggroßen Lautsprechern, als würde eine schlecht geworfene Kugel über die Kegelbahn hopsen.

Der Aufgang zu Lenins Büro führte über Marmortreppen in hohe, kühle Korridore, und der Monsignore, der mir mit ausgebreiteten Armen entgegensegelte, trug eine maßgeschneiderte Seidensoutane; er hatte die langen Haare zum Zopf geflochten und präsentierte stolz, indem er sich in seinem Büro in einen Ledersessel warf, italienische Maßschuhe. Unter den Fenstern lagen die Gärten des Vatikans, geharkte Wege, geschnittene Büsche, hohe Palmen und Geistliche, die im dezenten Wandel ihr Brevier beteten.

Lenins Lebensgefährtin war in ihrer Nonnentracht die schöne Schwarze aus dem Hohelied, doch unterbrach sie ihn bei jedem Satz und bezeichnete die Kurie als Verbrechersyndikat, die päpstliche Uni als Männerbordell, die Schweiz als kriminelle Vereinigung. Gern hätte ich unseren Primus gefragt, warum wir Klosterzöglinge mit unseren Frauen kein Glück hatten. Er, Lenin, war an diese schreckliche Domina geraten; der früh verstorbene Ultimus Nebel an eine gealterte Hippiefrau mit einer Kinderschar von diversen Erzeugern; Alpha Dickies dralle Hilde machte sich zwar auf den Wahlplakaten recht hübsch, doch hatte sie den Gatten nicht nur mit dem Briefträger, sondern mit dem gesamten Vorstand der Christlichen Volkspartei betrogen; und Clown Giovanni, unser Psychoanalytiker, hatte sich von einer brandmageren, in aller Öffentlichkeit zu Ohnmachtsanfällen tendierenden Patientin das Eheversprechen abluchsen lassen. Richtig glücklich mit seiner Partnerschaft war in unserer Klasse nur einer: Beau, der ehemalige Schönheitschirurg und Besitzer mehrerer Wellnesskliniken. Er lebte seit einiger Zeit mit Jean-René, dem jungen Tennischampion, zusammen und war mittlerweile der bekannteste Absolvent von Maria Schnee geworden. Der braun gebrannte Jean-René und der gealterte, mehrfach geliftete Beau lachten häufig in die Kameras und Mikros, etwa als Gäste des österreichischen Finanzministers am Wiener Opernball.

Nachdem uns Lenins Nonne endlich allein gelassen hatte, trat er ans Fenster, sah in die Gärten hinab und sagte dann, mir den Rücken zugewandt: »Nase, es gibt schlechte Nachrichten.«

Nebenan läuteten Telefonapparate, aber die Nonne

schien zu sehr mit dem Belauschen unseres Gesprächs beschäftigt zu sein, um die Hörer abzunehmen, es läutete ohne Unterlass.

Endlich ermannte sich Lenin. »Nach der Matura wusste ich lange nicht, was ich mit meinem Leben anfangen soll«, sprach er in den römischen Abend hinaus. »Den Eltern zuliebe studierte ich Theologie, allerdings kam das feu sacré aus dem Politischen, aus der Sehnsucht nach einer besseren Welt, nicht aus der Religion. Es wäre vermessen, würde ich von mir behaupten, dass ich gläubig bin, aber ich denke, wer liebt, kann sich den Glauben schenken.«

Eine Weile schwieg er.

»Meine Liebe«, fuhr er fort, »gilt der Schwarzen Madonna. Es ist eine kindliche Liebe, eine gläubige Liebe … doch nun sollten wir uns besser mit den jüngsten Ereignissen befassen. Es hat sich ein Unfall ereignet.«

Kam er endlich zum Punkt? Nein, der Primus setzte zu einer weiteren Schleife an. »Mütter gebären, Mütter vernichten«, salbaderte er, »das ist ein Urprinzip, *das* Urprinzip, das sich immer wieder materialisiert – frei nach Erlebald: mater, materia, Mutter. Bei den Griechen war's die Gaia, bei den Römern Kybele, bei den Kelten Brighid, bei den Christen die Madonna.«

Er nahm hinter dem Tisch in einem Sessel mit hoher Lehne Platz. Über ihm hing ein Foto des Pontifex.

»Nase«, sagte Primus Lenin und klappte nach Art der Kleriker die Augenlider zu, »es ist furchtbar. Die Magna Mater hat Viper verschlungen.«

Ich sah zum Plafond hinauf – teure Lüster, diverse Rauchmelder (oder Abhörmikros).

In die Stille hinein sagte ich: »Was ist passiert?«

»Man hat ihn in der Gnadenkapelle gefunden. Vor dem Altar. In den Trümmern.«

»Was hat ihn umgebracht, die Abwehranlage?«

»Ja«, sagte Primus Lenin, »er soll im Augenblick tot gewesen sein.«

Draußen in den Bäumen sangen Vögel. Hinter der gepolsterten Tür klingelten Telefone. Noch schien es unserem Primus nicht aufgefallen zu sein, dass auf meiner Stirn ein Pflaster klebte.

Er sagte: »Wir müssen davon ausgehen, dass Viper die Suche nach dem Diamanten niemals aufgegeben hat. Sie war zum Wahn geworden, zur idée fixe.«

»Ich habe ihn erst kürzlich getroffen. Deshalb bin ich hier. Ich dachte, wir müssten unbedingt etwas für ihn tun.«

»Du warst in Maria Schnee?«

»Ja, letzthin hast du am Telefon beiläufig erwähnt, Viper treibe sich im aufgelassenen Kloster herum. Ich bin deinem Hinweis gefolgt und habe ihn aufgestöbert. Viper hatte hohes Fieber und wollte mir einreden, die ungewöhnliche Temperatur in Maria Schnee habe ihre Ursache im Roten Diamanten.«

Lenins Nonne meldete über die Intercom-Anlage, Beau sei pünktlich gelandet. Ob sie einen Tisch bestellen solle?

»Ja, Liebes, tu das.« Zu mir: »Es sieht beinah so aus, als käme es zu einem kleinen Klassentreffen.«

Er schaltete die Anlage ab. Nach einem Blick zur Tür: »Habe ich dich richtig verstanden? Der Rote Diamant soll oben in Maria Schnee die Hitzewelle ausgelöst haben?«

»Ja, für Viper war die ungewöhnliche Hitze der Beweis, dass sich der Stein nach wie vor in Maria Schnee befindet.«

Primus Lenin fuhr sich mit dem Fingerhaken durch den Kalkkragen. »Ich begreife kein Wort.«

»Ganz einfach. Aufgrund der ungewöhnlichen Hitzeperiode verfiel Viper auf die Idee, der Stein wolle zurück in den Schoß, aus dem er gekommen ist.«

»Eventuell bin ich schwer von Begriff …«

»Es ist irrational, Kamerad. Da gibt es nichts zu verstehen, jedenfalls nicht mit dem Verstand.« Ich lachte. Etwas zu schrill, fand ich, zu laut. »Viper hatte dem Stein sein Leben geweiht, mehr noch, er hat es ihm geopfert. Er glaubte wider jede Vernunft an die Magie des Roten Diamanten. Und war seiner Sache sicher, sehr sicher. Es würde mich nicht wundern, wenn er mit seiner Überzeugung auch den Klugen angesteckt hätte. Erinnerst du dich an ihn?«

»Schwach. Ich wusste nicht einmal, dass er noch lebt.«

»Er blieb nach dem Rausschmiss in Maria Schnee, als Buchhalter in einer mittlerweile stillgelegten Kerzenfabrik. Paranoia ist bekanntlich ansteckend, zumindest ist Clown Giovanni dieser Meinung.«

»Hast du mit dem Clown über Viper gesprochen?«

»Ja, und stell dir vor, selbst Giovanni will nicht ausschließen, dass der Rote Diamant machtvoll genug sein könnte, seinem Heimweh nach Afrika Ausdruck zu verleihen. Der Stein will heim, hat er gemeint, heim zur Großen Mama.«

»Clown Giovanni war schon immer ein Spinner.«

»Immerhin ist er Seelenklempner.«

»Das meine ich ja. Die glauben an den Penisneid der Weiber und solche Dinge. Nase«, sagte Lenin fassungslos,

»nimm es mir bitte nicht übel, aber ein wirkungsmächtiger Stein, gar ein Stein, der das Wetter macht – das ist kompletter Unsinn!«

Lenins Nonne, die offenbar gelauscht hatte, zog die ledergepolsterte Tür zu.

»Weiß sie Bescheid?«, fragte ich flüsternd.

Lenin hob die Schultern. Eine Weile sahen wir stumm aneinander vorbei, jeder mit seinen Gedanken bei Viper, der damals das Zentrum des Klassenzimmers besetzt hatte, erfolgreich bestrebt, nicht zu schlau und nicht zu dumm zu wirken: Maß Mitte Durchschnitt. Sein Tod allerdings war außergewöhnlich. Viper war gemeinsam mit der Schwarzen Madonna in die Luft geflogen.

»Allmählich beginne ich zu verstehen«, meinte Lenin nach dem nachdenklichen Schweigen. »Viper, dieser verrückte Kerl, war entschlossen, den Diamanten nach Hause zu bringen, zurück in den Schoß der Magna Mater – deshalb hat er sich an die Madonna herangewagt.«

»Nein«, entgegnete ich, »dass ausgerechnet er, der Kriminalist, so unvorsichtig war, die Krone zu berühren, halte ich für ausgeschlossen. Er war in diesen Dingen vom Fach. Ein Profi.«

Ich schrieb auf einen Notizblock: »Habe Schatzkarte mit Vi dechiffriert. 4. Viertel besagt: Objekt in Tabernakel Gnadenaltar.«

Der Primus las die Botschaft. Dann staunend, tonlos, mit deutlichen Lippenbewegungen: »Im Tabernakel?«

Ich nickte.

»Wusste er das?«

»Ja«, flüsterte ich. »Natürlich.«

»Dann verstehe ich nicht«, sagte Lenin ebenso leise, »warum er nach der Krone griff – das Objekt war ja im Tabernakel!«

»Das sehe ich ähnlich. Viper war über die Alarm- und Abwehranlage genau im Bild. Ihm ist da bestimmt kein Fehler unterlaufen. Wo sind wir verabredet?«

»Bei Armando. Gegen acht.«

Ich griff mit der verbandumwickelten Hand zur Tür.

»Hattest du einen Unfall?«, fragte Lenin in meinen Rücken.

»Ich wollte Herbstlaub verbrennen, zu Hause, im Garten. Die Blätter waren feucht, das Feuer mottete nur, da goss ich etwas Benzin über den Haufen …«

Er sagte etwas, das ich akustisch nicht verstand.

»Und bumm?«, wiederholte er.

»Und bumm!«, sagte ich. Und lachte wieder. Ich musste aufpassen. Schwerhörige haben eine zu laute Lache. »Bis später, Kamerad.«

*

Armandos Lokal war knallvoll, aber Lenins Nonne hatte es wie üblich geschafft, einen Tisch zu reservieren. Die Atmosphäre mondän, Wolken voller Rasierwasser und jede Menge Wimpern über großen Augen, großen Mündern, großen Brüsten. Die Kellner titulierten Lenin als Monsignore, und selbst Beau, ein Mann von Welt, genoss es, dass der Primus für uns alle ein kompliziertes Menü bestellte, zum Aperitif ein Glas Prosecco und dazu die üblichen Anekdoten: der feinsinnige Erlebald, der schwersinnige Evenus, die Mäuse des wahnsinnigen Typotius. Typo, wie wir ihn nannten, war dem Bruder Frieder als Praefectus puerorum gefolgt, allerdings nur für wenige Jahre, dann hatte sich der aussterbende Konvent entschlossen, das Internat aufzugeben.

Als ein Kellner Jean-René, Beaus braungebrannten Lebensfreund, ans Telefon rief, waren wir für einen Moment unter uns, und Beau nutzte die Gelegenheit, einige Details über Vipers Tod nachzureichen.

»Die Polizei geht davon aus«, sagte Beau, mit seinen Krebsen beschäftigt, »dass Viper nach der Krone gegriffen hat. Da gab es einen gewaltigen Knall, und er lag rücklings auf dem Marmorboden, mit aufgerissenen Augen – als hätte er im Moment der Explosion ein Wunder erblickt.«

Primus Lenin betupfte mit der blütenweißen Serviette seine Mundwinkel, wies uns stumm auf den sich nähernden Jean-René hin und bemerkte, ein pfäffisches Lächeln im Gesicht: »Ihr seid glücklich miteinander, nicht wahr?«

»Oh ja«, antwortete Beau. »Ich denke, wir führen eine reelle Ehe. Oder bist du anderer Meinung, Schatz?«

Nach dem Kaffee setzte sich das glückliche Paar ab, und da es noch einiges zu klären gab, bestellte Primus Lenin einen Brandy für uns.

»Glaubst du«, fragte ich, mich vorbeugend, »dass der Diamant den Knall überstanden hat?«

»Davon bin ich überzeugt«, erwiderte Lenin. »Ich habe vor dem Essen mit Alpha Dickie telefoniert. Er ließ den Unfallort absperren und hat einen Wach- und Objektschutz damit beauftragt, niemanden an die Trümmer heranzulassen. Diesmal wird uns das Objekt nicht durch die Lappen gehen, das garantiere ich dir. Auch lässt er nach dem Klugen fahnden. Der soll mit Viper gemeinsame Sache gemacht haben. Und ist auf einmal verschwunden. Angeblich verreist, mit unbekanntem Ziel. Verdächtig, wenn du mich fragst.«

»Wir müssten mit ihm reden.«

»Mit ihm reden!«, rief Lenin erregt. »Den könnten wir ins Kreuzverhör nehmen – du, Dickie, Beau, ich: Es würde nichts bringen. Wir sind Maria Schneer. Maskengesichter. Klopft man gegen unsere Vasen, tönt es hohl. Klopft man mit einem Hammer, tönt es noch hohler. Ich merk es doch an mir selbst – nicht einmal meine Partnerin ahnt, wie lieb ich die Madonna habe. Übrigens (Blick zur Tür, leise:) Die Vorstellung, dass sie jetzt ein Trümmerhaufen ist … schrecklich! Es kommt mir vor, als wäre meine leibhaftige Mutter …«

»Sie stand auf verlorenem Posten, lieber Primus. Eure Volkskirche versucht seit Jahren, Wallfahrten und Rosenkränze auszurotten.«

»Auswüchse mussten beschnitten werden, da bin ich mit der Konzilsfraktion einer Meinung. Naive Marienverehrung ist nicht mehr zeitgemäß. Mystizismus. Mittelalter. In die Mottenkiste damit. So was zieht heute nicht mehr.«

»Das wird die Allerzarteste ähnlich empfunden haben. Die Explosion war ihre Art, in den Himmel aufzufahren. Hat die Polizei eine Ahnung, wann es geknallt hat?«

»Nein, das wird nun untersucht. Vorläufig gibt es nur Schätzungen. Sie gehen davon aus, sagt Alpha Dickie, dass es nachts passiert sein muss. Jedenfalls scheint niemand den Knall gehört zu haben.«

»Wie bitte?«

»Nie-mand! hat! den Knall! gehört!«

»Das erstaunt mich nicht. Im Dorf leben nur noch Greise mit tauben Ohren.« Ich ließ meine Steinmaske lächeln. »Neuerdings scheine auch ich etwas schwerhörig zu sein.«

»Das Alter, Kamerad. Außer Beau trifft es uns alle. Der Clown hat vier Bypässe, Alpha Dickie mehrere Stents.«

»Angeblich soll auch der Kluge angeschlagen sein«, sagte ich, »Alkoholismus im fortgeschrittenen Stadium.«

»Umso besser. Weit käme der nicht, mit dem Roten Diamanten. Viele Jäger sind des Hasen Tod, das ist seinerzeit schon dem jüdischen Baron passiert.«

»Vielleicht waren Engel am Werk«, meinte ich, den Brandy schwenkend. »Vielleicht haben sie den Stein aus den Trümmern gepickt und ausgeflogen.«

»Engel!« Lenin bemühte sich um ein Grinsen, dann sah er sich diskret um und meinte: »Übrigens, am Tatort soll es von Federn wimmeln.«

»Von Federn?«

»Vogelfedern.«

»Grün?«

»Ja!«

»Lenin, dann weiß ich, wie es passiert ist.«

Er starrte mich an.

»Deshalb der erstaunte Blick – das Letzte, was Viper sah, war das Heranflattern von Pater Silvers Papagei.«

»Wie bitte?«

»Der Papagei der Bücherarche. Als Viper den Tabernakel aufschloss, ist der Papagei auf der Krone gelandet!«

Um seine Antwort zu verstehen, hielt ich die Hand hinters linke Ohr.

»Und bumm?«, fragte er.

»Und bumm!«, sagte ich. »Das wäre doch möglich. Rein technisch, meine ich.«

»Ein Papagei, also bitte!«

»Zumindest wäre dies eine Erklärung für die verstreuten Federn«, erklärte ich. »Der Papagei hat das Abwehrsystem ausgelöst. Wie ein Selbstmordattentäter.«

»Mensch, Nase«, rief Primus Lenin, die Blicke des ganzen Lokals auf uns versammelnd, »am Ende ist sie doch nicht so falsch, eure Theorie! Der Rote Diamant hat Maria Schnee in ein tropisches Afrika verwandelt – mit einem echten Papagei!«

Eine schwarze Hand mit rosahellen Fingernägeln nahm Lenin den Schwenker aus der Hand, und bevor ich mich für den Abend bedanken konnte, war das klerikale Paar auf einer Vespa davongesurrt: Lenins Nonne sehr aufrecht am Lenker, er an ihren Rücken geschmiegt, mit geblähter Seidensoutane und winkendem Zopf. Die beiden hatten es eilig. Die Jagd war eröffnet.

*

Sie saß, eine elfenbeinerne Zigarettenspitze in der Linken, auf der Lederbank der Hotelbar. Aus der Entfernung konnte man sie für eine schöne junge Frau halten, und erst, als ich an ihr rundes Marmortischchen trat, wurde sie mit ihrer Perücke, der brüchigen Maske und den von ihrer Speicheltinktur etwas verklebten Augenwimpern zu einer Mumie. Weit über achtzig, doch immer noch vif, liebte es Maman, mich hin und wieder zu begleiten, etwa nach Paris oder, wie diesmal, nach Rom.

»Du kommst spät, Arthi-Darling.«

»Du weißt doch, Maman, wir kommen immer zu spät.«

»Wird er Kardinal?«

»Nein, das glaube ich nicht«, antwortete ich, »bis ganz nach oben brachten es nur die Vasen, die aus der Mitte der Klassenzimmer kamen. Primus Lenin saß hinten, bei der Tür.«

Mimis Lächeln sah ich an, dass sie mir nicht zu folgen vermochte, aber das waren wir schon seit einiger Zeit gewohnt – Mimi hielt sich immer öfter in einer fernen Welt auf, im kakanischen Galizien ihrer Vorfahren.

»Arthi-Darling«, sagte sie, die elfenbeinerne Zigarettenspitze ins pralle Abendtäschchen stopfend, »was ist eigentlich aus dem Schmuck der Kaiserin geworden? Es war ein Smaragd, nicht wahr?«

»Nein, Maman, ein Diamant.«

»Ach ja, ein Diamant.«

Sie trank ihr Glas aus.

»Deine Maman ist müde«, sagte sie mit einem koketten Aufschlag der angeklebten Wimpern. »Ich möchte mich zurückziehen.«

»Sofort, Maman, ich hole dir den Lift.«

»Den Lift! In der Wiener Hofburg gab es Lifte nur für Speisen. Und für Diener.«

Ich bot ihr meinen Arm und geleitete sie durch die Hotelhalle bis zur Treppe. Dann schaute ich ihr nach, wie sie, gebeugt und auf den Stock gestützt, Stufe für Stufe den Aufstieg über die mit einem roten Teppich belegte Treppe bewältigte … und auf einmal sah ich die Fährte … eine Fährte in der Tiefe der Jahre … Mimi hatte sie mit ihren Stöckelschuhen in den Linoleumbelag der Präfektur gestochen … und mit der Stahlspitze ihres Stocks hatte Ihre Majestät, die Kaiserin, die Spur im Lazarett fortgesetzt. Sender Katz, der Ur-Katz, wie ihn Mimi zu nennen pflegte, war im frühen 19. Jahrhundert ausgewandert und von Drohobytsch, wo er bei Svatopluk & Kohn eine Pelzmütze und den Galizier gekauft hatte, nach Westen gezogen, immer nach Westen. Mimis Mutter, eine geborene Singer, war dann zum Katholizismus konvertiert, aber beide, Mutter und Tochter, waren dem Landozean unter dem Abgrund des galizischen Himmels zeit ihres Lebens verbunden geblieben. Mimi träumte immer wieder den gleichen Traum: von der Telegraphenleitung, die von Horizont zu Horizont verlief, vom singenden Wind und von einer einsamen Eisenbahnstation, vor der ein Kutscher auf seinem Bock den leeren Sommernachmittag verschnarchte. Von Zeit zu Zeit, wenn der ausgemergelte, von Bremsen belästigte Klepper die Schnauze schüttelte und ein Schnobern ausstieß, streichelte der Kutscher, ohne aufzuwachen, mit seiner Peitsche die fliegenumtanzte Kruppe des Gauls. Dann war es wieder still. Nichts geschah. Es schlief die Ebene, es schlief die Station, es schlief der nachmittägliche Sommer Galiziens. »Ich teile das Schicksal der Kaiserin«, hatte mir Mimi einmal anvertraut. »Beide haben wir in der Schweiz Asyl gefunden, und ich denke, auch Ihre Majestät hat davon geträumt, eines Tages heimzukehren, an der einsamen Station aus dem Zug zu steigen, vom uniformierten Bahnhofsvorstand mit Handkuss begrüßt und vom alten Joseph, dem Kutscher, zum fernen Gut gefahren zu werden.«

Maman hatte die obere Etage erreicht und entschwand

in der plüschigen Düsternis des Flurs. Ich war ein hohes Risiko eingegangen, sie neigte nach wie vor zu Pannen, aber wer war würdiger als Mimi, die geborene Katz, den Stein der Donaumonarchie vor seinen Jägern zu bewahren? Sie hatte mir als Erste vom Diamanten erzählt. »Rot soll er sein«, hatte sie gesagt, »ein roter Kristall. Und strahlen soll er, sogar im Dunkeln, wie ein Stern.«

Nun steckte er in ihrem Täschchen.

Ich verließ das Hotel, und in einer nebligen Gasse sah ich im Schein einer Laterne nach, wie viel Geld ich noch hatte. Mich lockte die römische Nacht.

FINIS